Melhores Contos

JOÃO GUIMARÃES ROSA

Direção de Edla van Steen

Melhores Contos

JOÃO GUIMARÃES ROSA

Seleção e prefácio de
Walnice Nogueira Galvão

São Paulo
2020

© Copyright dos Titulares dos Direitos Intelectuais de JOÃO GUIMARÃES ROSA: "V Guimarães Rosa Produções Literárias"; "Quatro Meninas Produções Culturais Ltda." e "Nonada Cultural Ltda."
1ª Edição, Global Editora, São Paulo 2020

Jefferson L. Alves — diretor editorial
Gustavo Henrique Tuna — gerente editorial
Flávio Samuel — gerente de produção
Fernanda Campos — assistente editorial
Adriane Piscitelli e Aline Araújo — revisão
Ana Claudia Limoli — diagramação
Luis War / Shutterstock.com — imagem de capa

Dados Internacionais de Catalogação na Publicação (CIP)
(Câmara Brasileira do Livro, SP, Brasil)

Rosa, João Guimarães, 1908-1967
 Melhores contos : João Guimarães Rosa / seleção e prefácio de Walnice Nogueira Galvão. -- São Paulo : Global Editora, 2020. – (Coleção melhores contos / direção de Edla van Steen)

Bibliografia.
ISBN 978-65-5612-052-2

1. Contos brasileiros I. Galvão, Walnice Nogueira. II. Steen, Edla van. III. Título. IV. Série.

20-45200 CDD-B869.3

Índices para catálogo sistemático:
1. Contos : Literatura brasileira   B869.3
Cibele Maria Dias – Bibliotecária – CRB-8/9427

Direitos Reservados

global editora e distribuidora ltda.
Rua Pirapitingui, 111 — Liberdade
CEP 01508-020 — São Paulo — SP
Tel.: (11) 3277-7999
e-mail: global@globaleditora.com.br

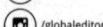
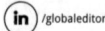

 Colabore com a produção científica e cultural.
Proibida a reprodução total ou parcial desta obra sem a autorização do editor.
Nº de Catálogo: **4436.POC**

Walnice Nogueira Galvão é Professora Emérita aposentada de Teoria Literária e Literatura Comparada na Faculdade de Filosofia, Letras e Ciências Humanas da Universidade de São Paulo e uma das maiores críticas literárias do país. Foi professora visitante em diversas universidades estrangeiras, como as de Austin, Iowa, Poitiers, Colônia, Oxford, Columbia, Paris VIII, Livre de Berlim, École Normale Supérieure, Berlim 2. Publicou 40 livros, seis deles sobre João Guimarães Rosa, além de outros sobre Euclides da Cunha, crítica literária e cultural. Entre os livros que escreveu e organizou, destacam-se: *Lendo e relendo* (2019); *Sobre os primórdios da FFLCH-USP* (2019); *Victor Hugo – A águia e o leão* (2018); *Os sertões – Edição crítica* (2016); *Sombras & sons* (2011); *Euclidiana – Ensaios sobre Euclides da Cunha* (2009 – Prêmio Academia Brasileira de Letras); *Mínima mímica – Ensaios sobre Guimarães Rosa* (2008 – Prêmio Biblioteca Nacional); *O tapete afegão* (2008); *As musas sob assédio – Literatura e globalização no Brasil* (2005); *O Império do Belo Monte – Vida e Morte de Canudos* (2001); *A donzela-guerreira – Um estudo de gênero* (1997); *Desconversa – Ensaios críticos* (1997). Atualmente escreve de modo assíduo para jornais, revistas e blogues.

SUMÁRIO

A voz da saga — Walnice Nogueira Galvão......9

Contos

Metalinguagem

São Marcos (S) 19

Desenredo (TTE) 44

Famigerado (PE) 47

O Outro

Orientação (TTE) 53

Faraó e a água do rio (TTE) 56

A menina de lá (PE) 60

As garças (AP) 64

Meu tio o Iauaretê (EE) 69

Humor

Traços biográficos de Lalino Salãthiel
ou A volta do marido pródigo (S) 107

Os irmãos Dagobé (PE) 148

O porco e seu espírito (AP) 153

Darandina (PE) 156

— Tarantão, meu patrão... (PE) 169

O narrador

A hora e vez de Augusto Matraga (S) 181

Sorôco, sua mãe, sua filha (PE) 222

A terceira margem do rio (PE) 226

Biografia 231

Bibliografia 235

Legenda:
S = *Sagarana*
PE = *Primeiras estórias*
TTE = *Tutameia — Terceiras estórias*
EE = *Estas estórias*
AP = *Ave, palavra*

A VOZ DA SAGA

Neste volume, para aumentar a compreensão e a fruição do leitor, os contos organizam-se conforme as linhas mestras mais características da obra de Guimarães Rosa. São elas: a metalinguagem, a perquirição do Outro, o humor e a progressão do narrador. Mas todos os contos acham-se interligados pela constância do espaço — o sertão —, bem como pela busca da oralidade: os melhores contos se oferecem como "falas" (escritas, é claro) dirigidas ao leitor. Sem esquecer a combinação muito particular engendrada entre a fala sertaneja e a erudição do poliglota ao nível vocabular e sintático, recuperando arcaísmos e regionalismos, cunhando neologismos e adaptando estrangeirismos.

Às vezes, tais linhas podem se superpor pelas fímbrias, ou deslizar em parte, quando alguns dos contos que discutem linguagem também estão construindo o narrador, assim como outros de acentuado humor podem enveredar pela investigação do Outro. É sobretudo, como se verá, uma questão de ênfase.

A vocação do Autor para a transgressão revela-se em muitas instâncias. Transgride vários códigos, a começar pelo linguístico, em verdadeira campanha contra o lugar-comum e as ideias feitas. Mas também é de seu agrado transgredir as convenções sociais e o conformismo, alvos prediletos de suas elucubrações.

Não pode faltar uma menção à sua capacidade quase infinita de criar enredos que não se repetem. A elaboração mitopoética preside a um vigor de fabulação que surpreende o leitor pela exuberância. Tudo se passa como se o sertão fosse o espaço onde uma infinitude de estórias — a saga — corre solta.

A metalinguagem

Para começar, e por sua posição de alicerce ao longo de toda a obra, chama a atenção o trabalho metalinguístico desse poliglota precoce, interessado em conhecer os mecanismos de funcionamento das línguas.

Inventor e inovador de linguagem, o Autor não só inventa e inova: a reflexão sobre ela está disseminada por toda a obra — o que fundamenta seu cunho metalinguístico. Não se restringindo à lexicogênese, estende-se ao ato de narrar e às formas da narrativa. Já de saída, em seu primeiro livro, publica "São Marcos", uma ode à energia pulsante das palavras, que tanto exorcizam as potências das trevas quanto ostentam seu próprio "canto e plumagem", conforme afirma. "Desenredo" é montado como uma detonação de clichês verbais em sequência, em que o entrecho, que já é anticlichê, se expressa, por assim dizer, no vivo do discurso, desengatilhando chavões e preconceitos mediante provérbios desconstruídos, virados do avesso. "Famigerado" lida com a delicada semântica de uma única palavra, da qual depende a honra de um jagunço — num lance, aliás equivocado e derrisório, de vida ou morte.

Fora desta seleção, o trabalho metalinguístico atinge um ponto máximo quando o Autor discute exclusivamente linguagem nos quatro prefácios de *Tutameia*, em que uma de suas obsessões se desvencilha da ficção e diz a que veio. O ato de narrar suscita reflexões com frequência, como em *Grande sertão: veredas*, no qual é ferramenta para o narrador se investir como protagonista e construir a narrativa. E nas sete "novelas" de *Corpo de baile*, observa-se delicada variação nas questões relativas à metalinguagem, processo culminando em "Cara-de-Bronze". Ali, o vaqueiro Grivo sai a percorrer e inventariar o mundo, regressando para relatar ao patrão "o quem das coisas" — que muitas vezes reside em enumerações de seus nomes.

O Outro

A perquirição do diferente, em vasta gama, encontra-se em toda a obra de Guimarães Rosa, sempre com aberta empatia, querendo entender, visando desmanchar estereótipos, insinuando a tolerância e a solidariedade. Esse diferente pode ser o estrangeiro, o cigano, o índio, a mendiga, a assassina, o louco e o santo, o mandão e o capanga, a esposa errática, o rufião, a donzela-guerreira, o trapaceiro, mas pode ser também a criança e o bicho.

Neste volume, podem ser apreciados os contos "Orientação", com um chinês; "Faraó e a água do rio", com ciganos; "A menina de lá", com uma criança; "As garças", com aves; "Meu tio o Iauaretê", com índios e onças.

Quanto aos bichos, eis seu veredicto: "Amar os animais é aprendizado de humanidade". A frase consta de um dos vários "Zoos" de *Ave, palavra*, em que este fino observador da fauna procura encontrar equivalentes verbais para todo um bestiário. Pede destaque "Orientação", que põe em confronto sob o signo de Eros um chinês extraviado no interior e uma sertaneja, destilando seu travo picante do contraste entre eles, examinando a diferença em seu poder transformador, inclusive linguístico. Impregnando até os sinais gráficos: são tão incongruentes ambos quanto "til no i, pingo no a". Quanto à indisputável obra-prima que é "Meu tio o Iauaretê", será examinada no final, sob o tópico do narrador.

Fora desta seleção, encontram-se muitos outros contos com tais personagens: "Cipango", com japoneses; "Uns índios, sua fala", cujo título já diz tudo; "O cavalo que bebia cerveja", em que a incompreensão e a intolerância para com um estrangeiro serão revertidas; "A benfazeja", que põe em cena uma mendiga guia de cego, que mal sabe falar, já quase se despojando da humanidade, a quem o vilarejo sem misericórdia atribui atrocidades. E quando falamos em crianças na obra de Guimarães Rosa, logo lembramos de *Miguilim* (*Corpo de baile*), em que ocorre uma completa identificação, devida ao ponto de vista, com a sorte de um menino míope, desnorteado entre as paixões dos adultos, cujas reverberações o atingem sem que ele as compreenda.

Quanto aos animais, célebre entre todos é "O burrinho pedrês", no qual o protagonista é o mais humilde dos integrantes de uma condução de boiada, atalhada por uma enchente onde quase todos se afogam. Salvam-se apenas duas pessoas pelas quais o burrinho é pessoalmente responsável, uma que o cavalga e outra que se agarra à sua cauda. Mas outros estão sempre aparecendo na obra deste escritor que amava os gatos, a exemplo das onças, objeto de detalhadas reflexões em "Meu tio o Iauaretê", nesta antologia, ou até mesmo das cobras, uma delas em "Como ataca a sucuri" e outra em "Bicho mau". Já nem falamos em bois e cavalos, viventes do sertão, que são amorosamente descritos e louvados ao longo de toda a obra.

Humor

Pouco reconhecida é a veia humorística de Guimarães Rosa, que escreveu algumas das coisas mais cômicas de nossa literatura.

Ao parodiar o vetusto modelo bíblico da parábola do filho pródigo, "Traços biográficos de Lalino Salãthiel ou A volta do marido pródigo" envereda pelo picaresco. Seu herói, Lalino Salãthiel, é um *trickster*, misto de Pedro Malazarte, Macunaíma e Saci, capaz das piores malandragens, sempre visando à sobrevivência. Num lance de exemplar ignomínia, vende a esposa e depois a recupera sem despesa mediante tramoias. Modelo de jogo de cintura, é um pobre-coitado que procura não submergir na miséria e na anomia, servindo de peão nas politicagens dos coronéis do sertão. "Os irmãos Dagobé" explora a linguagem, enquanto zomba, de modo não cáustico mas até indulgente, dos valentões do interior, mostrando como são vulneráveis. "O porco e seu espírito" mistura com benevolência pecados capitais como a gula, a inveja, a soberba e a ira, que incidem nas relações entre dois vizinhos, um próspero e o outro carente.

"Darandina" narra um dia que se tornaria histórico numa cidadezinha mineira, salvando-se da modorra habitual, quando de repente um homem sobe numa palmeira na pracinha e tira a roupa, desencadeando uma série de reações que vão comprometendo a coletividade. A tal ponto que o pacato burgo, quando menos espera, vê-se imerso num clima de insurgência generalizado. É anárquico e jubiloso, regozijando-se na anarquia.

Num mundo subitamente de cabeça para baixo, "— Tarantão, meu patrão..." relata uma extraordinária cavalgada dos insensatos, reunindo os limítrofes, os excêntricos e os desajustados. Predominam a vocação para a farsa, o grotesco, o grão de insânia que eclode em meio à pasmaceira do cotidiano e que dá acesso ao universo do poético.

O narrador

Finalmente, o último bloco contempla o trabalho com o foco narrativo, trabalho que desempenhou papel fulcral no desenvolvimento da obra de Guimarães Rosa. Ainda canhestro de início, foi-se requintando extraordinariamente até atingir o auge em textos como *Grande sertão: veredas* ou "Meu tio o Iauaretê".

A bem da análise, montou-se aqui um *continuum* para expor a gradação do trabalho do narrador, cancelando a cronologia, para deixar claro o grau de aproximação ou distanciamento do foco narrativo.

Num dos extremos, o narrador aparece identificado com o Autor, na primeira pessoa do discurso direto, o que seria a forma mais rudimentar de mostrá-lo. É o que acontece, por exemplo, em "Corpo fechado" e em "Famigerado", mais em "Darandina" ou menos em "São Marcos", em que um médico procedente da cidade se relaciona com os nativos, que pedem ajuda ou conselho como a uma autoridade — a ele, homem de ciência, senhor da palavra. Vemo-lo não ficcionalizado num dos prefácios de *Tutameia*, falando de seu xará, o vaqueiro Zito, que era guieiro, cozinheiro e poeta, companheiro na condução da boiada. É o Autor sem disfarces, prestando atenção e anotando. No outro extremo da gradação, refinadíssimo e obscurecendo cada vez mais esse interlocutor até silenciá-lo, em *Grande sertão: veredas*, ele desaparece e emudece, só sendo mencionado no discurso direto do narrador-protagonista como um doutor de óculos que veio da cidade, escreve numa caderneta e instiga a narração.

Mas entre esses dois extremos — o narrador em primeira pessoa que é fonte da narrativa e o interlocutor que mal disfarça o médico culto do interior —, outros surgem, e é uma grande proeza do Autor ter chegado à constituição de um narrador coletivo em terceira pessoa oriundo do sertão, que se autonomeia coloquialmente como "a gente", ao mesmo tempo em que constrói a verossimilhança com o espaço que elegeu para desenrolar sua obra. Este narrador torna-se cada vez mais fluido e, por assim dizer, natural.

Guimarães Rosa avança mais um grau ao criar um narrador que não é personagem autônoma, ou melhor, que se perde no plural. O leitor pode, por hipótese, imaginar que se trata de uma adaptação da posição do corifeu da tragédia ática que, sem ser personagem mas apenas liderando o coro, comenta os eventos que decorrem ali na cena, assumindo o ponto de vista da pólis. Assim nosso Autor transpõe um elemento do gênero dramático para o gênero épico. Aqui neste volume, um exemplo pleno é "Sorôco, sua mãe, sua filha", em que um narrador-observador-participante está presente e incluído na cena mas não se distingue da coletividade, falando em nome de "a gente". Em "A hora e vez de Augusto Matraga", a voz em terceira pessoa não pertence a um narrador presente na cena, mas a uma espécie de voz da saga, que veicula a intriga, como testemunha não dos acontecimentos mas já da história que se constituiu com o passar do tempo e de que ele é mero porta-voz. Em "A terceira margem do rio", que fala do desaparecimento do pai, é seu filho quem fala, em seu nome e no nome da família, dizendo "nós" e "nosso pai", pois é da sucessão das gerações que o conto trata. Em "Meu tio o Iauaretê", o narrador dá um salto quase mortal e cria o mais complexo dos focos narrativos, misturando no discurso direto do narrador o português, o tupi e uma espécie de linguajar animal com onomatopeias de ruídos e rugidos de onça. Tudo isso enquanto faz uma meditação sobre a tragédia que é a destruição de civilizações, com base no genocídio que predominou nesta parte do mundo, sem fim à vista até os dias de hoje.

Finda a leitura desta seleção, o leitor, em estado de graça, pode ficar satisfeito por ter realizado uma jornada pelo que de melhor existe em ficção de língua portuguesa.

Walnice Nogueira Galvão

CONTOS

A METALINGUAGEM

Eu vi um homem lá na grimpa do
[coqueiro, ai-ai,
não era homem, era um coco bem
[maduro, ôi-ôi.
Não era coco, era a creca de um
[macaco, ai-ai,
não era a creca, era o macaco todo
[inteiro, ôi-ôi.

[*Cantiga de espantar males*]

SÃO MARCOS

[*Sagarana*]

Naquele tempo eu morava no Calango-Frito e não acreditava em feiticeiros.

E o contra-senso mais avultava, porque, já então — e excluída quanta coisa-e-sousa de nós todos lá, e outras cismas corriqueiras tais: sal derramado; padre viajando com a gente no trem; não falar em raio: quando muito, e se o tempo está bom, "faísca"; nem dizer lepra; só o "mal"; passo de entrada com o pé esquerdo; ave do pescoço pelado; risada renga de suindara; cachorro, bode e galo, pretos; e, no principal, mulher feiosa, encontro sobre todos fatídico; — porque, já então, como ia dizendo, eu poderia confessar, num recenseio aproximado: doze tabus de não-uso próprio; oito regrinhas ortodoxas preventivas; vinte péssimos presságios; dezesseis casos de batida obrigatória na madeira; dez outros exigindo a figa digital napolitana, mas da legítima, ocultando bem a cabeça do polegar; e cinco ou seis indicações de ritual mais complicado; total: setenta e dois — noves fora, nada.

Além do falado, trazia comigo uma fórmula gráfica: treze consoantes alternadas com treze pontos, traslado feito em meia-noite de sexta-feira da Paixão, que garantia invulnerabilidade a picadas de ofídios: mesmo de uma cascavel em jejum, pisada na ladeira da antecauda, ou de uma jararaca-papuda, a correr mato em caça urgente. Dou de sério que não mandara confeccionar com o papelucho o escapulário em baeta vermelha, porque isso seria humilhante; usava-o dobrado, na carteira. Sem ele, porém, não me aventuraria jamais sob os cipós ou entre as moitas. E só hoje é que realizo que eu era assim o pior-de-todos, mesmo do que o Saturnino Pingapinga, capiau que — a história é antiga — errou de porta, dormiu com uma mulher que não era a sua, e se curou de um mal-de-engasgo, trazendo a receita médica no bolso, só porque não tinha dinheiro para a mandar aviar.

Mas, feiticeiros, não. E me ria dessa gente toda do mau milagre: de Nhá Tolentina, que estava ficando rica de vender no arraial pastéis de carne mexida com ossos de mão de anjinho; dos vinténs enterrados juntamente com mechas de cabelo, em frente das casas; do sapo com uma hóstia consagrada na boca, e a boca costurada para ele não cuspir fora a partícula, e depois batizado em pia de igreja, e, mais, polvilhado de terra de cemitério, e, ainda, pancada nele sapo até meio-morrer, para ser escondido finalmente no telhado de um sujeito; e do João Mangolô velho-de-guerra, voluntário do mato nos tempos do Paraguai, remanescente do "ano da fumaça", liturgista ilegal e orixá-pai de todos os metapsíquicos por-perto, da serra e da grota, e mestre em artes de despacho, atraso, telequinese, vidro moído, vuduísmo, amarramento e desamarração.

Bem... Bem que Sá Nhá Rita Preta cozinheira não cansava de me dizer:

— Se o senhor não aceita, é rei no seu; mas, abusar, não deve-de!

E eu abusava, todos os domingos, porque, para ir dominar no mato das Três Águas, o melhor atalho renteava o terreirinho de frente da cafua do Mangolô, de quem eu zombava já por prática. Com isso eu me crescia, mais mandando, e o preto até que se ria, acho que achando mesmo graça em mim.

Para escarmento, o melhor caso-exemplo de Sá Nhá Rita Preta minha criada era este: "...e a lavadeira então veio entrando, para ajuntar a roupa suja. De repente, deu um grito horrorendo e caiu sentada no chão, garrada com as duas mãos no pé (lá dela!)... A gente acudiu, mas não viu nada: não era topada, nem estrepe, nem sapecado de tatarana, nem ferroada de marimbondo, nem bicho-de-pé apostemado, nem mijacão, nem coisa de se ver... Não tinha cissura nenhuma, mas a mulher não parava de gritar, e... qu'é de remédio?! Nem angú quente, nem fomentação, nem bálsamo, nem emplastro de folha de fumo com azeite-doce, nem arnica, nem alcanfor!... Aí, ela se alembrou de desfeita que tinha feito para a Cesária velha, e mandou um portador às pressas, para pedir perdão. Pois foi o tempo do embaixador chegar lá, para a dor sarar, assim de voo... Porque a Cesária tornou a tirar fora a agulha do pé do calunga de cera, que tinha feito, aos pouquinhos, em sete voltas de meia-noite: "Estou fazendo fulana!... Estou fazendo fulana!...", e depois, com a agulha: "Estou espetando fulana!... Estou espetando fulana!..."

Uma barbaridade! Até os meninos faziam feitiço, no Calango-Frito. O mestre dava muito coque, e batia de régua, também; Deolindinho, de dez anos, inventou a revolta — e ele era mesmo um gênio, porque o sistema foi original, peça por peça somente seu: "Cada um fecha os olhos e apanha uma folha no bamburral!" Pronto. "Agora, cada um verte água dentro da lata com as folhas!" Feito. "Agora, algum vai esconder a *coisa* debaixo da cama de Seu Professor!..."

E foi a lata ir para debaixo da cama, e o professor para cima da cama, e da lata, e das folhas, e do resto, muito doente. Quase morreu: só não o conseguiu porque, não tendo os garotos sabido escolher um veículo inodoro, o bizarro composto, ao fim de dia e meio, denunciou-se por si.

Bem, ainda na data do que vai vir, e já eu de chapéu posto, Sá Nhá Rita Preta minha cozinheira, enquanto me costurava um rasgado na manga do paletó ("Coso a roupa e não coso o corpo, coso um molambo que está roto..."), recomendou-me que não enjerizasse o Mangolô.

Bobagens! No céu e na terra a manhã era espaçosa: alto azul, gláceo, emborcado; só na barra sul do horizonte estacionavam cúmulos, esfiapando sorvete de coco; e a leste subia o sol, crescido, oferecido — um massa-mel amarelo, com favos brilhantes no meio a mexer.

E eu levava boa matalotagem, na capanga, e também o binóculo. Somente o trambolho da espingarda pesava e empalhava. Mas cumpria com a lista, porque eu não podia deixar o povo saber que eu entrava no mato, e lá passava o dia inteiro, só para ver uma mudinha de cambuí a medrar da terra de-dentro de um buraco no tronco de um camboatã; para assistir à carga frontal das formigas-cabaças contra a pelugem farpada e eletrificada de uma tatarana lança-chamas; para namorar o namoro dos guaxes, pousados nos ramos compridos da aroeira; para saber ao certo se o meu xará joão-de-barro fecharia mesmo a sua olaria, guardando o descanso domingueiro; para apostar sozinho, no concurso de salto-à-vara entre os gafanhotos verdes e os gafanhões cinzentos; para estudar o treino de concentração do jaburu acromegálico; e para rir-me, à glória das aranhas-d'água, que vão corre-correndo, pernilongando sobre a casca de água do poço, pensando que aquilo é mesmo chão para se andar em cima.

Cachorro não é meu sócio. E nem! Com o programa, só iria servir para estorvar, puxando-me para o caminho de sua roça. Porque todos eles são mesmeiros despóticos: um cotó paqueiro pensa que no mundo só existem pacas, quando muito também tatus, cotias, capivaras, lontras; o veadeiro não sabe de coisa que não os esguios suassús das caatingas; e o perdigueiro desdenha o mundo implume, e mesmo tudo o que não for galináceo, fé do seu faro e gosto. Uma vez, no começo, trouxe comigo um desses ativistas orelhudos, de nariz destamanho. Não dei nem tiro, e ele estranhava, subindo para mim longos olhares de censura. Desprezou-me, sei; e eu me vexei e quase cedi. Nunca mais!

Mas, como eu contava ainda há pouco, eram sete horas, e eu ia indo pela estrada, com espingarda, matula, manhã bonita e tudo. Tão gostosos a claridade e o ar — morno cá fora, fresco nas narinas e feliz lá dentro — que eu ia do mais esquecido, tropica-e-cai levanta-e-sai, e levei um choque, quando gritaram, bem por detrasinho de mim:

— 'Guenta o relance, Izé!...

Estremeci e me voltei, porque, nesta estória, eu também me chamarei José. Mas não era comigo. Era com outro Zé, Zé-Prequeté, que, trinta metros adiante, se equilibrava em cima dos saltos arqueados de um pangaré neurastênico.

Justo no momento, o cavalicoque cobreou com o lombo, e, com um jeito de rins e depois um desjeito, deu com o meu homônimo no chão.

Mas isso não tinha maior importância, porque, mais poucos passos, e eu adotava um trilho afluente, muito batido e de chão limpo, mas estreito, porque vinha numerosa gente à consulta, mas sempre um só ou dois de cada vez. A casa do Mangolô ficava logo depois. Havia um relaxamento no aramado da cerca, bem ao lado da tranqueira de varas, porque o povo preferia se abaixar e passar entre os fios; e a tranqueira deixara de ter maior serventia, e os bons-dias trepavam-lhe os paus, neles se enroscando e deflagrando em campânulas variegadas, branco e púrpura.

A cafua — taipa e colmo, picumã e pau-a-pique — estava lá, bem na linha de queda da macaúba. Linha teórica, virtual, mas, um dia... Porque a sombra do coqueiro, mesmo sem ser na hora das sombras ficarem compridas, divide ao meio o sapé do teto; e a árvore cresce um metro por ano; e os feiticeiros sempre acabam mal; e um dia o pau cai, que não sempre...

Hora de missa, não havia pessoa esperando audiência, e João Mangolô, que estava à porta, como de sempre sorriu para mim. Preto; pixaim alto, branco amarelado; banguela; horrendo.

— Ó Mangolô!
— Senh'us'Cristo, Sinhô!
— Pensei que você era uma cabiúna de queimada...
— Isso é graça de Sinhô...
— ...Com um balaio de rama de mocó, por cima!...
— Ixe!
— Você deve conhecer os mandamentos do negro... Não sabe? "Primeiro: todo negro é cachaceiro..."
— Ôi, ôi!...
— "Segundo: todo negro é vagabundo."
— Virgem!
— "Terceiro: todo negro é feiticeiro..."

Aí, espetado em sua dor-de-dentes, ele passou do riso bobo à carranca de ódio, resmungou, se encolheu para dentro, como um caramujo à cocleia, e ainda bateu com a porta.

— Ó Mangolô!: "Negro na festa, pau na testa!..."

E fui, passando perto do chiqueiro — mais uma manga, de tão vasto, com seis capadões super-acolchoados, cegos de gordura, espapaçados, grunhindo, comodistas e educados malissimamente. Comer, comer, comem de tudo: até cobra — pois nem presa de surucucu-tapete não é capaz de transfixar-lhes os toucinhos. Mas, à meia-noite, não convém a gente entrar aqui, porque todo porco nessa hora vira fera, e até fica querendo sair para estraçalhar o dono ou outro qualquer cidadão.

No final do feijoal, a variante se bifurca; tomo o carreador da direita. Dos dois lados, abrem-se os gravatás, como aranhas de espinhentas patorras; mas traçam arcos melodiosos e se enfeitam de flores céu-azul.

Escuto o bater de alpercatas. É o Aurísio Manquitola.

— Você vem vindo do Mangolô, hein Aurísio?

— Tesconjuro!... 'Tou vindo mas é da missa. Não gosto de urubu... Se gostasse, pegava de anzol, e andava com uma penca debaixo do sovaco!...

Aurísio é um mameluco brancarano, cambota, anoso, asmático como um fole velho, e com supersenso de cor e casta.

— Mas você tem medo dele...

— Há-de-o!... Agora, abusar e arrastar mala, não faço. Não faço, porque não paga a pena... De primeiro, quando eu era moço, isso sim!... Já fui gente!, gente. Para ganhar aposta, já fui, de noite, foras d'hora, em cemitério... Acontecer, nunca me aconteceu nada; mas essas coisas são assim para rapaz. Quando a gente é novo, gosta de fazer bonito, gosta de se comparecer. Hoje, não: estou percurando é sossego... O senhor é servido em comer uma laranja-da-china?

E Aurísio Manquitola, que está com a capanga cheia delas, tira uma, corta a tampa, passando a fruta no gume da foice, aplica uma pranchada no fundo da sobredita, "para amolecer e dar o caldo", e chupa, sem cascar.

— Boa coisa é uma foice, hein, Aurísio? Serve para tudo... Agora, para tirar bicho-de-pé, serve não. Ou será que serve?...

— Não caçoa! Boa mesmo!... Eu cá não largo a minha. Arma de fogo viaja a mão da gente longe, mas cada garrucha tem seu nome com sua moda... Faca já é mais melhor, porque toda faca se chama catarina. Mas, foice?!: é arma de sustância — só faz conta de somar! Para foice não tem nem reza, moço...

— Nem as "sete ave-marias retornadas"? Nem "São Marcos"?

E comecei a recitar a oração sesga, milagrosa e proibida: — "Em nome de São Marcos e de São Manços, e do Anjo-Mau, seu e meu companheiro..."

— Úi! — Aurísio Manquitola pulou para a beira da estrada, bem para longe de mim, se persignando, e gritou:

— Para, creio-em-deus-padre! Isso é reza brava, e o senhor não sabe com o que é que está bulindo!... É melhor esquecer *as palavras*... Não benze pólvora com tição de fogo! Não brinca de fazer cócega debaixo de saia de mulher séria!...

— Bem, Aurísio... Não sabia que era assim tão grave. Me ensinaram e eu guardei, porque achei engraçado...

— Engraçado?! É é um perigo!... Para fazer bom efeito, tem que ser rezada à meia-noite, com um prato-fundo cheio de cachaça e uma faca nova em folha, que a gente espeta em tábua de mesa...

— Na passagem em que se invoca o nome do caboclo Gonzazabim Índico?

— Não fala, seu moço!... Só por a gente saber de cor, ela já dá muita desordem. O senhor, que é homem *estinctado*, de alta categoria e alta fé, não acredita em mão sem dedos, mas... Diz-se que um homem... Bom, o senhor conheceu o Gestal da Gaita, não conheceu? Figa faço que ele sabia a tal e rezava quando queria... Um dia, meu compadre Silivério, das Araras, teve de pernoitar com ele, no Viriato... Puseram os dois juntos, no quarto-da-sala... Compadre Silivério me contou: galo canta, passa hora, e nem que ele não podia segurar um sono mais explicado, por causa que o parceiro se mexia dormindo e falava enrolado, que meu compadre nem pela rama não entendeu coisa nenhuma.

— Eu sei, Aurísio:

"Da meia-noite p'r'o dia,
meu chapéu virou bacia..."

— O senhor vá escutando: o que houve foi que o meu compadre Silivério, que já estava meio arisco, dormindo com um olho só e outro não, viu o cabra vir para ele, de faca rompente, rosnando conversa em língua estranja... Foi o tempo de meu compadre Silivério destorcer da caxerenguengue e pular fora do jirau: ainda viu o outro subindo parede arriba, de pé em-pé! Aí, o homem acordou, quando bateu com a cabeça nos caibros, parece-que, e despencou de lá, estrondando... Fez um galo na creca, por prova, mas negou e negou que tinha subido em parede, perguntando ao meu compadre se ele não era que não sofria de pesadelo... Ara! ara! Para ver gente sonhar nesse esquerdo, ah eu fora de lá!...

— Medonho, Aurísio!

— Pois não foi?!... E o Tião Tranjão? Aquele meio leso, groteiro do Cala-a-Boca, que vem vender peixe-de-rio no arraial, em véspera de semana-santa... Está lembrado? Ele andou morando de-amigado com uma mulherzinha do Timbó, criatura feia e sem graça em si como nenhuma... Pois não é que achou gente ainda mais boba do que o Tião, para querer gostar dela na imoralidade?! O Cypriano, aquele carapina velho velhoso... Os dois começaram a desonrar o coió, e por amor de ficar sozinhos no bem-bom inventaram um embondo — eu acho que foram eles — que tinha sido o Tião quem tinha ofendido o Filipe Turco, que tinha levado umas porretadas no escuro sem saber da mão de quem... O pobre do Tião não sabia nem da falta de pouca-vergonha da mulher, nem de paulada em turco, nem de coisa nenhuma desta vida: só sabe até hoje é pescar, e nem isso ele não é capaz de fazer direito por si sozinho: é homem só de cercar pari no trecho estreito do rio, armar jiqui na saída de poço, e soltar catueira de oito anzóis na lagoa, para biscate de pegar os peixes mais tolos de todos...

— Dou dado!

— É mesmo. E aí foi que o Gestal da Gaita, que é sem preceito e ferrabraz, mas tem bom coração, vendo que o coitado do Tião estava mesmo filho sem pai, ficou com dó e quis ensinar a reza, para ajuda de ele ter alguma valença nos apertos. Pois foi um custo. O Tião trocava as palavras, errava, atrapalhava a brasa; nome entrava por aqui e saía por aqui; tossia e não repetia.

...Então, primeiro, o Gestal da Gaita, que nesse dia estava de veneta de ter paciência, disse assim:

— "Já sei como é que a gente põe escola para papagaio velho: bebe este copo de cachaça, todo!... Pronto. Vamos de-banda..." — E foi cantando a lição a eito, começada do começo. Mas melhor não foi, com a burrice do Tião.

...Aí o Gestal da Gaita assoou o nariz e xingou a mãe de alguém: — "Pois então, eu, só por fazer uma caridade, estou pelejando para te escorar em cima dos dois pés, e tu ou tem cera nos ouvidos ou essa cabeça é de galinha?!... Ao desta viagem, ou tu guarda o milho no paiol ou eu te soletro uma coça mestra, com sola de anta; e aí tu aprende ou fala por que é que não aprende!"

...E foi mesmo: por fim o Gestal da Gaita deu ar ao chicote, com mão dona, e o pobre do Tião Tranjão corria no contrapasso, seguro pela fralda da camisa, gritando mesa com teresa e querendo até enfiar a cabeça em cano de calça dos passantes... E foi o que prestou para clarear a ideia lá dele, paz que ele aí decorou tudo, num átimo, tintim por tintim!...

...E deu na conta: na hora em que o soldado chegou, Tião Tranjão, que sempre tinha tido um medo magro dos praças, foi perguntando, de pé atrás e fazendo ventania com o porrete:

— "Com ordem de quem?!"...

— "Com ordem de autoridade de seu Sebastião do Adriano, subdelegado de polícia lá no arraial e aqui também!"

— "Já sei, já sei! Volta p'ra trás! Volta p'ra trás, que eu vou sozinho, e é amanhã que eu vou. Falando manso, eu entendo; mas, por mal, vocês não me levam, e com soldado apertado é que eu não ando mesmo não!..."

Coisa que ele tinha quebrado o chapéu-de-palha na testa, e cuspiu para uma banda, porque estava mesmo dando para maludo, com as farrombas todas, mascarado de valentão. Mas o soldado logo viu que o assunto melhor era encabrestar e puxar o bobo pela ponta da bobice mesma. E falou assim:

— "Seu Tião Tranjão, o senhor tem sua razão particular, toda, porque é homem de brio; mas eu também tenho a minha, porque estou cumprindo dever de lei. Mas, onde está o homem, não morre homem!... E gente valente como nós dois devemos de ser amigos!... O mais certo é a gente ir pedir opinião ao seu Antonino, que é seu patrão e seu padrinho, e o que ele aconselhar nós vamos fazer."

...Tião Tranjão ficou batendo com o pé na poeira, até que encheu e respondeu:

— "Pois se o senhor acha mesmo que eu sou par p'ra outro, vamos lá. O que Padrinho Antonino disser, 'ta dissido!..."

...Aí seu Antonino falou na fé do falado, pelo direito, e mandou o Tião se entregar preso... — Aurísio interrompe a história, para colher e mastigar uma folha cheirã da erva-cidreira, que sobe em tufos na beira da estrada. (— Para desinfetar! — diz.) Depois continua:

— Diz-se que, lá na cadeia do arraial, os soldados fizeram graça... Diz-se quê, não! me arrependo: eles fazem mesmo, eu sei, porque também já estive lá, sem ter culpa de crime nenhum, bem entendido; e eles, na hora em que eu cheguei, foram me perguntando: — "Você matou? Ah, não matou não? Que pena!... Se tivesse matado, ia ficar morando aqui com a gente!..."

...Bom, eles trancaram o Tião. De certo que eles bateram também no Tião. Mas, e depois? seu moço?!...

...Ele deve de ter rezado a reza à meia-noite, da feição que o diabo pede, o senhor não acha? Pois, do contrário, me conte: quem foi que deu fuga ao preso, das grades, e carregou o cujo de volta para casa — quatro léguas —, que, de-madrugadinha, estava ele chegando lá, e depois na casa do outro, e entrando guerreiro e fazendo o pau desdar, na mulher, no carapina, nos trastes, nas panelas, em tudo quanto há...?! Entrou até embaixo de cama, para quebrar a vasilha!... E: olhe aqui: quando ele tinha chegado, caçou uma alavanca para abrir a porta, com cautela de economia, por não estragar... Pois, no fim da festa, acabou desmanchando a casa quase toda, no que era de recheio...

...Foi precisão de umas dez pessoas, para sujeitar o Tião, e se a gente não tonteasse o pobre... Bem, seu moço, se o senhor vai torar dessa banda de lá, nós temos de se desapartar, que o meu rumo é este aqui. Bom, até outro dia. Deus adiante, paz na guia!...

E o Aurísio Manquitola, se entranhando no mata-pasto e na maria-preta, some.

O meu caminho desce, contornando as moitas de assa-peixe e do unha-de-boi — esplêndido, com flores de imensas pétalas brancas, e folhas hirsutas, refulgindo. No chão, o joá-bravo defende, com excesso de espinhos, seus reles amarelos frutos. E, de vez em quando, há uma sumauveira na puberdade, arvoreta de esteio fino e cobertura convexa, pintalgada de flores rubras, como um para-sol de praia.

Entro na capoeira baixa... Saio do capoeirão alto. E acolá, em paliçadas compactas, formando arruamentos, arborescem os bambus.

Os bambus! Belos, como um mar suspenso, ondulado e parado. Lindos até nas folhas lanceoladas, nas espiguetas peludas, nas oblongas glumas... Muito poéticos e muito asiáticos, rumorejantes aos voos do vento.

Bem perto que está o bosquete, e eu me entorto de curiosidade; mas vai ser a última etapa: apenas na hora de ir-me embora é que passarei para ver os meus bambus. Meus? *Nossos...* Porque eles são a base de uma sub-estória, ainda incompleta.

Foi quase logo que eu cheguei no Calango-Frito, foi logo que eu me cheguei aos bambus. Os grandes colmos jaldes, envernizados, lisíssimos, pediam autógrafo; e alguém já gravara, a canivete ou ponta de faca, letras enormes, enchendo um entrenó:

> *"Teus olho tão singular*
> *Dessas trançinhas tão preta*
> *Qero morer eim teus braço*
> *Ai fermosa marieta."*

E eu, que vinha vivendo o visto mas vivando estrelas, e tinha um lápis na algibeira, escrevi também, logo abaixo:

> *Sargon*
> *Assarhaddon*
> *Assurbanipal*
> *Teglattphalasar, Salmanassar*
> *Nabonid, Nabopalassar, Nabucodonosor*
> *Belsazar*
> *Sanekherib.*

E era para mim um poema esse rol de reis leoninos, agora despojados da vontade sanhuda e só representados na poesia. Não pelos cilindros de ouro e pedras, postos sobre as reais comas riçadas, nem pelas alargadas barbas, entremeadas de fios de ouro. Só, só por causa dos nomes.

Sim, que, à parte o sentido prisco, valia o ileso gume do vocábulo pouco visto e menos ainda ouvido, raramente usado, melhor fora se jamais usado. Porque, diante de um gravatá, selva moldada em jarro jônico, dizer-se apenas *drimirim* ou *amormeuzinho* é justo; e, ao descobrir, no meio da mata, um angelim que atira para cima cinquenta metros de tronco e fronde, quem não terá ímpeto de criar um vocativo absurdo e bradá-lo — Ó colossalidade! — na direção da altura?

E não é sem assim que as palavras têm canto e plumagem. E que o capiauzinho analfabeto Matutino Solferino Roberto da Silva existe, e, quando chega na bitácula, impõe: — "Me dá dez'tões de biscoito de *talxóts*!" — porque deseja mercadoria fina e pensa que "caixote" pelo jeitão plebeu deve ser termo deturpado. E que a gíria pede sempre roupa nova e escova. E que o meu parceiro Josué Cornetas conseguiu ampliar um tanto os limites mentais de um sujeito só bi-dimensional, por meio de ensinar-lhes estes nomes: intimismo, paralaxe, palimpsesto, sinclinal, palingenesia, prosopopese, amnemosínia, subliminal. E que a população do Calango-Frito não se edifica com os sermões do novel pároco Padre Geraldo ("Ara, todo o mundo entende...") e clama saudades das lengas arengas do defunto Padre Jerônimo, "que tinham muito mais latim"... E que a frase "*Sub lege libertas!*", proferida em comício de cidade grande, pôde abafar um motim potente, iminente. E que o menino Francisquinho levou susto e chorou, um dia, com medo da toada "patranha" — que ele repetira, alto, quinze ou doze vezes, por brincadeira boba, e, pois, se desusara por esse uso e voltara a ser selvagem. E que o comando "Abre-te Sésamo etc." fazia com que se escancarasse a porta da gruta-cofre... E que, como ia contando, escrevi no bambu.

Até aí, tudo em paz. Deu de ser, porém, que, no domingo seguinte, quando retornei ao bambual, vi que o outro (Quem será? — pensei), vi que o outro poeta antes de mim lá voltara. Cataplasma! E garatujara ele, sob o meu poema dos velhos reis de alabastro:

Língua de turco rabatacho dos infernos.

Mas também aceitara o floral desafio, já usando certeza e lápis, comigo igual, dessa feita:

Na viola do urubú
o sapo chegou no céu.
Quando pego na viola
o céu fica sendo meu.

O trovador se esmerara. Ou seria outro, um terceiro? Pouco vale: para mim, fica sendo um só: "Quem-será". E "Quem-Será" ficou sendo o meu melhor amigo, aqui no Calango-Frito. Mas, não tive dúvida; o mato era um menino dador de brinquedos; e fiz:

> *Tempo de festa no céu,*
> *Deus pintou o surucuá:*
> *com tinta azul e vermelha,*
> *verde, cinzenta e lilá.*
> *Porta de céu não se fecha:*
> *surucuá fugiu pra cá.*

E mais, por haver lugar:

> *Tem o teu e tem o meu*
> *tem canhota e tem direita,*
> *tem a terra e tem o céu —*
> *escolha deve ser feita!*

Eu mesmo não gostei. Mas a minha poesia viajara muito e agora estava bem depois do nascimento de Nosso Senhor Jesus Cristo. Isso me perturbou; escrevi:

> *Ou a perfeição, ou a pândega!*

E esperei. No domingo imediato, encontrei no bambu contíguo, que no primeiro não mais havia internódio útil, a matéria-prima destes versos:

> *Chegando na encruzilhada*
> *eu tive de resolver:*
> *para a esquerda fui, contigo.*
> *Coração soube escolher!*

O tema se esgotara, com derrota minha e o triunfo de "Quem-Será". Me vinguei, lapisando outra qualquer quadra, começo de outro assunto. E nesse caminho estamos.

Não mais avisto os bambus. Agora apanho outra vez a estrada-mestra, que, enquanto isto tudo, contornou o saco-de-serra, esbanjando chão numa volta quilometrosa, somente para aproveitar a ponte grande e para passar no pé da porta da casa da fazenda do Seu Coronel Modestino Siqueira. Aqui ela é largo e longo socalco, talhado em tabatinga. E, do lado da encosta e do lado do vale, temos a mata: marmelinho, canela, jacarandá, jequitibá-rosa; a barriguda, armada de espinhos, de copa redonda; a mamica-de-porca — também de coluna bojuda, com outros espinhos; o sangue-de-andrade, que é "pau *dereito*"; o esqueleto de um deixa-falar, sem uma folha, guardada apenas a grade resseca; e os *jacarés* novos, absurdos, de folhinhas finas, em espiguilha, que nem folhas de sensitiva, enquanto a casca se eriça em tarjas, cristas, listéis e caneluras, como a crusta do dorso de um caimão.

E, nas ramas, rindo, cheirosos epidendros, com longos labelos marchetados de cores, com pétalas desconformes, franzidas, todas inimigas, encrespadas, torturadas, que lembram bichos do mar róseo-maculados, e roxos, e ambarinos — ou máscaras careteantes, esticando línguas de ametista.

Mas, as imbaúbas! As queridas imbaúbas jovens, que são toda uma paisagem!... Depuradas, esguias, femininas, sempre suportando o cipó-braçadeira, que lhes galga o corpo com espirais constrictas. De perto, na tectura sóbria — só três ou quatro esgalhos — as folhas são estrelas verdes, mãos verdes espalmadas; mais longe, levantam-se das grotas, como chaminés alvacentas; longe-longe, porém, pelo morro, estão moças cor de madrugada, encantadas, presas, no labirinto do mato.

Pelas frinchas, entre festões e franças, descortino, lá em baixo, as águas das Três-Águas. Três? Muitas mais! A lagoa grande, oval, tira do seu polo rombo dois córregos, enquanto entremete o fino da cauda na floresta. Mas, ao redor, há o brejo, imensa esponja onde tudo se confunde: trabéculas de canais, pontilhado de poços, e uma finlândia de lagoazinhas sem tampa.

E as superfícies cintilam, com raros jogos de espelho, com raios de sol, espirrando asterismos. E, nas ilhas, penínsulas, istmos e cabos, multicrescem taboqueiras, tabúas, taquaris, taquaras, taquariúbas, taquaratingas e taquarassús. Outras imbaúbas, mui tupis. E o buritizal: renques, aleias, arruados de buritis, que avançam pelo atoleiro, frondosos, flexuosos, abanando flabelos, espontando espiques; de todas as alturas e de todas as idades, famílias inteiras, muito unidas: buritis velhuscos, de palmas contorcionadas, buritis-senhoras, e, tocando ventarolas, buritis-meninos.

Agora, outro trilho, e desço, pisando a humilde guaxima. Duas árvores adiantadas, sentinelas: um cangalheiro, de copa trapezoidal, retaca; e uma cajazeira que oscila os brônquios verdes no alto das forquilhas superpostas. Transponho um tracto de pântano. Conheço três sendas dedalinas, que atravessam o tremedal, ora em linguetas no chão mole, ora em largas praças aterradas. Escolhi a trilha B.

Porque não é a esmo que se vem fazer uma visita: aqui, onde cada lugar tem indicação e nome, conforme o tempo que faz e o estado de alma do crente.

Hoje, vamos, primeiro, às Rendas da Yara, para escutar de próximo os sete rumores do riacho, que desliza em ebulição. Perto, no fresco da relva, na sombra da selva, no úmido dos minadouros que cantam, dormem as avencas de folhagem minuciosa: a avenca-dourada, recurvando em torno ao espique as folhas-centopeias; e o avencão-peludo, que jamais se molha, mesmo sob os respingos. Muitos musgos cloríneos. A delicadeza das samambaias. E os velhos samambaiussús.

Aqui, convém: meditar sobre as belezas da castidade, reconhecer a precariedade dos gozos da matéria, e ler a história dos Cavaleiros da Mesa Redonda e da mágica espada Excalibur. Mas não posso demorar. A frialdade do recanto é de gripar um cristão facilmente, e também paira no ar finíssima poeira de lapidação de esmeraldas, que deve ser asmatizante.

Agora vamos retroceder, para as três clareiras, com suas respectivas árvores tutelares; porque, em cada aberta do mato, há uma dona destacada, e creio mesmo que é por falta de sua licença que os outros paus ali não ousam medrar.

Primeiro, o "Venusberg" — onde impera a perpendicularidade excessiva de um jequitibá-vermelho, empenujado de liquens e roliço de fuste, que vai liso até vinte metros de altitude, para então reunir, em raqueta melhor que em guarda-chuva, os seus quadrangulares ramos. Tudo aqui manda pecar e peca — desde a cigana-do-mato e a mucuna, cipós libidinosos, de flores poliandras, até os cogumelos cinzentos, de aspirações mui terrenas, e a erótica catuaba, cujas folhas, por mais amarrotadas que sejam, sempre voltam, bruscas, a se retesar. Vou indo, vou indo, porque tenho pressa, mas ainda hei de mandar levantar aqui uma estatueta e um altar a Pan.

Um claro mais vasto, presidido pelo monumento perfumoso da colher-de-vaqueiro, faraônica, que mantém à distância cinco cambarás ruivos, magros escravos, obcônicos, e outro cambará, maior, que também vem afinando de cima para baixo. Puro Egito. Passo adiante.

Agora, sim! Chegamos ao sancto-dos-sanctos das Três-Águas. A suinã, grossa, com poucos espinhos, marca o meio da clareira. Muito mel, muita bojuí, jati, urussú, e toda raça de abelhas e vespas, esvoaçando; e formigas, muitas formigas marinhando tronco acima. A sombra é farta. E há os ramos, que trepam por outros ramos. E as flores rubras, em cachos extremos — vermelhíssimas, ofuscantes, queimando os olhos, escaldantes de vermelhas, cor de guelras de traíra, de sangue de ave, de boca e *bâton*.

Todos aqui são bons ou maus, mas tão estáveis e não-humanos, tão repousantes! Mesmo o cipó-quebrador, que aperta e faz estalarem os galhos de uma árvore anônima; mesmo o imbê-de-folha-rota, que vai pelas altas ramadas, rastilhando de copa em copa, por léguas, levando suas folhas perfuradas, picotadas, e sempre desprendendo raízes que irrompem de junto às folhas e descem como fios de aranha para segurar outros troncos ou afundar no chão. Mas a grande eritrina, além de bela, calma e não-humana, é boa, mui bondosa — com ninhos e cores, açúcares e flores, e cantos e amores — e é uma deusa, portanto.

— Uf! Aqui, posso descansar.

Tiro o paletó e me recosto na coraleira. Estou entre o começo do mato e um braço da lagoa, onde, além do retrato invertido de todas as plantas tomando um banho verde no fundo, já há muita movimentação. A face da lagoa em que bate o sol, toda esfarinhenta, com uma dansa de pétalas d'água, vê-se que vem avançando para a outra, a da sombra. E a lagoa parece dobrada em duas, e o diedro é perfeito.

— *Chuá...*

É a amerissagem de um pato bravo, que deve ter vindo de longe: tatalou e caiu, com onda espirrada e fragor de entrudo. O marrequinho de gravata é muito mais gentil: coincha no alto, escolhe o ponto, e aquatiza meigamente. Agora singra, rápido, puxando um enfivelamento de círculos e um triângulo. Bordejando, desvia-se para não abalroar as cairinas pesadas, que vão ondulando, de peito, e fazendo chapeleta grossa e esteira de espuma, como a mareta de um peixe. O marrequinho pousa tão próprio, aninhado e rodado, que a lagoa é que parece uma palma de mão, lisa e maternal, a conduzi-lo. O rabo é leme ótimo: só com um jeito lateral, e o bichinho trunca a rota. Para. Balouça. Sacode a cabeça n'água. Espicha um pezinho, para alimpar o pescoço. E vai juntar-se aos outros marrecos, que chegaram primeiro e derivam à bolina, ao gosto do vaivém da água, redondos, tersos, com uma pata preta sob a asa e a cabeça aninhada nas plumas, bico para trás cada qual.

Já os irerês descem primeiro na margem, e ficam algum tempo no meio dos caniços. Devem ter ovos lá. Os do frango-d'água eu sei onde estão, muito bem ocultos entre as tabúas.

As narcejas, há tempo que vieram, e se foram. Os paturis ainda estão por chegar. Vou esperá-los. Também pode ser que apareça alguma garça ou um jaburú, cegonhão seu compadre, ou que volte a vir aquele pássaro verde-mar com pintas brancas, do qual ninguém sabe o nome por aqui.

Agora, outra desconhecida, verde-escura esta, parecendo uma grande andorinha. Vem sempre. Tem voo largo, mas é má nadadora. E incontentável: toma seu banho de lagoa, vai lá adiante no brejo, e ainda tenta ligeira imersão no riacho.

E aquele? Ah, é o joão-grande. Não o tinha visto. Tão quieto... Mas, de vezinha — *i-tchungs!* — tchungou uma piabinha. E daqui a pouco ele vai pegar a descer e a subir o bico, uma porção de vezes, veloz como a agulha de uma máquina de costura, liquidando o cardume inteiro de piabas.

Corre o tempo.

A lagoa está toda florida e nevada de penugens usadas que os patos põem fora. E lá está o joão-grande, contemplativo, ao modo em que eu aqui estou, sob a minha corticeira de flores de crista de galo e coral. Só que eu acendo outro cigarro, por causa dos mil mosquitos, que são corja de demônios mirins.

Do mais do povinho miúdo, por enquanto, apenas o eterno cortejo das saúvas, que vão sob as folhas secas, levando bandeiras de pedacinhos de folhas verdes, e já resolveram todos os problemas do trânsito. Ligeira, escoteira, zanza também, de vez em quando, uma dessas formigas pretas caçadoras amarimbondadas, que dão ferroadas de doer três gritos. Mas aqui está outra, pior do que a preta corredora: esta formiga-onça rajada, que vem subindo pela minha polaina. Está com fome. Quer das provisões. Desço-a e ponho-lhe diante um grumo de geleia e alguns grãos de farinha. Não quis. Fugiu. Quem vai comer do meu farnel é todo o clã das quem-quem, esses trenzinhos serelepes, que têm ali perto a boca do seu formigueiro. Uma por uma, se atrevem; largam os glóbulos de terra, trocam sinais de antenas, circulam adoidadas e voltam para a cratera vermelha. Vou espalhar no chão mais comida, pois elas são sempre simpáticas: ora um menino que brinca, ora uma velhinha a rezar.

Como será o deus das formigas? Suponho-o terrível. Terrível como os que o louvam... E isto é também com o louva-a-deus, que, acolá, erecto, faz vergar a folha do junquilho. Ele está sempre rezando, rezando de mãos postas, com punhais cruzados. Mas, no domingo passado, este mesmo, ou um qualquer louva-a-deus outro, comeu o companheiro em oito minutos justos, medidos no relógio — deixou de lado apenas as rijas pernas-de-pau serrilhadas da vítima, e o seu respectivo colete... Foi-se.

E assim também o tempo foi indo — nada de novo no rabo da lagoa, e aqui em terra firme muito menos — e chegou um momento sonolento, em que me encostei para dormir.

Fiquei meio deitado, de lado. Passou ainda uma borboleta de páginas ilustradas, oscilando no voo puladinho e entrecortado das borboletas; mas se sumiu, logo, na orla das tarumãs prosternantes. Então, eu só podia ver o chão, os tufos de grama e o sem-sol dos galhos. Mas a brisa arageava, movendo mesmo aqui em baixo as carapinhas dos capins e as mãos de sombra. E o mulungu rei derribava flores suas na relva, como se atiram fichas ao feltro numa mesa de jogo.

Paz.

E, pois, foi aí que a coisa se deu, e foi de repente: como uma pancada preta, vertiginosa, mas batendo de grau em grau — um ponto, um grão, um besouro, um anú, um urubú, um golpe de noite... E escureceu tudo.

Nem houve a qualquer coisa que de regra se conserva sob as pálpebras, quando uma pessoa fecha os olhos: poento obumbramento róseo, de dia; tênue tecido alaranjado, passando em fundo preto, de noite, à luz. Mesmo no escuro de um foco que se apaga, remanescem seus vestígios, uma vaga via-láctea a escorrer; mas, no meu caso, nada havia. Era a treva, pesando e comprimindo, absoluta. Como se eu estivesse preso no compacto de uma montanha, ou se muralha de fuligem prolongasse o meu corpo. Pior do que uma câmara-escura. Ainda pior do que o último salão de uma gruta, com os archotes mortos.

Devo ter perdido mais de um minuto, estuporado. Soergui-me. Tonteei. Apalpei o chão. Passei os dedos pelos olhos; repuxei a pele — para cima, para baixo, nas comissuras — e nada! Então, pensei em um eclipse totalitário, em cataclismos, no fim do mundo.

Continuava, porém, a debulha de trilos dos pássaros: o patativo, cantando clássico na borda da mata; mais longe, as pombas cinzentas, guaiando soluços; e, aqui ao lado, um araçari, que não musica: ensaia e reensaia discursos irônicos, que vai taquigrafando com esmero, de ponta de bico na casca da árvore, o pica-pau-chanchã. E esse eu estava adivinhando: rubro-verde, vertical, topetudo, grimpando pelo tronco da imbaúba, escorando-se na ponta do rabo também. Taquigrafa, sim, mas, para tempo não perder, vai comendo outrossim as formiguinhas tarús, que saem dos entrenós da imbaúba, aturdidas pelo rataplã.

E, pois, se todos continuavam trabalhando, bichinho nenhum tivera o seu susto. Portanto... Estaria eu... Cego?!... Assim de súbito, sem dor, sem causa, sem prévios sinais?...

Bem, até há pouco, estava uma pedra solta ali. Tacteio. Ei-la. Bato com a mão, à procura do tronco da minha coraleira. Sim: a ponta da lagoa fica mesmo à minha frente.

Tangi a pedra, e logo senti que pusera no ato notável excesso de força muscular. O projétil bateu musical na água, e deve ter caído bem no meio da flotilha de marrecos, que grasnaram: — *Quaquaràcuac!* O casal de patos nada disse, pois a voz das ipecas é só um sopro. Mas espadanaram, ruflaram e voaram embora.

Então, eu compreendi que a tragédia era negócio meu particular, e que, no meio de tantos olhos, só os meus tinham cegado; e, pois, só para mim as coisas estavam pretas. Horror!...

Não é sonho, não é; pesadelo não pode ser. Mas, quem diz que não seja coisa passageira, e que daqui a instante eu não irei tornar a enxergar? Louvado seja Deus, mais a minha boa Santa Luzia, que cuida dos olhos da gente!... "Santa Luzia passou por aqui, com o seu cavalinho comendo capim!..." Santa Luzia passou por... Não, não passa coisa nenhuma. Estou mesmo é envolvido e acuado pela má treva, por um escurão de transmundo, e sem atinar com o que fazer. Maldita hora! Mais momento, e vou chorar, me arrepelando, gritando e rolando no chão.

Mas, calma... calma... Um minuto só, por esforço. Esperar um pouco, sem nervoso, que para tudo há solução. E, com duas engatinhadas, busco maneira de encostar-me à árvore: cobrir bem a retaguarda, primeira coisa a organizar.

Tiro o relógio. Só o tique-taque, claro. Experimento um cigarro — não presta, não tem gosto, porque não posso ver a fumaça. Espera, há alguma coisa... Passos? Não. Vozes? Nem. Alguma coisa é; sinto. Mas, longe, longe... O coração está-me batendo forte. Chamado de ameaça, vaga na forma, mas séria: perigo premente. Capto-o. Sinto-o direto, pessoal. Vem do mato? Vem do sul. Todo o sul é o perigo. Abraço-me com a suinã. O coração ribomba. Quero correr.

Não adianta. Longe, no sul. Que será? "Quem será?"... É meu amigo, o poeta. Os bambus. Os reis, os velhos reis assírio-caldáicos, belos barbaças como reis de baralho, que gostavam de vazar os olhos de milhares de vencidos cativos? São meros mansos fantasmas, agora; são meus. Mas, então, qual será a realidade, perigosa, no sul? Não, não é perigosa. É amiga. Outro chamado. Uma ordem. Enérgica e aliada, profunda, aconselhando resistência:

— 'Guenta o relance, Izé!

Respiro. Dilato-me. E grito:

— E aguento mesmo!...

Eco não houve, porque a minha clareira tem boa acústica. Mas o tom combativo da minha voz derramou em mim nova coragem. E, imediatamente, abri a tomar ar fundo, movendo as costelas todas, sem pedir licença a ninguém. Vamos ver!

Vamos ver o faz-não-faz. Estou aqui num lugar aonde ninguém mais costuma vir. Se tento regressar tacteando e tropeçando, posso cair fácil no brejo e atolar-me até dois ou cinco palmos para cima do couro-cabeludo; posso pisar perto de uma jararacussú matadora; posso entranhar-me demais pelo esconso, e ficar perdido de todo. Onças-de-verdade não há por aqui; mas um maracajá faminto, ou uma maracajá mãe, notando-me assim mal-seguro, não darão dois prazos para me extinguir. Mau! Só agora é que vejo o ruim de se estar no mato sem cachorro. De bom aviso é puxar a espingarda mais para perto de mim. Bem. E se eu der uns tiros? Inútil. Quem ouvir pensará que estou atirando aos nhambús, claro. Pois não vim caçar?... Agora, se eu não voltar a casa à hora normal, haverá alarme, virá gente à minha procura, acabarão por encontrar-me. É isto. Devo esperar, quieto.

Tempo assim estive, que deve ter sido longo. Ouvindo. Passara toda a minha atenção para os ouvidos. E então descobri que me era possível distinguir o guincho do paturi do coincho do ariri, e até dissociar as corridas das preás dos pulos das cotias, todas brincando nas folhas secas.

Escuto, tão longe, tão bem, que consigo perceber o pio labial do joão-pinto — que se empoleira sempre na sucupira grande. Agora, uma galinhola cloqueou, mais perto de mim, como uma franga no primeiro choco. Deve ter assestado o róstro por entre os juncos. Mas o joão-pinto, no posto, continua a dar o seu assovio de açúcar.

Tão claro e inteiro me falava o mundo, que, por um momento, pensei em poder sair dali, orientando-me pela escuta. Mas, mal que não sendo fixos os passarinhos, como pontos-de-referência prestavam muito pouco. E, além disso, os sons aumentavam, multiplicavam-se, chegando a assustar. Jamais tivera eu notícia de tanto silvo e chilro, e o mato cochichava, cheio de palavras polacas e de mil bichinhos tocando viola no oco do pau.

E — nisso, nisso — mexeu-se, sem meu querer, algum rodel, algum botão em minha cabeça, e, voltei a apanhar a emissora da ameaça. Perigo! Grande perigo! Não devo, não posso ficar parado aqui. Tenho, já, já, de correr, de me atirar pelo mato, seja como for!

Vamos! E por que não? Eu conheço o meu mato, não conheço? Seus pontos, seus troncos, cantos e recantos, e suas benditas árvores todas — como as palmas das minhas mãos. A ele vim por querer, é certo, mas agora vou precisar dos meus direitos, para defender o barato, e posso falar fala cheia, fora de devaneios, evasões, lembranças. Mesmo sem os olhos. Vamos!

Ando. Ando. Será que andei? Uma cigarra sissibila, para dizer que estou cômico. Fez-me bem. Mas, onde estarei eu, aonde foi que vim parar?

Pior, pior. Perdi o amparo da grande suinã. Perdi os croticos das criações de pena da lagoa. E aqui? Este lugar é caminho de vento, e dos rumores que o vento traz: o sabrasil, à brisa, atrita as rendilhas das grimpas; as frondes do cangalheiro farfalham; as palmas da palmeira-leque aflam em papelada; e — *pá-pá-pá-pá* — o pau-bate-caixa, golpeado nas folhas elásticas, funciona eloquente.

Tomo nota: está soprando do sudoeste; mas, mal vale: daqui a um nadinha, mudará, sem explicar a razão.

E agora? Como chegar até à estrada? Quem sabe: se eu gritar, talvez alguém me escute, por milagre que seja. Grito. Grito. Grito. Nada. Que posso? Nada. E daí? Por mim mesmo, não sou homem para acertar com o rumo. Tomo fôlego. Rezo. Me enfezo. Lembro-me de "Quem-Será". E então?:

> *"para a esquerda fui, contigo.*
> *Coração soube escolher."*

Sim. Mas, e as aves, e os grilos? Os pombos de arribada, transpondo regiões estranhas, e os patos-do-mato, de lagoa em lagoa, e os machos e fêmeas de uma porção de amorosos, solitários bichinhos, todos se orientando tão bem, sem mapas, quando estão em seca e precisam de ir a meca?... O instinto. Posso experimentar. Posso. Vou experimentar. Ir. Sem tomar direção, sem saber do caminho. Pé por pé, pé por si. Deixarei que o caminho me escolha. Vamos!

Vamos. Os primeiros passos são os piores. Mãos esticadas para a frente, em escudo e reconhecimento. Não. Pé por pé, pé por si. Um cipó me dá no rosto, com mão de homem. Pulo para trás, pulso um murro no vácuo. Caio de nariz na serapilheira. Um trem qualquer tombou da capanga. O binóculo. Limpo-me das folhinhas secas. Para quê? Rio-me, de mim. Sigo. Pé por pé, pé por si. A folhagem vai-se espessando. Há, de repente, o gorjeio de um bicudo. Meus olhos o ouvem, também: cordel suspenso, em que se vão dando laços. Uma coisa me arranca, de puxão no ombro. Cipó-vem-cá, ou um tripa-de-porco. À estrada! Pé por pé, pé por si. Uma cigarra se esfrega e perfura. Cicia duas espirais doiradas. Ai! Uma testada em tronco. O choque foi rijo. Mas, a árvore? Casca enrugada, escamosa... Um pau-de-morcego?

Um angico? Pé por pé... Vem alguém atrás de mim, outra pessoa chocalhando as folhas? Paro. Não é ninguém. Vamos. Outra esbarradela, agora contra um tamboril, garanto. Cipós espinhentos, cipós cortinas, cipós cobras, cipós chicotes, cipós braços humanos, cipós serpentinas — uma cordoalha que não se acaba mais. Pé por p... Outra árvore que não me vê, ai! É a colher-de--vaqueiro: este aroma, estes ramos densos, esta casca enverrugada de resinas — sei, como se estivesse vendo vista a sua profusão de flores rosadas. Vamos. Cheiro de musgo. Cheiro de húmus. Cheiro de água podre. Um largo, sem obstáculos. Lama no chão. Pés no fofo. De novo, as árvores. O réco--réco de um roedor qualquer. Estou indo muito ligeiro. Um canto arapongado, desconhecido: cai de muito alto, pesado, a prumo. De metal. Canso-me. Vou. Pé por pé, pé por si... Pèporpè, pèporsí... Pepp or pepp, epp or see... Pêpe orpèpe, heppe Orcy...

Mas, estremeço, praguejo, me horrorizo. O alhúm! O odor maciço, doce-ardido, do pau-d'alho! Reconheço o tronco. Deve haver uma aroeira nova, aqui ao lado. Está. Acerto com as folhas: esmagadas nos dedos, cheiram a manga. É ela, a aroeira. Sei desta aberta fria: tem sido o ponto extremo das minhas tentativas de penetração; além daqui, nunca me aventurei, nos passeios de mato a dentro.

Então, e por caminhos tantas vezes trilhados, o instinto soube guiar-me apenas na direção pior — para os fundões da mata, cheia de paludes de águas tapadas e de alçapões do barro comedor de pesos?!...

Ferido, moído, contuso de pancadas e picado de espinhos, aqui estou, ainda mais longe do meu destino, mais desamparado que nunca. Angustio--me, e chego a pique de chorar alto. Deus de todos! Oh... Diabos e diabos... Oh...

Nisso, calei-me.

Mas, aí, outra vez, chegou a ordem, o brado companheiro:

— "Guenta o relance, Izé"...

E, justo, não sei por que artes e partes, Aurísio Manquitola, um longínquo Aurísio Manquitola, brandindo enorme foice, gritou também:

— "Tesconjuro! Tesconjuro!"...

Dá desordem... Dá desordem... E, pronto, sem pensar, entrei a bramir a reza-brava de São Marcos. Minha voz mudou de som, lembro-me, ao proferir as palavras, as blasfêmias, que eu sabia de cor. Subiu-me uma vontade louca de derrubar, de esmagar, destruir... E então foi só a doideira e a zoeira, unidas a um pavor crescente. Corri.

Às vezes, eu sabia que estava correndo. Às vezes, parava — e o meu ofego me parecia o arquejar de uma grande fera, que houvesse estacado ao lado de mim.

E horror estranho riçava-me pele e pelos. A ameaça, o perigo, eu os apalpava, quase. Havia olhos maus, me espiando. Árvores saindo de detrás de outras árvores e tomando-me a dianteira. E eu corria.

Mas, num momento, cessou o mato. Um cavaleiro galopou, acolá, e o tinir das ferraduras nas pedras foi um tom de alívio.

Grunhos de porcos. Os porcos do João Mangolô. João Mangolô!

— Apanha, diabo! — esmurrei o ar, com formidável intenção.

Porque a ameaça vinha da casa do Mangolô. Minha fúria me empurrava para a casa do Mangolô. Eu queria, precisava de exterminar o João Mangolô!...

Pulei, sem que tivesse necessidade de ver o caminho. Dei, esbarrei no portal. Entrei. Mulheres consulentes havia, e gritaram. E ouvi logo o feiticeiro, que gemeu, choramingando:

— Espera, pelo amor de Deus, Sinhô! Não me mata!

Fui em cima da voz. Ele correu. Rolamos juntos, para o fundo da choupana. Mas, quando eu já o ia esganando, clareou tudo, de chofre. Luz! Luz tão forte, que cabeceei, e afrouxei a pegada.

Precipitei-me, porém, para ver o que o negro queria esconder atrás do jirau: um boneco, bruxa de pano, espécie de ex-voto, grosseiro manipanço.

— Conte direito o que você fez, demônio! — gritei, aplicando-lhe um trompaço.

— Pelo amor de Deus, Sinhô... Foi brincadeira... Eu costurei o retrato, p'ra explicar ao Sinhô...

— E que mais?! — Outro safanão, e Mangolô foi à parede e voltou de viagem, com movimentos de rotação e translação ao redor do sol, do qual recebe luz e calor.

— Não quis matar, não quis ofender... Amarrei só esta tirinha de pano preto nas vistas do retrato, p'ra Sinhô passar uns tempos sem poder enxergar... Olho que deve de ficar fechado, p'ra não precisar de ver negro feio...

Havia muita ruindade mansa no pajé espancado, e a minha raiva passara, quase por completo, tão glorioso eu estava. Assim, achei magnânimo entrar em acordo, e, com decência, estendi a bandeira branca: uma nota de dez mil-réis.

— Olha, Mangolô: você viu que não arranja nada contra mim, porque eu tenho anjo bom, santo bom e reza-brava... Em todo o caso, mais serve não termos briga... Guarda a pelega. Pronto!

Saí. As mulheres, que haviam debandado para longe, me espreitavam, espantadas, porque eu trazia a roupa em trapos, e sangue e esfoladuras em todos os possíveis pontos.

Mas recobrara a vista. E como era bom ver!

Na baixada, mato e campo eram concolores. No alto da colina, onde a luz andava à roda, debaixo do angelim verde, de vagens verdes, um boi branco, de cauda branca. E, ao longe, nas prateleiras dos morros cavalgavam-se três qualidades de azul.

DESENREDO

[*Tutaméia – Terceiras estórias*]

Do narrador a seus ouvintes:
— Jó Joaquim, cliente, era quieto, respeitado, bom como o cheiro de cerveja. Tinha o para não ser célebre. Com elas quem pode, porém? Foi Adão dormir, e Eva nascer. Chamando-se Livíria, Rivília ou Irlívia, a que, nesta observação, a Jó Joaquim apareceu.

Antes bonita, olhos de viva mosca, morena mel e pão. Aliás, casada. Sorriram-se, viram-se. Era infinitamente maio e Jó Joaquim pegou o amor. Enfim, entenderam-se. Voando o mais em ímpeto de nau tangida a vela e vento. Mas muito tendo tudo de ser secreto, claro, coberto de sete capas.

Porque o marido se fazia notório, na valentia com ciúme; e as aldeias são a alheia vigilância. Então ao rigor geral os dois se sujeitaram, conforme o clandestino amor em sua forma local, conforme o mundo é mundo. Todo abismo é navegável a barquinhos de papel.

Não se via quando e como se viam. Jó Joaquim, além disso, existindo só retraído, minuciosamente. Esperar é reconhecer-se incompleto. Dependiam eles de enorme milagre. O inebriado engano.

Até que — deu-se o desmastreio. O trágico não vem a conta-gotas. Apanhara o marido a mulher: com outro, um terceiro... Sem mais cá nem mais lá, mediante revólver, assustou-a e matou-o. Diz-se, também, que de leve a ferira, leviano modo.

Jó Joaquim, derrubadamente surpreso, no absurdo desistia de crer, e foi para o decúbito dorsal, por dores, frios, calores, quiçá lágrimas, devolvido ao barro, entre o inefável e o infando. Imaginara-a jamais a ter o pé em três estribos; chegou a maldizer de seus próprios e gratos abusufrutos. Reteve-se de vê-la. Proibia-se de ser pseudopersonagem, em lance de tão vermelha e preta amplitude.

Ela — longe — sempre ou ao máximo mais formosa, já sarada e sã. Ele exercitava-se a aguentar-se, nas defeituosas emoções.

Enquanto, ora, as coisas amadureciam. Todo fim é impossível? Azarado fugitivo, e como à Providência praz, o marido faleceu, afogado ou de tifo. O tempo é engenhoso.

Soube-o logo Jó Joaquim, em seu franciscanato, dolorido mas já medicado. Vai, pois, com a amada se encontrou — ela sutil como uma colher de chá, grude de engodos, o firme fascínio. Nela acreditou, num abrir e não fechar de ouvidos. Daí, de repente, casaram-se. Alegres, sim, para feliz escândalo popular, por que forma fosse.

Mas.

Sempre vem imprevisível o abominoso? Ou: os tempos se seguem e parafraseiam-se. Deu-se a entrada dos demônios.

Da vez, Jó Joaquim foi quem a deparou, em péssima hora: traído e traidora. De amor não a matou, que não era para truz de tigre ou leão. Expulsou-a apenas, apostrofando-se, como inédito poeta e homem. E viajou fugida a mulher, a desconhecido destino.

Tudo aplaudiu e reprovou o povo, repartido. Pelo fato, Jó Joaquim sentiu-se histórico, quase criminoso, reincidente. Triste, pois que tão calado. Suas lágrimas corriam atrás dela, como formiguinhas brancas. Mas, no frágio da barca, de novo respeitado, quieto. Vá-se a camisa, que não o dela dentro. Era o seu um amor meditado, a prova de remorsos. Dedicou-se a endireitar-se.

Mais.

No decorrer e comenos, Jó Joaquim entrou sensível a aplicar-se, a progressivo, jeitoso afã. A bonança nada tem a ver com a tempestade. Crível? Sábio sempre foi Ulisses, que começou por se fazer de louco. Desejava ele, Jó Joaquim, a felicidade — ideia inata. Entregou-se a remir, redimir a mulher, à conta inteira. Incrível? É de notar que o ar vem do ar. De sofrer e amar, a gente não se desafaz. Ele queria apenas os arquétipos, platonizava. Ela era um aroma.

Nunca tivera ela amantes! Não um. Não dois. Disse-se e dizia isso Jó Joaquim. Reportava a lenda a embustes, falsas lérias escabrosas. Cumpria-lhe descaluniá-la, obrigava-se por tudo. Trouxe à boca-de-cena do mundo, de caso raso, o que fora tão claro como água suja. Demonstrando-o, amatemático, contrário ao público pensamento e à lógica, desde que Aristóteles a fundou. O que não era tão fácil como refritar almôndegas. Sem malícia, com paciência, sem insistência, principalmente.

O ponto está em que o soube, de tal arte: por antipesquisas, acronologia miúda, conversinhas escudadas, remendados testemunhos. Jó Joaquim, genial, operava o passado — plástico e contraditório rascunho. Criava nova, transformada realidade, mais alta. Mais certa?

Celebrava-a, ufanático, tendo-a por justa e averiguada, com convicção manifesta. Haja o absoluto amar — e qualquer causa se irrefuta.

Pois, produziu efeito. Surtiu bem. Sumiram-se os pontos das reticências, o tempo secou o assunto. Total o transato desmanchava-se, a anterior evidência e seu nevoeiro. O real e válido, na árvore, é a reta que vai para cima. Todos já acreditavam. Jó Joaquim primeiro que todos.

Mesmo a mulher, até, por fim. Chegou-lhe lá a notícia, onde se achava, em ignota, defendida, perfeita distância. Soube-se nua e pura. Veio sem culpa. Voltou, com dengos e fofos de bandeira ao vento.

Três vezes passa perto da gente a felicidade. Jó Joaquim e Vilíria retomaram-se, e conviveram, convolados, o verdadeiro e melhor de sua útil vida.

E pôs-se a fábula em ata.

FAMIGERADO

[*Primeiras estórias*]

Foi de incerta feita — o evento. Quem pode esperar coisa tão sem pés nem cabeça? Eu estava em casa, o arraial sendo de todo tranquilo. Parou-me à porta o tropel. Cheguei à janela.

Um grupo de cavaleiros. Isto é, vendo melhor: um cavaleiro rente, frente à minha porta, equiparado, exato; e, embolados, de banda, três homens a cavalo. Tudo, num relance, insolitíssimo. Tomei-me nos nervos. O cavaleiro esse — o oh-homem-oh — com cara de nenhum amigo. Sei o que é influência de fisionomia. Saíra e viera, aquele homem, para morrer em guerra. Saudou-me seco, curto pesadamente. Seu cavalo era alto, um alazão; bem arreado, ferrado, suado. E concebi grande dúvida.

Nenhum se apeava. Os outros, tristes três, mal me haviam olhado, nem olhassem para nada. Semelhavam a gente receosa, tropa desbaratada, sopitados, constrangidos — coagidos, sim. Isso por isso, que o cavaleiro solerte tinha o ar de regê-los: a meio-gesto, desprezivo, intimara-os de pegarem o lugar onde agora se encostavam. Dado que a frente da minha casa reentrava, metros, da linha da rua, e dos dois lados avançava a cerca, formava-se ali um encantoável, espécie de resguardo. Valendo-se do que, o homem obrigara os outros ao ponto donde seriam menos vistos, enquanto barrava-lhes qualquer fuga; sem contar que, unidos assim, os cavalos se apertando, não dispunham de rápida mobilidade. Tudo enxergara, tomando ganho da topografia. Os três seriam seus prisioneiros, não seus sequazes. Aquele homem, para proceder da forma, só podia ser um brabo sertanejo, jagunço até na escuma do bofe. Senti que não me ficava útil dar cara amena, mostras de temeroso. Eu não tinha arma ao alcance. Tivesse, também, não adiantava. Com um pingo no i, ele me dissolvia. O medo é a extrema ignorância em momento muito agudo. O medo O. O medo me miava. Convidei-o a desmontar, a entrar.

Disse de não, conquanto os costumes. Conservava-se de chapéu. Via-se que passara a descansar na sela — decerto relaxava o corpo para dar-se mais à ingente tarefa de pensar. Perguntei: respondeu-me que não estava doente, nem vindo à receita ou consulta. Sua voz se espaçava, querendo-se calma; a fala de gente de mais longe, talvez são-franciscano. Sei desse tipo de valentão que nada alardeia, sem farroma. Mas avessado, estranhão, perverso brusco, podendo desfechar com algo, de repente, por um és-não-és. Muito de macio, mentalmente, comecei a me organizar. Ele falou:

— "Eu vim preguntar a vosmecê uma opinião sua explicada..."

Carregara a celha. Causava outra inquietude, sua farrusca, a catadura de canibal. Desfranziu-se, porém, quase que sorriu. Daí, desceu do cavalo; maneiro, imprevisto. Se por se cumprir do maior valor de melhores modos; por espertaza? Reteve no pulso a ponta do cabresto, o alazão era para paz. O chapéu sempre na cabeça. Um alarve. Mais os ínvios olhos. E ele era para muito. Seria de ver-se: estava em armas — e de armas alimpadas. Dava para se sentir o peso da de fogo, no cinturão, que usado baixo, para ela estar-se já ao nível justo, ademão, tanto que ele se persistia de braço direito pendido, pronto meneável. Sendo a sela, de notar-se, uma jereba papuda urucuiana, pouco de se achar, na região, pelo menos de tão boa feitura. Tudo de gente brava. Aquele propunha sangue, em suas tenções. Pequeno, mas duro, grossudo, todo em tronco de árvore. Sua máxima violência podia ser para cada momento. Tivesse aceitado de entrar e um café, calmava-me. Assim, porém, banda de fora, sem a-graças de hóspede nem surdez de paredes, tinha para um se inquietar, sem medida e sem certeza.

— "Vosmecê é que não me conhece. Damázio, dos Siqueiras... Estou vindo da Serra..."

Sobressalto. Damázio, quem dele não ouvira? O feroz de estórias de léguas, com dezenas de carregadas mortes, homem perigosíssimo. Constando também, se verdade, que de para uns anos ele se serenara — evitava o de evitar. Fie-se, porém, quem, em tais tréguas de pantera? Ali, antenasal, de mim a palmo! Continuava:

— "Saiba vosmecê que, na Serra, por o ultimamente, se compareceu um moço do Governo, rapaz meio estrondoso... Saiba que estou com ele à revelia... Cá eu não quero questão com o Governo, não estou em saúde nem idade... O rapaz, muitos acham que ele é de seu tanto esmiolado..."

Com arranco, calou-se. Como arrependido de ter começado assim, de evidente. Contra que aí estava com o fígado em más margens; pensava, pensava. Cabismeditado. Do que, se resolveu. Levantou as feições. Se é que se riu: aquela crueldade de dentes. Encarar, não me encarava, só se fito à meia esguelha. Latejava-lhe um orgulho indeciso. Redigiu seu monologar.

O que frouxo falava: de outras, diversas pessoas e coisas, da Serra, do São Ão, travados assuntos, insequentes, como dificultação. A conversa era para teias de aranha. Eu tinha de entender-lhe as mínimas entonações, seguir seus propósitos e silêncios. Assim no fechar-se com o jogo, sonso, no me iludir, ele enigmava. E, pá:

— "Vosmecê agora me faça a boa obra de querer me ensinar o que é mesmo que é: *fasmisgerado… faz-me-gerado… falmisgeraldo… familhas-gerado…?*"

Disse, de golpe, trazia entre dentes aquela frase. Soara com riso seco. Mas, o gesto, que se seguiu, imperava-se de toda a rudez primitiva, de sua presença dilatada. Detinha minha resposta, não queria que eu a desse de imediato. E já aí outro susto vertiginoso suspendia-me: alguém podia ter feito intriga, invencionice de atribuir-me a palavra de ofensa àquele homem; que muito, pois, que aqui ele se famanasse, vindo para exigir-me, rosto a rosto, o fatal, a vexatória satisfação?

— "Saiba vosmecê que saí ind'hoje da Serra, que vim, sem parar, essas seis léguas, expresso direto pra mor de lhe preguntar a pregunta, pelo claro…"

Se sério, se era. Transiu-se-me.

— "Lá, e por estes meios de caminho, tem nenhum ninguém ciente, nem têm o legítimo — o livro que aprende as palavras… É gente pra informação torta, por se fingirem de menos ignorâncias… Só se o padre, no São Ão, capaz, mas com padres não me dou: eles logo engambelam… A bem. Agora, se me faz mercê, vosmecê me fale, no pau da peroba, no aperfeiçoado: o que é que é, o que já lhe preguntei?"

Se simples. Se digo. Transfoi-se-me. Esses trizes:

— *Famigerado?*

— "Sim senhor…" — e, alto, repetiu, vezes, o termo, enfim nos vermelhões da raiva, sua voz fora de foco. E já me olhava, interpelador, intimativo

— apertava-me. Tinha eu que descobrir a cara. — *Famigerado?* Habitei preâmbulos. Bem que eu me carecia noutro ínterim, em indúcias. Como por socorro, espiei os três outros, em seus cavalos, intugidos até então, mumumudos. Mas, Damázio:

— "Vosmecê declare. Estes aí são de nada não. São da Serra. Só vieram comigo, pra testemunho..."

Só tinha de desentalar-me. O homem queria estrito o caroço: o verivérbio.

— *Famigerado* é inóxio, é "célebre", "notório", "notável"...

— "Vosmecê mal não veja em minha grossaria no não entender. Mais me diga: é desaforado? É caçoável? É de arrenegar? Farsância? Nome de ofensa?"

— Vilta nenhuma, nenhum doesto. São expressões neutras, de outros usos...

— "Pois... e o que é que é, em fala de pobre, linguagem de em dia-de-semana?"

— *Famigerado?* Bem. É: "importante", que merece louvor, respeito...

— "Vosmecê agarante, pra a paz das mães, mão na Escritura?"

Se certo! Era para se empenhar a barba. Do que o diabo, então eu sincero disse:

— Olhe: eu, como o sr. me vê, com vantagens, hum, o que eu queria uma hora destas era ser famigerado — bem famigerado, o mais que pudesse!...

— "Ah, bem!..." — soltou, exultante.

Saltando na sela, ele se levantou de molas. Subiu em si, desagravava-se, num desafogaréu. Sorriu-se, outro. Satisfez aqueles três: — "Vocês podem ir, compadres. Vocês escutaram bem a boa descrição..." — e eles prestes se partiram. Só aí se chegou, beirando-me a janela, aceitava um copo d'água. Disse: — "Não há como que as grandezas machas duma pessoa instruída!" Seja que de novo, por um mero, se torvava? Disse: — "Sei lá, às vezes o melhor mesmo, pra esse moço do Governo, era ir-se embora, sei não..." Mas mais sorriu, apagara-se-lhe a inquietação. Disse: — "A gente tem cada cisma de dúvida boba, dessas desconfianças... Só pra azedar a mandioca..." Agradeceu, quis me apertar a mão. Outra vez, aceitaria de entrar em minha casa. Oh, pois. Esporou, foi-se, o alazão, não pensava no que o trouxera, tese para alto rir, e mais, o famoso assunto.

O OUTRO

O OUTRO

— Uê, ocê é o chim?
— Sou, sim, o chim sou.

[*O cule cão*]

ORIENTAÇÃO

[*Tutameia – Terceiras estórias*]

Em puridade de verdade; e quem viu nunca tal coisa? No meio de Minas Gerais, um joãovagante, no pé-rapar, fulano-da-china — vindo, vivido, ido — automaticamente lembrado. Tudo cabe no globo. Cozinhava, e mais, na casa do Dr. Dayrell, engenheiro da Central.

Sem cabaia, sem rabicho, seco de corpo, combinava virtudes com mínima mímica; cabeça rapada, bochêchas, o rosto plenilunar. Trastejava, de sol--nascente a vice-versa, sério sorrisoteiro, contra rumor ou confusão, por excelência de técnica. Para si exigia apenas, após o almoço, uma hora de repouso, no quarto. — *"Joaquim vai fumar…"* — cigarros, não ópio; o que pouco explicava.

Nome e homem. Nome muito embaraçado: Yao Tsing-Lao — facilitado para Joaquim. Quim, pois. Sábio como o sal no saleiro, bem inclinado. Polvilhava de mais alma as maneiras, sem pressa, com velocidade. Sabia pensar de-banda? Dele a gente gostava. O chinês tem outro modo de ter cara.

Dr. Dayrell partiu e deixou-o a zelar o sítio da Estrada. Trenhoso, formigo, Tsing-Lao prosperou, teve e fez sua chácara pessoal: o chalé, abado circunflexo, entre leste-oeste-este bambus, árvores, cores, vergel de abóboras, a curva ideia de um riacho. Morava, porém, era onde em si, no cujo caber de caramujo, ensinada a ser, sua pólvora bem inventada.

Virara o Seô Quim, no redor rural. A mourejar ou a bizarrir, indevassava-se, sem apoquenturas: solúveis as dificuldades em sua ponderação e aprazer-se. Sentava-se, para decorar o chinfrim de pássaros ou entender o povo passar. Traçava as pernas. Esperar é um à-toa muito ativo.

E — vai-se não ver, e vê-se! Yao o china surgiu sentimental. Xacoca, mascava lavadeira respondedora, a amada, pelo apelido Rita Rola — Lola ou Lita, conforme ele silabava, só num cacarejo de fé, luzentes os olhos de ponto-e-vírgula. Feia, de se ter pena de seu espelho. Tão feia, com fossas nasais. Mas, havido o de haver. Cheiraram-se e gostaram-se.

De que com um chinês, a Rola não teve escrúpulo, fora ele de laia e igualha — pela pingue cordura e façatez, a parecença com ninguém. Quim olhava os pés dela, não humilde mas melódico. Mas o amor assim pertencia a outra espécie de fenômenos? Seu amor e as matérias intermediárias. O mundo do rio não é o mundo da ponte.

Yao amante, o primeiro efeito foi Rita Rola semelhar mesmo Lola-a-Lita — desenhada por seus olhares. A gente achava-a de melhor parecer, senão formosura. Tomava porcelana; terracota, ao menos; ou recortada em fosco marfim, mudada de cúpula a fundo. No que o chino imprimira mágica — vital, à viva vista: ela, um angu grosso em fôrma de pudim. Serviam os dois ao mistério?

Ora, casaram-se. Com festa, a comedida comédia: nôivo e nôiva e bolo. O par — o compimpo — til no i, pingo no a, o que de ambos, parecidos como uma rapadura e uma escada. Ele, gravata no pescoço, aos pimpolins de gato, feliz como um assovio. Ela, pomposa, ovante feito galinha que pôs. Só não se davam o braço. No que não, o mundo não movendo-se, em sua válida intraduzibilidade.

Nem se soube o que se passaram, depois, nesse rio-acima. Lolalita dona-de-casa, de panelas, leque e badulaques, num oco. Quim, o novo-casado, de mesuras sem cura, com esquisitâncias e coisinhiquezas, lunático-de-mel, ainda mais felizquim. Deu a ela um quimão de baeta, lenço bordado, peça de seda, os chinelinhos de pano.

Tudo em pó de açúcar, ou mel-e-açúcar, mimo macio — o de valor lírico e prático. Ensinava-lhe liqueliques, refinices — que piqueniques e jardins são das mais necessárias invenções? Nada de novo. Mas Rola-a-Rita achava que o que há de mais humano é a gente se sentar numa cadeira. O amor é breve ou longo, como a arte e a vida.

De vez, desderam-se, o caso não sucedeu bem. O silêncio pôde mais que eles. Ou a sovinice da vida, as inexatidões do concreto imediato, o mau-hálito da realidade.

Rita a Rola, se assustou, revirando atrás. Tirou-se de Quim, pazpalhaço, o dragão desengendrado. Desertou dele. Discutiam, antes — ambos de cócoras; aquela conversação tão fabulosa. E nunca há fim, de patacoada e hipótese.

Rola, como Rita, malsinava-o, dos chumbos de seu pensamento, de coisa qual coisa. Chamou-o de pagão. Dizia: — *"Não, sou escrava!"* Disse: — *"Não sou nenhuma mulher-da-vida..."* Dizendo: — *"Não sou santa de se pôr em altar."* De sínteses não cuidava.

Vai e vem que, Quim, mandarim, menos útil pronunciou-se: — *"Sim, sim, sei..."* — um obtempero. Mais o: — *"T's, t's, t's..."* — pataratesco; parecia brincar de piscar, para uma boa compreensão de nada. Falar, qualquer palavra que seja, é uma brutalidade? Tudo tomara já consigo; e não era acabrunhável. Sínico, sutilzinho, deixou-lhe a chácara, por polidez, com zumbaia. Desapareceu suficientemente — aonde vão as moscas enxotadas e as músicas ouvidas. Tivessem-no como degolado.

Rita-a-Rola, em tanto em quanto, apesar de si, mudara, mudava-se. Nele não falava; muito demais. — *"De que banda é que aquela terra será?"* Apontou-se-lhe, em esmo algébrico, o rumo do Quim chim, Yao o ausente, da Extrema-Ásia, de onde oriundo: ali vivem de arroz e sabem salamaleques.

Aprendia ela a parar calada levemente, no sóbrio e ciente, e só rir. Ora quitava-se com peneiradinhas lágrimas, num manso não se queixar sem fim. Sua pele, até, com reflexos de açafrão. — *"Tivesse tido um filho..."* — ao peito as palmas das mãos.

Outr'algo recebera, porém, tico e nico: como gorgulho no grão, grão de fermento, fino de bússola, um mecanismo de consciência ou cócega. Andava agora a Lola Lita com passo enfeitadinho, emendado, reto, proprinhos pé e pé.

FARAÓ E A ÁGUA DO RIO

[*Tutameia – Terceiras estórias*]

Vieram ciganos consertar as tachas de açúcar da Fazenda Crispins, sobre cachoeira do Riachão e onde há capela de uma Santa rezada no mês de setembro. Dois, só, estipulara o dono, que apartava do laço o assoviar e a chuva da enxurrada, fazendeiro Senhozório; nem tendo os mais ordem de abarracar ali em terras.

Eram os sobreditos Güitchil e Rulú, com arteirice e utensílios — o cobre, de estranja direto trazido, a pé, por cima de montanhas. Senhozório tratara-os à empreita, podiam mesmo dormir no engenho; e pôs para vigiá-los o filho, Siozorinho.

Sua mulher, fazendeira Siantônia, receava-os menos pela rapina que por estranhezas; ela, em razão de enfermidade, não saía da cama ou rede. Sinhalice e Sinhiza, filhas, ainda que do varandão, de alto, apreciaram espiar, imaginando-lhes que cor os olhos: o moço, sem par no sacudir o andar; o mais velho se abanando vezes com ramo de flor. À noite, em círculo de foguinho, perto do chiqueiro, um deles tocava violão.

Já ao fim de dia, Siozorinho relatou que forjavam com diligência. Senhozório, visse desplante em ciganos e sua conversa, se bem crendo poupar dinheiro no remendo das tachas, só recomendou aperto. Sinhiza porém e Sinhalice ouviram que aqueles enfiavam em cada dedo anéis, e não criavam apego aos lugares, de tanto que conhecessem a ligeireza do mundo; as cantigas que sabiam, eram para aumentar a quantidade de amor.

O moço recitava, o mais velho cabeceando qual a completar os dizeres, em romeia, algaravia de engano senão de se sentir primeiro que entender. O mais velho tinha cicatrizes, contava de rusga sem mortes em que um bando inteiramente tomara parte, até os cavalos se mordiam no meio do raivejar.

Siantônia, que sofria de hidropisias e dessuava retendo em pesadelo criaturas com dobro de pernas e braços, reprovou se acomodasse o filho a feitorar hereges. Senhozório de todos discordava, a taque de sílabas, só o teimosiar e raros cabelos a idade lhe reservara, mais o repetir que o lavrador era escravo sem senhor.

Não era verdade que, de terem negado arrimo a José, Maria e Jesus, pagassem os gitanos maldição! — Siozorinho no domingo definiu, voltado de onde fora-de-raia esses acampavam, com as velhas e moças em amarelos por vermelhos. Mas, para arranjar o alambique, de mais um companheiro precisavam, perito em serpentinas. Senhozório àquilo resistiu, dois dias. Veio ao terceiro o rapaz Florflor: davam-lhe os cachos pelo meio lado da cara, e abria as mãos, de dedos que eram só finura de ferramentas. Dessa hora mais no engenho operaram, à racha, o dia em bulha. Sinhalice e Sinhiza pois souberam que Florflor ao entardecer no Riachão se banhava. Outra feita, ria-se, riam, de estrépitas respostas: — *Cigano non lava non, ganjón, para non perder o cheiro...* — certo o que as mulheres deles estimavam, de entre os bichos da natureza.

Ousaram pedir: para, trajados cujos casacões, visitarem a Virgem. Siantônia cedeu, ela mesma em espreguiçadeira recostada, pé do altar, ao aceso de velas. Os três se ajoelharam, aqueles aspectos. Outro tanto veneravam a fazendeira: — *Sina nossa, dona, é o descanso nenhum, em nenhuma parte* — arcavam nucas de cativos. — *O rei faraó mandou...* — decisão que não se terminava. Siantônia, era ela a derivada de alto nome, posses; não Senhozório, só de míngua aprendedor, de aflições. Avós e terras, gado, as senzalas; agora, sombria, ali, tempo abaixo, a curso, sob manta de vexame, para o fôlego cada dia menos ar, em amplo a barriga de sapa. As filhas contudo admiraram-lhe o levantado gesto, mão osculosa, admitindo que todos se afastassem.

— *Tristes, aá, então estamos!* — a seguir os três na tarefa martelavam, tanto quanto adjurando a doença da senhora. E alfim: se buscassem as parentas, lembraram, as das drogas? A cigana Constantina, a cigana Demétria; ainda que a quieto, dessas provinha pressa sem causa. A outra — moça — pêssega, uma pássara. Dela vangloriavam-se: — *Aníssia...* — pendiam-lhe as tranças de solteira e refolhos cobrissem furtos e filtros, dos alindes do corpete à saia rodada, a roçagar os sapatos de salto.

Siantônia em prêmito de ofego a quis perto. Era também palmista, leu para Sinhiza e Sinhalice a boa-ventura. Siozorinho nela dera com olhos que fácil não se retiravam. Senhozório contra quentes e brilhos forçava-se a boca. Ceca e meca e cá giravam os ciganos; mas quem-sabe o real possuir só deles fosse? — e de nenhum alqueire.

Senhozório, Siantônia o espiava — no mundo tudo se consumia em erro, tirante ver o marido envelhecido igual — vizinhalma. Esquecera ela as pálpebras, deixava que as gringas benzeduras lhe fizessem; fortunosas aquelas, viventes quase à boca dos ventos.

— *Aqui todos juntos estamos...* — Siantônia extremosa ansiosa se segurava aos seus, outra vez dera de mais arfar, piorara. As paredes era que ameaçavam. A gente devia estar sempre se indo feito a Sagrada Família fugida.

Com tal que o conserto rematavam os ciganos, *eeé, bré!* Senhozório agora via: o belo metal, o belo trabalho. A esquisita cor do cobre. — *Vosmicê, gajão patrão, doradiante aumente vossos canaviais!* — os cujos botavam alarde. Crer que, aqueles, lavravam para o rei, a gente não os podendo ali ter sempre à mão, para quanto encanto. As tachas pertenciam à Fazenda Crispins, de cem anos de eternidade.

E houve a rebordosa. Concorridos de repente, a cavalo todos, enchiam a beira do engenho, eram o bando, zingaralhada. — *Mercês!* — perseguidos, clamavam ajuda; e pela ganjã castelã prometiam rezar em matrizes e ermidas. — *Ah, manucho!* — vocavam Siozorinho.

À frente, montadas de banda, as ciganas Demétria e Constantina. Rulú, barba em duas pontas. Güitchil o com topete. Aníssia, de escanchadas pernas, descalça, como um deleite e alvor. Recordavam motes: — *Vós e as flores...* — em impo, finaldo entoou Florflor, o Sonhado Moço. Vinha de um romance, qual que se suicidado por paixão, pulando no rio, correntezas o rodavam à cachoeira... — Sinhalice caraminholava.

Já armada vinha a gente da terra, contra eles, denunciados: porquanto os ladinos, trampos os, quetrefes, tudo na fingitura tinham perfeito, o que urdem em grupo, a fito de pilharem o redor, as fazendas. Diziam assim. Sanhavam por puni-los, pegados.

— *Vós...* — os quicos apelavam para o Senhor. Senhozório ficou do tamanho do socorro.

— *Aqui, não buliram em nada...* — em fim ele resolveu, prestava-lhes proteção, já se viu, erguido o pulso. Mais não precisava. Tiravam atrás os da acossa, desfazendo-se, por maior respeito. Senhozório mandava. Os ciganos eram um colorido. Louvavam-no, tão, à rapa de guais, xingos, cantos, incutiam festa da alegre tristeza.

Saíam embora agora, adeus, adeus, à farrapompa, se estugando, aquela consequência, por toda a estrada. Siantônia queria: se um dia eles voltavam à Terra-Santa... Sinhiza sozinha podia descer, aonde em fogo de sociedade à noite antes tangiam violão, ao olor odor de laranjeiras e pocilgas, já de longe mesclados. Indo tanto a certo esmo, se salvos, viver por dourados tempos, os ciganos, era fim de agosto, num fechar desapareciam.

A Fazenda Crispins parava deixada no centro de tantas léguas, matas, campos e várzeas, no meio do mundo, debaixo de nuvens.

Senhozório, sem se arreminar, não chamou o filho, da melancolia: houvesse este ainda de invejar bravatas. Ia porém preto lidar, às roças, às cercas, nas mãos a dureza do calejo. Cabisbaixado, entrequanto. Perturbava-o o eco de horas, fantasia, caprichice. Dali via o rumo do Riachão, vão, veio à beira, onde as árvores se usurpam. A água — nela cuspiu — passante, sem cessação. — *Quando um dia um for para morrer, há-de ter saudade de tanta coisa...* — ele só se disse, pegou o mugido de um boi, botou no bolso. Andando à-toa, pisava o cheiro de capins e rotas ervas.

A MENINA DE LÁ

[*Primeiras estórias*]

Sua casa ficava para trás da Serra do Mim, quase no meio de um brejo de água limpa, lugar chamado o Temor-de-Deus. O Pai, pequeno sitiante, lidava com vacas e arroz; a Mãe, urucuiana, nunca tirava o terço da mão, mesmo quando matando galinhas ou passando descompostura em alguém. E ela, menininha, por nome Maria, Nhinhinha dita, nascera já muito para miúda, cabeçudota e com olhos enormes.

Não que parecesse olhar ou enxergar de propósito. Parava quieta, não queria bruxas de pano, brinquedo nenhum, sempre sentadinha onde se achasse, pouco se mexia. — "Ninguém entende muita coisa que ela fala..." — dizia o Pai, com certo espanto. Menos pela estranhez das palavras, pois só em raro ela perguntava, por exemplo: — *"Ele xurugou?"* — e, vai ver, quem e o quê, jamais se saberia. Mas, pelo esquisito do juízo ou enfeitado do sentido. Com riso imprevisto: — *"Tatu não vê a lua..."* — ela falasse. Ou referia estórias, absurdas, vagas, tudo muito curto: da abelha que se voou para uma nuvem; de uma porção de meninas e meninos sentados a uma mesa de doces, comprida, comprida, por tempo que nem se acabava; ou da precisão de se fazer lista das coisas todas que no dia por dia a gente vem perdendo. Só a pura vida.

Em geral, porém, Nhinhinha, com seus nem quatro anos, não incomodava ninguém, e não se fazia notada, a não ser pela perfeita calma, imobilidade e silêncios. Nem parecia gostar ou desgostar especialmente de coisa ou pessoa nenhuma. Botavam para ela a comida, ela continuava sentada, o prato de folha no colo, comia logo a carne ou o ovo, os torresmos, o do que fosse mais gostoso e atraente, e ia consumindo depois o resto, feijão, angu, ou arroz, abóbora, com artística lentidão. De vê-la tão perpétua e imperturbada, a gente se assustava de repente. — "Nhinhinha, que é que você está fazendo?" — perguntava-se.

E ela respondia, alongada, sorrida, moduladamente: — *"Eu... to-u... fa-a-zendo."* Fazia vácuos. Seria mesmo seu tanto tolinha?

Nada a intimidava. Ouvia o Pai querendo que a Mãe coasse um café forte, e comentava, se sorrindo: — *"Menino pidão... Menino pidão..."* Costumava também dirigir-se à Mãe desse jeito: — *"Menina grande... Menina grande..."* Com isso Pai e Mãe davam de zangar-se. Em vão. Nhinhinha murmurava só: — *"Deixa... Deixa..."* — suasibilíssima, inábil como uma flor. O mesmo dizia quando vinham chamá-la para qualquer novidade, dessas de entusiasmar adultos e crianças. Não se importava com os acontecimentos. Tranquila, mas viçosa em saúde. Ninguém tinha real poder sobre ela, não se sabiam suas preferências. Como puni-la? E, bater-lhe, não ousassem; nem havia motivo. Mas, o respeito que tinha por Mãe e Pai, parecia mais uma engraçada espécie de tolerância. E Nhinhinha gostava de mim.

Conversávamos, agora. Ela apreciava o casacão da noite. — *"Cheiinhas!"* — olhava as estrelas, deléveis, sobre-humanas. Chamava-as de *"estrelinhas pia-pia"*. Repetia: — *"Tudo nascendo!"* — essa sua exclamação dileta, em muitas ocasiões, com o deferir de um sorriso. E o ar. Dizia que o ar estava com cheiro de lembrança. — *"A gente não vê quando o vento se acaba..."* Estava no quintal, vestidinha de amarelo. O que falava, às vezes era comum, a gente é que ouvia exagerado: — *"Alturas de urubuir..."* Não, dissera só: — *"...altura de urubu não ir."* O dedinho chegava quase no céu. Lembrou-se de: — *"Jabuticaba de vem-me-ver..."* Suspirava, depois: — *"Eu quero ir para lá."* — Aonde? — *"Não sei."* Aí, observou: — *"O passarinho desapareceu de cantar..."* De fato, o passarinho tinha estado cantando, e, no escorregar do tempo, eu pensava que não estivesse ouvindo; agora, ele se interrompera. Eu disse: — *"A avezinha."* De por diante, Nhinhinha passou a chamar o sabiá de *"Senhora Vizinha..."* E tinha respostas mais longas: — *"E eu? Tou fazendo saudade."* Outra hora, falava-se de parentes já mortos, ela riu: — *"Vou visitar eles..."* Ralhei, dei conselhos, disse que ela estava com a lua. Olhou-me, zombaz, seus olhos muito perspectivos: — *"Ele te xurugou?"* Nunca mais vi Nhinhinha.

Sei, porém, que foi por aí que ela começou a fazer milagres.

Nem Mãe nem Pai acharam logo a maravilha, repentina. Mas Tiantônia. Parece que foi de manhã. Nhinhinha, só, sentada, olhando o nada diante das pessoas: — *"Eu queria o sapo vir aqui."* Se bem a ouviram, pensaram fosse um patranhar, o de seus disparates, de sempre. Tiantônia, por vezo, acenou-lhe com o dedo. Mas, aí, reto, aos pulinhos, o ser entrava na sala, para aos pés de Nhinhinha — e não o sapo de papo, mas bela rã brejeira, vinda do verduroso, a rã verdíssima. Visita dessas jamais acontecera. E ela riu: — *"Está trabalhando um feitiço..."* Os outros se pasmaram; silenciaram demais.

Dias depois, com o mesmo sossego: — *"Eu queria uma pamonhinha de goiabada..."* — sussurrou; e, nem bem meia hora, chegou uma dona, de longe, que trazia os pãezinhos da goiabada enrolada na palha. Aquilo, quem entendia? Nem os outros prodígios, que vieram se seguindo. O que ela queria, que falava, súbito acontecia. Só que queria muito pouco, e sempre as coisas levianas e descuidosas, o que não põe nem quita. Assim, quando a Mãe adoeceu de dôres, que eram de nenhum remédio, não houve fazer com que Nhinhinha lhe falasse a cura. Sorria apenas, segredando seu — *"Deixa... Deixa..."* — não a podiam despersuadir. Mas veio, vagarosa, abraçou a Mãe e a beijou, quentinha. A Mãe, que a olhava com estarrecida fé, sarou-se então, num minuto. Souberam que ela tinha também outros modos.

Decidiram de guardar segredo. Não viessem ali os curiosos, gente maldosa e interesseira, com escândalos. Ou os padres, o bispo, quisessem tomar conta da menina, levá-la para sério convento. Ninguém, nem os parentes de mais perto, devia saber. Também, o Pai, Tiantônia e a Mãe, nem queriam versar conversas, sentiam um medo extraordinário da coisa. Achavam ilusão.

O que ao Pai, aos poucos, pegava a aborrecer, era que de tudo não se tirasse o sensato proveito. Veio a seca, maior, até o brejo ameaçava de se estorricar. Experimentaram pedir a Nhinhinha: que quisesse a chuva. — *"Mas, não pode, ué..."* — ela sacudiu a cabecinha. Instaram-na: que, se não, se acabava tudo, o leite, o arroz, a carne, os doces, frutas, o melado. — *"Deixa... Deixa..."* — se sorria, repousada, chegou a fechar os olhos, ao insistirem, no súbito adormecer das andorinhas.

Daí a duas manhãs, quis: queria o arco-íris. Choveu. E logo aparecia o arco-da-velha, sobressaído em verde e o vermelho — que era mais um vivo cor-de-rosa. Nhinhinha se alegrou, fora do sério, à tarde do dia, com a refrescação. Fez o que nunca se lhe vira, pular e correr por casa e quintal.

— "Adivinhou passarinho verde?" — Pai e Mãe se perguntavam. Esses, os passarinhos, cantavam, deputados de um reino. Mas houve que, a certo momento, Tiantônia repreendesse a menina, muito brava, muito forte, sem usos, até a Mãe e o Pai não entenderam aquilo, não gostaram. E Nhinhinha, branda, tornou a ficar sentadinha, inalterada que nem se sonhasse, ainda mais imóvel, com seu passarinho-verde pensamento. Pai e Mãe cochichavam, contentes: que, quando ela crescesse e tomasse juízo, ia poder ajudar muito a eles, conforme à Providência decerto prazia que fosse.

E, vai, Nhinhinha adoeceu e morreu. Diz-se que da má água desses ares. Todos os vivos atos se passam longe demais.

Desabado aquele feito, houve muitas diversas dôres, de todos, dos de casa: um de-repente enorme. A Mãe, o Pai e Tiantônia davam conta de que era a mesma coisa que se cada um deles tivesse morrido por metade. E mais para repassar o coração, de se ver quando a Mãe desfiava o terço, mas em vez das ave-marias podendo só gemer aquilo de — *"Menina grande... Menina grande..."* — com toda ferocidade. E o Pai alisava com as mãos o tamboretinho em que Nhinhinha se sentava tanto, e em que ele mesmo se sentar não podia, que com o peso de seu corpo de homem o tamboretinho se quebrava.

Agora, precisavam de mandar recado, ao arraial, para fazerem o caixão e aprontarem o enterro, com acompanhamento de virgens e anjos. Aí, Tiantônia tomou coragem, carecia de contar: que, naquele dia, do arco-íris da chuva, do passarinho, Nhinhinha tinha falado despropositado desatino, por isso com ela ralhara. O que fora: que queria um caixãozinho cor-de-rosa, com enfeites verdes brilhantes... A agouraria! Agora, era para se encomendar o caixãozinho assim, sua vontade?

O Pai, em bruscas lágrimas, esbravejou: que não! Ah, que, se consentisse nisso, era como tomar culpa, estar ajudando ainda a Nhinhinha a morrer...

A Mãe queria, ela começou a discutir com o Pai. Mas, no mais choro, se serenou — o sorriso tão bom, tão grande — suspensão num pensamento: que não era preciso encomendar, nem explicar, pois havia de sair bem assim, do jeito, cor-de-rosa com verdes funebrilhos, porque era, tinha de ser! — pelo milagre, o de sua filhinha em glória, Santa Nhinhinha.

AS GARÇAS

[*Ave, palavra*]

Já eram conhecidas nossas. Juntas, apareciam, ano por ano, frequentes, mais ou menos no inverno. Um par. Vinham pelo rio, de jusante, septentrionais, em longo voo — paravam no Sirimim, seu vale. Apenas passavam um tempo na pequenina região. Vivida a temporada, semanas, voltavam embora, também pelo rio, para o norte, horizonte acima, à extensão de suas asas. Deviam de estar em amores, quadra em que as penas se apuram e imaculam; e, às quantas, se avisavam disso, meiga meiamente, com o tão feio gazear. Eram da garça-branca-grande, a exagerada cândida, noiva. Apresentavam-se quando nem não se pensava nelas, não esperadas. Por súbito: somente é assim que as garças se suscitam. Depois, então, cada vez, a gente gostava delas. Só sua presença — a alvura insidiosa — e os verdes viam-se reverdes, o céu-azul mais, sem empano, nenhuma jaça. Visitavam-nos porque queriam, mas ficavam sendo da gente. Teriam outra espécie de recado.

Naquele ano, também, foi assim. Há muito tempo, mesmo; deve de ter sido aí por junho, por julho. De manhã, bem você acordou, já elas se achavam no meio da várzea-grande, vestidas e plantadas. Não lhes minguavam ali peixes: os barrigudinhos em pingues bandos; e ainda rãs, jias, pererecas, outros bichinhos se-mexentes. Seus bicos, pontuais, revolviam brejos. Andavam na várzea, desciam o Sirimim todo, ficavam seguindo o Sirimim, pescando no Sirimim. Até a passear pelos regos e pocinhos da horta, para birra do Joaquim, suspeitoso das verduras, de estragos. — *"Sai! Sai!"* — enxotava-as, ameaçava-as, atrás. E elas, sempre ambas: *jét! jét!* — já no ar. Davam voadas baixas, por curto, ou suspendiam-se longe, leves, em arredondo, em órbitas, de suso vigiando a qualquer vida do arrozal. Passavam, planadas, pelo Pedro. — *"Ôi! Ô bicho esquisito, gáiça…"* tinha ele modos de apreciar. O revoo oblíquo, quase brusco, justo virara-se para cá, vinham batendo trape as asas, preparando-se para baixar, cruzavam rente à cozinha, resvés, amarrotavam um vento. — *"Cruz! Nunca vi tão perto de mim esse trem..."* — exclamava Maria Eva, em suma se sorrindo. Deixavam o brinquedo Lourinha e Lúcia — a que, ao contrário, era muito pretinha. — *"E elas vão ficando mansas, querem morar mais com a gente?"* — Lourinha, a sério, achou.

Nigra, latindo, perseguia-lhes as sombras no chão, súbito longo perpassantes. Após, olhava-as, lá acima, céleres: asinha, azadas, entre si alvas. Nigra, tão negra; elas — as brancas. Ainda mais, quando nos lindes da várzea, compartilhadas entre ervas, boscarejas, num pensativo povoar. Ali, o junco ou o arroz, acortinava-as. Sumiam-se e surgiam, nódoas, vivas, do compacto — o branco individuado. Sonhasse a gente naquilo repousar rosto, para um outro sono. Obrigavam-nos os olhos, se pegavam neles, seu grosso leite, a guiratingi-los. Aprumavam-se esquecidas, aprontadas, num pé só, na tortidão das pretas pernas, arremedando um infindar. Assim miravam-se nos espelhinhos d'água, preliminarmente, em pausas. Sós, horas. Zape! — o zás — porém, no jogar o bico, de quando em momento, pinçando e pingando: o chofre, e peixinho nenhum escapava-lhes, no discardume. Pois, bis. Daí, de repente, subiam do verdejo, esvoaçadas, quais sopradas, meias-altas, altas, não trêmulas, entravam naquele circunvagar de carrossel, sem sair das fronhas. Gostoso, acompanhá-las: voando, a garça golpeia devagar. Nigra, latia, aborrecida.

— *"E elas são o contrário da jabuticaba?"*... — Lourinha achava de defini-las. Sabia-se que a Irene, que queria uma daquelas penas, tentara capturá-las, em grandes, infundadas urupucas. Do Dengo, empinado o queixo, parando de capinar o jardim: — *"Se diz que essa carne não presta, é seca, seca, com ranço de peixe..."* Assim passavam pelo bambu do sabiá, preferiam aterrissar na horta, luminosa de águas. Para pousar, vinha uma em-pé-zinha, do alto, meio curvas asas, a prumo e pino, com a agora verticalidade de um helicóptero. Já a outra porém se adiantara, tomando o chão: mas não firme, direto, não, senão que feito o urubu, aos três pulinhos — *puf! puf! puf!* — às vezes a gente se assustava. O Joaquim resmungou, confessou: que não desestimava delas, que deviam de ser o sinal certo de bom chover. Aproximavam-se ou afastavam-se, sem pressa, no meio dos canteirinhos das hortaliças, iam-se naquelas mesmas escuras e finas pernas, levantavam uma, o pé assim muito altinho erguido, encolhendo e enrugando as unhas para dentro: *póf!* — do jeito Lourinha descrevia-as.

Nigra esperava-as, latindo e se precipitando, de orelhas em-pé, com incerta celeradeza. Porém, foi atravessar a pontezinha, de quatro bambus, resvaladiços, e escorregou, de afoita, afundando-se de pernas entre eles, no saque da sofreguidão. Até poder safar-se, ficou ali, enganchado o grande corpo e remando no vácuo com as patas, que não dava para tocarem em fundo ou chão. Já por aí, às súbitas, aquelas se tinham alado, fazendo um repique ao acertarem o voo, e haviam-se longe, lá: elas voavam atrás da chuva. Sobrepassavam o quintal do Joaquim Sereno, retornavam para cá, no que é do Antônio, chegavam a um areal no rio, descendo — descaíam, colhidas. Justo faziam maio, júbilo, virgens, jasmins, verdade, o branco indubitável; lá longo tempo ficavam. E por toda a parte. Só quase nunca atravessavam a varzeazinha dos bois, para baixo da ponte, onde o Sirimim, subidinho, acrescentado de chuvas, se puxa com correnteza mais forte, e seus peixinhos rareiam ou se demoram menos, de ariscos.

Dormiam na várzea, ou nas pedras de beira ou meio do rio, as ilhas grandes. Também naquela árvore atrás da casa do Joaquim, o cajueiro, hoje cortado, só toco. Estavam por lá, nivais, próprias, já havia sete dias. Às vezes, ausentavam-se, mais, por suas horas; mas, de tardinha, voltavam.

Depois, porém, não foi assim.

Quando chegou uma tarde, levaram mais, muito, para voltar, e voltou só uma. Era a mulherzinha, fêmea — o Pedro explicou, entendedor. Ter-se-ia onde, a outra? Ao menos, não apareceu, a extraviada. A outra — o outro — fora morta. Ao Pedro, então, o Cristóvão simplesmente contou: que, lá para fora, um homem disse — que andou comendo "um bicho branco".

A que sozinha retornou, voou primeiro, em círculos, por cima dos lugares todos. Decerto fatigada, pousou; e, ao pousar-se, tombava panda, à forte-e--meiga, por guarida. Altanada, imota, como de seu uso, a alvinevar, uma galanteza, no centro da várzea. Tanto parecia um grande botão de lírio, e a haste — fincado, invertido posto. Ouviu-se, à vez, que inutilmente chamasse o companheiro: como gloela, rouca, o gragraiado gazinar. Sim, se. Fazia frio, o ventinho, ao entardecer. Daí, logo, levantava voo outramente, desencontrado e quebrado, de busca — triste e triste. O voo da garça sozinha não era a metade do das duas garças juntas: mas só o pairar de ausência, a espiral de uma alta saudade — com fundo no céu.

Mas, foi daí a três dias.

Lourinha e Lúcia, de manhã, vinham à casa do Pedro, buscar uma galinha e dúzia de ovos. No que passavam perto da goiabeira de beira do Sirimim, depois da ponte, escutaram talvez débeis pios, baixinho: *quic, quic*. Na volta, porém, com os ovos e a galinha, no mesmo lugar, aquilo era berrando zangado: *qué! qué!* — o quaquá num apogeu.

Custaram para achar. Embrulhada no cipó, no meio do capinzal, caída, jogada, emaranhada presa toda, debaixo da goiabeira da grota — a garça, só. Sangue, no capim. Ela estava numa lástima. Tinha uma asa quebrada muito, dependurada. Arriçada, os atitos, queria assim mesmo defender-se, dava bicadas bem ferozes.

Sendo preciso livrá-la. Tomaram ânimo, as meninas. Lúcia agarrou-a pelo engrossar-se e arrijar-se renitente do pescoço, a desencurvar-se; enquanto Lourinha segurava nas asas — sã e quebrada. Pesava, um tanto. Jeito que a garça, meio resignada, meio selvagem, queria virar-se sempre, para rebicar. Só a pausas, seu guincho, que nem de pato; jeremiava.

Trazida para o terreirinho da casa, todos a rodearam, indecisos. Sem equilíbrio, pendente morta aquela asa, ela não podia suster-se. Jacente, mole, nem se movia. Mas não piava. Olhava-nos, a vago, de soslento, com aqueles amarelos-esverdolengados olhos, na cabecinha achatada, de quase cobra. A asa, esfrangalhada, faltando-lhe uns quatro dedos de osso, prendia-se ao corpo só por um restinho de pele. Que colmilhos de fera, de algum horrível e voraz bicho garceiro, assim teriam querido estraçalhá-la? Todavia, comeu seus uns dois ou três peixes, que Lourinha e Lúcia foram buscar, do Sirimim, pegos de peneira. Que se tinha de fazer?

O Cici e o Maninho achavam: só se torando o trambolho de asas, que senão ela não viveria. Mamãe e Lourinha e Lúcia não queriam, não. Não se chegando a concerto, assim rebatidas as razões, tirou-se à sorte. Então, o Cici, cortou, de um tico, com a tesoura, a pelanquinha, e a asa estragada se abateu no chão. Nossa garça, descativa, deu um sacolejão, depois se sacudiu toda, e saiu andando — fagueira, feia, feliz. Caminhou um pouco. Nigra, ressabiada, a boa distância, com desgosto, rabujava tácita, só olhares lançados.

Teve-se de levá-la a um dos canais da horta, lá ela podia gapuiar e esperar, dando suas quatro pernadas por ali, embaraçosa, assaz mais tímida e suspicaz. A várzea-grande, agora, era para ela um longe inacessível. Andava, porém, por aqueles pocinhos e regos todos do Joaquim, mal-encarado mas concorde. Apeada, metida em sua corcunda branca, permanecia, outro tanto, sem se encardir, só e esguia. Mas metia o bico dentro d'água, fisgava, arpoava, engolia. Tinha o bico forte, rosinha-alaranjado. — Jamais chamou pelo companheiro.

Toda tarde, a gente ia-a buscar. Fez-se-lhe um ninho de palha, no barracão da porta-da-cozinha. — "E agora, ela não vai mais embora, ficou da gente, de casa..." — jurava Lourinha, a se consolar.

Durou dois dias.

Morreu, no terceiro.

Ora, dá-se que estava coagulada, dura, durante a tarde, à boa beira d'água, caída, congelada, assaz. Morreu muito branca. Murchou.

Lourinha e Lúcia trouxeram-na, por uma última vez. Lúcia carregando-a, fingia que ela estivesse ainda viva, e que ameaçava dar súbitas bicadas nas pessoas, de jocoso. De um branco, do mesmo branco em cheio, pronto, por puro. O Dengo foi enterrá-la debaixo dos bambus grandes, de beira do Sirimim, onde sempre se sepultam pássaros, cães e gatos, sem jazigo.

Daí, o entendido disse: que fora pelo frio, pneumonia, pela falta da asa, que não a protegia mais, qual uma jaqueta. O entendido viera para examinar a Nigra, com um olho doente, vermelho, inchado, ela já estava quase cega; e Nigra era uma bondosa cachorra. Disse que algo pontudo furara-lhe aquele olho: ponta de faca, por exemplo, ápice de bico de ave.

A gente pensava nelas duas. De que lugar, pelo rio, do norte, elas costumavam todo ano vir? A garça, as garças, nossas, faziam falta, tristes manchas de demasiado branco, faziam muito escuro.

MEU TIO O IAUARETÊ

[*Estas estórias*]

— Hum? Eh-eh... É. Nhor sim. Ã-hã, quer entrar, pode entrar... Hum, hum. Mecê sabia que eu moro aqui? Como é que sabia? Hum-hum... Eh. Nhor não, *nt*, *nt*... Cavalo seu é esse só? Ixe! Cavalo tá manco, aguado. Presta mais não. Axi... Pois sim. Hum, hum. Mecê enxergou este foguinho meu, de longe? É. A' pois. Mecê entra, cê pode ficar aqui.

Hã-hã. Isto não é casa... É. Havéra. Acho. Sou fazendeiro não, sou morador... Eh, também sou morador não. Eu — toda a parte. Tou aqui, quando eu quero eu mudo. É. Aqui eu durmo. Hum. Nhem? Mecê é que tá falando. Nhor não... Cê vai indo ou vem vindo?

Hã, pode trazer tudo pra dentro. Erê! Mecê desarreia cavalo, eu ajudo. Mecê peia cavalo, eu ajudo... Traz alforje pra dentro, traz saco, seus dobros. Hum, hum! Pode. Mecê cipriuara, homem que veio pra mim, visita minha; iá-nhã? Bom. Bonito. Cê pode sentar, pode deitar no jirau. Jirau é meu não. Eu — rede. Durmo em rede. Jirau é do preto. Agora eu vou ficar agachado. Também é bom. Assopro o fogo. Nhem? Se essa é minha, nhem? Minha é a rede. Hum. Hum-hum. É. Nhor não. Hum, hum... Então, por que é que cê não quer abrir saco, mexer no que tá dentro dele? Atiê! Mecê é lobo gordo... Atié[1]... É meu, algum? Que é que eu tenho com isso? Eu tomo suas coisas não, furto não. A-hé, a-hé, nhor sim, eu quero. Eu gosto. Pode botar no coité. Eu gosto, demais...

Bom. Bonito. A-hã! Essa sua cachaça de mecê é muito boa. Queria uma medida-de-litro dela... Ah, munhãmunhã: bobagem. Tou falando bobagem, munhamunhando. Tou às boas. Apê! Mecê é homem bonito, tão rico. Nhem? Nhor não. Às vezes. Aperceio. Quage nunca. Sei fazer, eu faço:

---

[1] Variante: *Axi*.

faço de cajú, de fruta do mato, do milho. Mas não é bom, não. Tem esse fogo bom-bonito não. Dá muito trabalho. Tenho dela hoje não. Tenho nenhum. Mecê não gosta. É cachaça suja, de pobre...

Ã-hã, preto vem mais não. Preto morreu. Eu cá sei? Morreu, por aí, morreu de doença. Macio de doença. É de verdade. Tou falando verdade... Hum... Camarada seu demora, chega só 'manhã de tarde. Mais? Nhor sim, eu bebo. Apê! Cachaça boa. Mecê só trouxe esse garrafão? Eh, eh. Camarada de mecê tá aqui 'manhã, com a condução? Será? Cê tá com febre? Camarada decerto traz remédio... Hum-hum. Nhor não. Bebo chá do mato. Raiz de planta. Sei achar, minha mãe me ensinou, eu mesmo conheço. Nunca tou doente. Só pereba, ferida-brava em perna, essas ziquiziras, curuba. Trem ruim, eu sou bicho do mato.

Hum, não adianta mais percurar... Os animais foram por longe. Camarada não devia ter deixado. Camarada ruim, *nt, nt!* Nhor não. Fugiram depressa, a' pois. Mundo muito grande: isso por aí é gerais, tudo sertão bruto, tapuitama... 'Manhã, camarada volta, traz outros. Hum, hum, cavalo p'los matos. Eu sei achar, escuto o caminhado deles. Escuto, com a orêlha no chão. Cavalo correndo, popóre... Sei acompanhar rastro. Ti... agora posso não, adianta não, aqui é muito lugaroso. Foram por longe. Onça tá comendo aqueles... Cê fica triste? É minha culpa não; é culpa minha algum? Fica triste não. Cê é rico, tem muito cavalo. Mas, esses, onça já comeu, atiúca! Cavalo chegou perto do mato, tá comido... Os macacos gritaram — então onça tá pegando...

Eh, mais, nhor sim. Eu gosto. Cachaça de primeira. Mecê tem fumo também? É, fumo pra mascar, pra pitar. Mecê tem mais, tem muito? Ha-hã. É bom. Fumo muito bonito, fumo forte. Nhor sim, a' pois. Mecê quer me dar, eu quero. Apreceio. Pitume muito bom. Esse fumo é chico-silva? Hoje tá tudo muito bom, cê não acha?

Mecê quer de-comer? Tem carne, tem mandioca. Eh, oh, paçoca. Muita pimenta. Sal, tenho não. Tem mais não. Que cheira bom, bonito, é carne. Tamanduá que eu cacei. Mecê não come? Tamanduá é bom. Tem farinha, rapadura. Cê pode comer tudo, 'manhã eu caço mais, mato veado. 'Manhã mato veado não: carece não. Onça já pegou cavalo de mecê, pulou nele, sangrou na veia-alteia... Bicho grande já morreu mesmo, e ela inda não larga, tá em riba dele... Quebrou cabeça do cavalo, rasgou pescoço... Quebrou? Quebroou!... Chupou o sangue todo, comeu um pedação de carne. Despois, carregou cavalo morto, puxou pra a beira do mato, puxou na boca. Tapou com folhas. Agora ela tá dormindo, no mato fechado... Pintada começa comendo a bunda, a anca. Suaçurana começa p'la pá, p'los peitos. Anta, elas duas principeiam p'la barriga: couro é grosso... Mecê 'creditou? Mas suaçurana mata anta não, não é capaz. Pinima mata; pinima é meu parente!...

Nhem? 'Manhã cedo ela volta lá, come mais um pouco. Aí, vai beber água. Chego lá, junto com os urubús... Porqueira desses, uns urubús, eles moram na Lapa do Baú... Chego lá, corto pedaço de carne pra mim. Agora, eu já sei: onça é que caça pra mim, quando ela pode. Onça é meu parente. Meus parentes, meus parentes, ai, ai, ai... Tou rindo de mecê não. Tou munhamunhando sozinho pra mim, anhum. Carne do cavalo 'manhã tá pôdre não. Carne de cavalo, muito boa, de primeira. Eu como carne pôdre não, axe! Onça também come não. Quando é suaçurana que matou, gosto menos: ela tapa tudo com areia, também suja de terra...

Café, tem não. Hum, preto bebia café, gostava. Não quero morar mais com preto nenhum, nunca mais... Macacão. Preto tem catinga... Mas preto dizia que eu também tenho: catinga diferente, catinga aspra. Nhem? Rancho não é meu, não; rancho não tem dono. Não era do preto também, não. Buriti do rancho tá pôdre de velho, mas não entra chuva, só pipica um pouquim. Ixe, quando eu mudar embora daqui, toco fogo em rancho: pra ninguém mais poder não morar. Ninguém mora em riba do meu cheiro...

Mecê pode comer, paçoca é de tamanduá não. Paçoca de carne boa, tatú-hú. Tatú que eu matei. Tomei de onça não. Bicho pequeno elas não guardam: comem inteirinho, ele todo. Muita pimenta, hã... Nhem? Ã-hã, é, tá escuro. Lua ainda não veio. Lua tá vesprando, mais logo sobe. Hum, não tem. Tem candieiro não, luz nenhuma. Sopro o fogo. Faz mal não, rancho não pega fogo, tou olhando, olhôlho. Foguinho debaixo da rede é bom-bonito, alumêia, esquenta. Aqui tem graveto, araçá, lenha boa. Pra mim só, não carece, eu sei entender no escuro. Enxergo dentro dos matos. Ei, no meio do mato tá lumiando: vai ver, não é olho nenhum, não — é tiquira, gota d'água, resina de árvore, bicho-de-pau, aranha grande... Cê tem medo? Mecê, então, não pode ser onça... Cê não pode entender onça. Cê pode? Fala! Eu aguento calor, guento frio. Preto gemia com frio. Preto trabalhador, muito, gostava. Buscava lenha, cozinhava. Plantou mandioca. Quando mandioca acabar, eu mudo daqui. Eh, essa cachaça é boa!

Nhenhem? Eu cacei onça, demais. Sou muito caçador de onça. Vim pra aqui pra caçar onça, só pra mor de caçar onça. Nhô Nhuão Guede me trouxe pra cá. Me pagava. Eu ganhava o couro, ganhava dinheiro por onça que eu matava. Dinheiro bom: glim-glim... Só eu é que sabia caçar onça. Por isso Nhô Nhuão Guede me mandou ficar aqui, mor de desonçar este mundo todo. Anhum, sozinho, mesmo... Araã... Vendia couro, ganhava mais dinheiro. Comprava chumbo, pólvora. Comprava sal, comprava espoleta. Eh, ia longe daqui, pra comprar tudo. Rapadura também. Eu — longe. Sei andar muito, demais, andar ligeiro, sei pisar do jeito que a gente não cansa, pé direitinho pra diante, eu caminho noite inteira. Teve vez que fui até no Boi do Urucúia... É. A pé. Quero cavalo não, gosto não. Eu tinha cavalo, morreu, que foi, tem mais não, cuéra. Morreu de doença. De verdade. Tou falando verdade... Também não quero cachorro. Cachorro faz barulho, onça mata. Onça gosta de matar tudo...

Hui! Atiê! Atimbora! Mecê não pode falar que eu matei onça, pode não. Eu, posso. Não fala, não. Eu não mato mais onça, mato não. É feio — que eu matei. Onça meu parente. Matei, montão. Cê sabe contar? Conta quatro, dez vezes, tá í: esse monte mecê bota quatro vezes. Tanto? Cada que matei, ponhei uma pedrinha na cabaça. Cabaça não cabe nem outra pedrinha. Agora vou jogar cabaça cheia de pedrinhas dentro do rio. Quero ter matado onça não. Se mecê falar que eu matei onça, fico brabo. Fala que eu não matei, não, tá-há? Falou? A-é, ã-ã. Bom, bonito, de verdade. Mecê meu amigo!

Nhor sim, cá por mim vou bebendo. Cachaça boa, especial. Mecê bebe, também: cachaça é sua de mecê; cachacinha é remédio... Cê tá espiando. Cê quer dar pra mim esse relógio? Ah, não pode, não quer, tá bom... Tá bom, dei'stá! Quero relógio nenhum não. Dei'stá. Pensei que mecê queria ser meu amigo... Hum. Hum-hum. É. Hum. Iá axi. Quero canivete não. Quero dinheiro não. Hum. Eu vou lá fora. Cê pensa que onça não vem em beira do rancho, não come esse outro seu cavalo manco? Ih, ela vem. Ela põe a mão pra a frente, enorme. Capim mexeu redondo, balançadinho, devagarim, mansim: é ela. Vem por de dentro. Onça mão — onça pé — onça rabo... Vem calada, quer comer. Mecê carece de ter medo! Tem? Se ela urrar, eh, mocanhemo, cê tem medo. Esturra — urra de engrossar a goela e afundar os vazios... *Urrurrú-rr-rurrú*... Troveja, até. Tudo treme. Bocão que cabe muita coisa, bocão duas-bocas! Apê! Cê tem medo? Bom, eu sei, cê tem medo não. Cê é querembáua, bom-bonito, corajoso. Mas então agora pode me dar canivete e dinheiro, dinheirim. Relógio quero não, tá bom, tava era brincando. Pra quê que eu quero relógio? Não careço...

Ei, eu também não sou ridico. Mecê quer couro de onça? Hã-hã, mecê tá vendo, ã-hã. Courame bonito? Tudo que eu mesmo cacei, faz muito tempo. Esses eu não vendi mais não. Não quis. Esses aí? Cangussú macho, matei na beira do rio Sorongo. Matei com uma chuçada só, mor de não estragar couro. Eh, pajé! Macharrão machôrro. Ele mordeu o cabo da zagaia, taca que ferrou marca de dente. Aquilo, ele onção virou mexer de bola, revirando, mole-mole, de relâmpago, feio feito sucurí, desmanchando o corpo de raiva, debaixo de meu ferro. Torcia, danado, braceiro, e miava, rôsno bruto inda queria me puxar pra o matinho fechado, todo de espinho... Quage pôde comigo!

Essa outra, pintada também, mas malha-larga, jaguara-pinima[2], onção que mia grosso. Matei a tiro, tava trepada em árvore. Sentada num galho da árvore. Ela tava lá, sem pescoço. Parecia que tava dormindo. Tava mas era me olhando... Me olhava até com desprezo. Nem deixei ela arrebitar as orêlhas: por isso, por isso, pum! — pôrro de fogo... Tiro na boca, mor de não estragar[3] o couro. Ã-hã, inda quis agarrar de unha no ramo de baixo — cadê fôlego pra isso mais? Ficou pendurada comprida, despois caiu mesmo lá de riba, despencou, quebrou dois galhos... Bateu no chão, ih, eh!

Nhem? Onça preta? Aqui tem muita, pixuna, muita. Eu matava, a mesma coisa. Hum, hum, onça preta cruza com onça-pintada. Elas vinham nadando, uma por trás da outra, as cabeças de fora, fio-das-costas de fora. Trepei num pau, na beirada do rio, matei a tiro. Mais primeiro a macha, onça jaguaretê-pinima, que vinha primeira. Onça nada? Eh, bicho nadador!

---

[2] Variante: *jaguarapinima*.

[3] Variantes: *perder, furar*.

Travessa rio grande, numa direitura de rumo, sai adonde é que quer... Suaçurana nada também, mas essa gosta de travessar rio não. Aquelas duas de casal, que tou contando[4], foi na banda de baixo, noutro rio, sem nome nenhum, um rio sujo... A fêmea era pixuna, mas não era preta feito carvão preto: era preta cor de café. Cerquei os defuntos no raso: perdi[5] os couros não... Bom, mas mecê não fala que eu matei onça, hem? Mecê escuta e não fala. Não pode. Hã? Será? Hué! Ói, que eu gosto de vermelho! Mecê já sabe...

Bom, vou tomar um golinho. Uai, eu bebo até suar, até dar cinza na língua... Cãuinhuara! Careço de beber, pra ficar alegre. Careço, pra poder prosear. Se eu não beber muito, então não falo, não sei, tou só cansado... Dei'stá, 'manhã mecê vai embora. Eu fico sozinho, anhum. Que me importa? Eh, esse é couro bom, da pequena, onça cabeçuda. Cê quer esse? Leva. Mecê deixa o resto da cachaça pra mim? Mecê tá com febre. Devia deitar no jirau, rebuçar com a capa, cobrir com couro, dormir. Quer? Cê tira a roupa, bota relógio dentro do casco de tatu, bota o revólver também, ninguém bole. Eu vou bulir em seus trens não. Eu acendo fogo maior, fico de olho, tomo conta do fogo, mecê dorme. Casco de tatu tem só esse pedaço de sabão dentro. É meu não, era do preto. Gosto de sabão não. Mecê não quer dormir? Tá bom, tá bom, não falei nada, não falei...

Cê quer saber de onça? Eh, eh, elas morrem com uma raiva, tão falando o que a gente não fala... Num dia só, eu cacei três. Eh, essa era uma suaçurana, onça vermelho-raposa, gatão de uma cor só, toda. Tava dormindo de dia, escondida no capim alto. Eh, suaçurana é custoso a gente caçar: corre muito, trepa em árvore. Vaga muito, mas ela vive no cerradão, na chapada. Pinima não deixa suaçurana viver em beira de brejo, pinima toca suaçurana embora... Carne dela eu comi. Boa, mais gostosa, mais macia. Cozinhei com jembê de carurú bravo. Muito sal, pimenta forte. Da pinima eu comia só o coração delas, mixiri, comi sapecado, moqueado, de todo o jeito. E esfregava meu corpo todo com a banha. Pra eu nunca eu não ter medo!

Nhor? Nhor sim. Muitos, muitos anos. Acabei com as onças em três lugares. Da banda dali é o rio Sucuriú, vai entrar no rio Sorongo. Lá é sertão

---

[4] Variante: *falando*.
[5] Com ponto de interrogação à margem, e sublinhado para eventual substituição.

de mata-virgem. Mas, da banda de cá é o rio Ururáu, depois de vinte léguas é a Barra do Frade, já pode ter fazenda lá, pode ter gado. Matei as onças todas... Eh, aqui ninguém não pode morar, gente que não é eu. Eh, nhem? Ahã-hã... Casa tem nenhuma. Casa tem atrás dos buritis, seis léguas, no meio do brejo. Morava veredeiro, seu Rauremiro. Veredeiro morreu, mulher dele, as filhas, menino pequeno. Morreu tudo de doença. De verdade. Tou falando verdade!... Aqui não vem ninguém, é muito custoso. Muito dilatado, pra vir gente. Só por muito longe, uma semana de viagem, é que vão lá, caçador rico, jaguariara, vêm todo ano, mês de agosto, pra caçar onça também.

Eles trazem cachorros grandes, cachorro onceiro. Cada um tem carabina boa, espingarda, eu queria ter uma... Hum, hum, onça não é bobo, elas fogem dos cachorros, trepam em árvore. Cachorro dobra de latir, barrôa... Se a onça arranja jeito, pega o mato sujo, fechadão, eh, lá é custoso homem poder enxergar que tem onça. Acoo, acuação — com os cachorros: ela então esbraveja, mopoama, mopoca, peteca, mata cachorro de todo lado, eh, ela pode mexer de cada maneira. Ã-hã... Esperando deitada, então, é o jeito mais perigoso: quer matar ou morrer de todo... Eh, ronca feito porco, cachorro chega nela não. Não vem nada. Um tapa, chega! Tapão, tapeja... Ela vira e pula de lado, mecê não vê de donde ela vem... Zuzune. Mesmo morrendo, ela ainda mata cachorrão. É cada urro, cada rosnado. Arranca a cabeça do cachorro. Mecê tem medo? Vou ensinar, hem; mecê vê do lado de donde não tá vindo o vento — aí mecê vigia, porque daí é que onça de repente pode aparecer, pular em mecê... Pula de lado, muda o repulo no ar. Pula em-cruz. É bom mecê aprender. É um pulo e um despulo. Orêlha dela repinica, cataca, um estalinho, feito chuva de pedra. Ela vem fazendo atalhos. Cê já viu cobra? Pois é, Apê! Poranga suú, suú, jucá-iucá... Às vez faz um barulhinho, piriri nas folhas secas, pisando nos gravetos, eh, eh — passarinho foge. Capivara dá um grito, de longe cê ouve: *au!* — e pula n'água, onça já tá aqui perto. Quando pinima vai saltar pra comer mecê, o rabo dela encurvêia com a ponta pra riba, despois concerta firme. Esticadinha: a cabeça dá de maior, pra riba, quando ela escancara a boca, as pintas ficam mais compridas, os olhos vão pra os lados, reprega a cara. Ói: a boca — ói: a bigodeira salta... Língua lá redobrada de lado... Abre os braços, já tá mexendo pra pular: demora nas pernas — ei, ei — nas pernas de trás... Onça acuada, vira demônio, senta no chão, quebra pau, espedaça. Ela levanta, fica em pé. Quem chegou, tá rebentado. Eh, tapa de mão de onça é pior que porrete... Mecê viu a sombra? Então mecê tá morto... Ah, ah, ah... Ã ã-ã-ã... Tem medo não, eu tou aqui.

A' pois, eu vou bebendo, mecê não importa. Agora é que tou alegre! Eu cá também não sou sovina, de-comer e cachaça é pra se gastar logo, enquanto que a gente tem vontade... É bom é encher barriga. Cachaça muito boa, tava me fazendo falta. Eh, lenha ruim, mecê tá chorando dos olhos, com essa fumaceira... Nhem? É, mecê é quem tá falando. Eu acho triste não. Acho bonito não. É, é como é, mesmo, que nem todo lugar. Tem caça boa, poço bom pra a gente nadar. Lugar nenhum não é bonito nem feio, não é pra ser. Lugar é pra a gente morar, vim pra aqui pago pra matar onça. Agora mato mais não, nunca mais. Mato capivara, lontra, vendo o couro. Nhor sim, eu gosto de gente, gosto. Caminho, ando longe, pra encontrar gente, à vez. Eu sou corredor, feito veado do campo...

Tinha uma mulher casada, na beira do chapadão, barra do córrego da Veredinha do Xunxúm. Lá passa caminho, caminho de fazenda. Mulher muito boa, chamava Maria Quirinéia. Marido dela era dôido, seo Siruvéio, vivia seguro com corrente pesada. Marido falava bobagem, em noite de lua incerta ele gritava bobagem, gritava, nheengava... Eles morreram não. Morreram todos dois de doença não. Eh, gente...

Cachacinha gostosa! Gosto de bochechar com ela, beber despois. Hum-hum. Ããã... Aqui, roda a roda, só tem eu e onça. O resto é comida pra nós. Onça, elas também sabem de muita coisa. Tem coisas que ela vê, e a gente vê não, não pode. Ih! tanta coisa... Gosto de saber muita coisa não, cabeça minha pega a doer. Sei só o que onça sabe. Mas, isso, eu sei, tudo. Aprendi. Quando vim pra aqui, vim ficar sozinho. Sozinho é ruim, a gente fica muito judiado. Nhô Nhuão Guede homem tão ruim, trouxe a gente pra ficar sozinho. Atié! Saudade de minha mãe, que morreu, çacyara. Araã... Eu nhum — sozinho... Não tinha emparamento nenhum...

Aí, eu aprendi. Eu sei fazer igual onça. Poder de onça é que não tem pressa: aquilo deita no chão, aproveita o fundo bom de qualquer buraco, aproveita o capim, percura o escondido de detrás de toda árvore, escorrega no chão, mundéu-mundéu, vai entrando e saindo, maciinho, pô-pu, pô-pu,

até pertinho da caça que quer pegar. Chega, olha, olha, não tem licença de cansar de olhar, eh, tá medindo o pulo. Hã, hã... Dá um bote, às vez dá dois. Se errar, passa fome, o pior é que ela quage morre de vergonha... Aí, vai pular: olha demais de forte, olha pra fazer medo, tem pena de ninguém... Estremece de diante pra trás, arruma as pernas, toma o açôite, e pula pulão!
— é bonito...

Ei, quando tá em riba do pobre do veado, no tanto de matar, cada bola que estremece no corpo dela a fora, até ela, as pintas, brilham mesmo mais, as pernas ajudam, eh, perna dobrada gorda que nem de sapo, o rabo enrosca; coisa que ela aqui e ali parece chega vai arrebentar, o pescoço acompridado... Apê! Vai matando, vai comendo, vai... Carne de veado estrala. Onça urra alto, de tarará, o rabo ruim em pé, aí ela unha forte, ôi, unhas de fora, urra outra vez, chega. Festa de comer e beber. Se é coelho, bichinho pequeno, ela comeu até às juntas: engolindo tudo, mucunando, que mal deixou os ossos. Barrigada e miúdos, ela gosta não...

Onça é bonito! Mecê já viu? Bamburral destremece um pouco, estremeceuzinho à-toinha: é uma, é uma, eh, pode ser... Cê viu despois — ela evém caminhando, de barriga cheia? Ã-hã! Que vem de cabeça abaixada, evém andando devagar: apruma as costas, cocurute, levanta um ombro, levanta o outro, cada apá, cada anca redondosa... Onça fêmea mais bonita é Maria-Maria... Eh, mecê quer saber? Não, isso eu não conto. Conto não, de jeito nenhum... Mecê quer saber muita coisa!

Me deixaram aqui sozinho, eu nhum. Me deixaram pra trabalhar de matar, de tigreiro. Não deviam. Nhô Nhuão Guede não devia. Não sabiam que eu era parente delas? Oh ho! Oh ho! Tou amaldiçoando, tou desgraçando, porque matei tanta onça, por que é que eu fiz isso?! Sei xingar, sei. Eu xingo! *Tiss, nt, nt!...* Quando tou de barriga cheia não gosto de ver gente, não, gosto de lembrar de ninguém: fico com raiva. Parece que eu tenho de falar com a lembrança deles. Quero não. Tou bom, tou calado. Antes, de primeiro, eu gostava de gente. Agora eu gosto é só de onça. Eu aprecêio o bafo delas... Maria-Maria — onça bonita, cangussú, boa-bonita.

Ela é nova. Cê olha, olha — ela acaba de comer, tosse, mexe com os bigodes, eh, bigode duro, branco, bigode pra baixo, faz cócega em minha cara, ela muquirica tão gostoso. Vai beber água. O mais bonito que tem é onça Maria-Maria esparramada no chão, bebendo água. Quando eu chamo, ela acode. Cê quer ver? Mecê tá tremendo, eu sei. Tem medo não, ela não vem não, vem só se eu chamar. Se eu não chamar, ela não vem. Ela tem medo de mim também, feito mecê...

Eh, este mundo de gerais é terra minha, eh, isto aqui — tudo meu. Minha mãe havêra de gostar... Quero todo o mundo com medo de mim. Mecê não, mecê é meu amigo... Tenho outro amigo nenhum. Tenho algum? Hum. Hum, hum... Nhem? Aqui mais perto tinha só três homens, geralistas, uma vez, beira da chapada. Aqueles eram criminosos fugidos, jababora, vieram viver escondidos aqui. Nhem? Como é que chamavam? Pra quê é que mecê carece de saber? Eles eram seus parentes? Axi! Geralista, um chamava Gugué, era meio gordo; outro chamava Antunias — aquele tinha dinheiro guardado! O outro era seo Riopôro, homem zangado, homem bruto: eu gostava dele não...

O quê que eles faziam? Ã-hã... Jababora pesca, caça, plantam mandioca; vão vender couro, compram pólvora, chumbo, espoleta, trem bom... Eh, ficam na chapada, na campina. Terra lá presta não. Mais longe daqui, no Cachorro Preto, tem muito jababora — mecê pode ir lá, espiar. Esses tiram leite de mangabeira. Gente pobre! Nem não têm roupa mais pra vestir, não... Eh, uns ficam nú de todo. Ixe... Eu tenho roupa, meus panos, calumbé.

Nhem? Os três geralistas? Sabiam caçar onça não, tinham medo, muito. Capaz de caçar onça com zagaia não, feito eu caço. A gente berganhava fumo por sal, conversava[6], emprestava pedaço de rapadura. Morreram, eles três, morreu tudo, tudo — cuéra. Morreram de doença, eh, eh. De verdade. Tou falando verdade, tou brabo!

Com minha zagaia? Mato mais onça não. Não falei? Ah, mas eu sei. Se quiser, mato mesmo! Como é que é? Eu espero. Onça vem. Heeé! Vem anda andando, ligeiro, cê não vê o vulto com esses olhos de mecê. Eh, rosna, pula não. Vem só bracejando, gatinhando rente. Pula nunca, não. Eh — ela chega nos meus pés, eu encosto a zagaia. Erê! Encosto a folha da zagaia, ponta no peito, no lugar que é. A gente encostando qualquer coisa, ela vai deita, no chão. Fica querendo estapear ou pegar as coisas, quer se abraçar com tudo. Fica empezinha, às vez. Onça mesma puxa a zagaia pra ponta vir nela. Eh,

---

[6] Variante: *proseava*.

eu enfio... Ela boqueia logo. Sangue sai vermelho, outro sai quage preto... Curuz, pobre da onça, coitada, sacapira da zagaia entrando lá nela... Teité... Morrer picado de faca? Hum-hum, Deus me livre... Palpar o ferro chegar entrando no vivo da gente... Atiúca! Cê tem medo? Eu tenho não. Eu sinto dor não...

Hã, hã, cê não pensa que é assim vagaroso, manso, não. Eh, heé... Onça sufoca de raiva. Debaixo da zagaia, ela escorrega, ciririca, forceja. Onça é onça — feito cobra... Revira pra todo o lado, mecê pensa que ela é muitas, tá virando outras. Eh, até o rabo dá pancada. Ela enrosca, enrola, cambalhota, eh, dobra toda, destorce, encolhe... Mecê não tá costumado, nem não vê, não é capaz, resvala... A força dela, mecê não sabe! Escancara boca, escarra medonho, tá rouca, tá rouca. Ligeireza dela é dôida. Puxa mecê pra baixo. Ai, ai, ai... Às vez inda foge, escapa, some no bamburral, danada. Já tá na derradeira, e inda mata, vai matando... Mata mais ligeiro que tudo. Cachorro descuidou, mão de onça pegou ele por detrás, rasgou a roupa dele toda... Apê! Bom, bonito. Eu sou onça... Eu — onça!

Mecê acha que eu pareço onça? Mas tem horas em que eu pareço mais. Mecê não viu. Mecê tem aquilo — espelhim, será? Eu queria ver minha cara... *Tiss, nt, nt...* Eu tenho olho forte. Eh, carece de saber olhar a onça, encarado, olhar com coragem: hã, ela respeita. Se mecê olhar com medo, ela sabe, mecê então tá mesmo morto. Pode ter medo nenhum. Onça sabe quem mecê é, sabe o que tá sentindo. Isso eu ensino, mecê aprende. Hum. Ela ouve tudo, enxerga todo movimento. Rastrear, onça não rastreia. Ela não tem faro bom, não é cachorro. Ela caça é com os ouvidos. Boi soprou no sono, quebrou um capinzinho: daí a meia légua onça sabe... Nhor não. Onça não tocaia de riba de árvore não. Só suaçurana é que vai de árvore em árvore, pegando macaco. Suaçurana pula pra riba de árvore; pintada não pula, não: pintada sobe direito, que nem gato. Mecê já viu? Eh, eh, eu trepo em árvore, tocaio. Eu, sim. Espiar de lá de riba é melhor. Ninguém não vê que eu tou vendo... Escorregar no chão, pra vir perto da caça, eu aprendi melhor foi com onça. Tão devagarim, que a gente mesmo não abala que tá avançando do lugar... Todo movimento da caça a gente tem que aprender. Eu sei como é que mecê mexe mão, que cê olha pra baixo ou pra riba, já sei quanto tempo mecê leva pra pular, se carecer. Sei em que perna primeiro é que mecê levanta...

Mecê quer sair lá fora? Pode ir. Vigia a lua como subiu: com esse luar grande, elas tão caçando, noite clara. Noite preta, elas caçam não; só de tardinha no escurecer, e quando é em volta de madrugada... De dia, todas ficam dormindo, no tabocal, beira de brejo, ou no escuro do mato, em touceiras de gravatá, no meio da capoeira... Nhor não, neste tempo quage que onça não mia. Vão caçar caladas. Pode passar uma porção de dias, que mecê não escuta nem um miado só... Agora, fez barulho foi sariema culata... Hum-hum. Mecê entra. Senta no jirau. Quer deitar na rede? Rede é minha, mas eu deixo. Eu asso mandioca, pra mecê. A'bom. Então vou tomar mais um golinho. Se deixar, eu bebo, até no escorropicho. *N't, m'p*, aah...

Donde foi que aprendi? Aprendi longe destas terras, por lá tem outros homens sem medo, quage feito eu. Me ensinaram, com zagaia. Uarentin Maria e Gugué Maria — dois irmãos. Zagaia que nem esta, cabo de metro e meio, travessa boa, bom alvado. Tinha Nhô Inácio também, velho Nhuão Inácio: preto esse, mas preto homem muito bom, abaeté abaúna. Nhô Inácio, zagaieiro mestre, homem desarmado, só com azagaia, zagaia muito velha, ele brinca com onça. Irmão dele, Rei Inácio, tinha trabuco...

Nha-hem? Hã-hã. É porque onça não contava uma pra outra, não sabem que eu vim pra mor de acabar com todas. Tinham dúvida em mim não, farejam que eu sou parente delas... Eh, onça é meu tio, o jaguaretê, todas. Fugiam de mim não, então eu matava... Despois, só na hora é que ficavam sabendo, com muita raiva... Eh, juro pra mecê: matei mais não! Não mato. Posso não, não devia. Castigo veio: fiquei panema, caipora[7]... Gosto de pensar que matei, não. Meu parente, como é que posso?! Ai, ai, ai, meus parentes... Careço de chorar, senão elas ficam com raiva.

Nhor sim, umas já me pegaram. Comeram pedaço de mim, olha. Foi aqui no gerais não. Foi no rio de lá, outra parte. Os outros companheiros erraram o tiro, ficaram com medo. Eh, pinima malha-larga veio no meio do pessoal, rolou com a gente, todos. Ela ficou dôida. Arrebentou a tampa dos peitos de um, arrancou o bofe, a gente via o coração dele lá dentro, lá nele, batendo, no meio de montão de sangue. Arriou o couro da cara de um outro homem — Antonho Fonseca. Riscou esta cruz em minha testa, rasgou minha perna, unha veio funda, esbandalha, muçuruca, dá ferida-brava. Unha

---
[7] Seguido de ponto de interrogação, para eventual substituição.

venenosa, não é afiada fina não, por isso é que estraga, azanga. Dente também. Pa! Iá, iá, eh, tapa de onça pode tirar a zagaia da mão do zagaieiro... Deram nela mais de trinta pra quarenta facadas! Hum, cê tivesse lá, cê agora tava morto... Ela matou quage cinco homens. Tirou a carne toda do braço do zagaieiro, ficou o ôsso, com o nervo grande e a veia esticada... Eu tava escondido atrás da palmeira, com a faca na mão. Pinima me viu, abraçou comigo, eu fiquei por baixo dela, misturados. Hum, o couro dela é custoso pra se firmar, escorrega, que nem sabão, pepêgo de quiabo, destremece a tôrto e a direito, feito cobra mesmo, eh, cobra... Ela queria me estraçalhar, mas já tava cansada, tinha gastado muito sangue. Segurei a boca da bicha, ela podia mais morder não. Unhou meu peito, desta banda de cá tenho mais maminha não. Foi com três mãos! Rachou meu braço, minhas costas, morreu agarrada comigo, das facadas que já tinham dado, derramou o sangue todo... Manhuaçá de onça! Tinha babado em minha cabeça, cabelo meu ficou fedendo aquela catinga, muitos dias, muitos dias...

Hum, hum. Nhor sim. Elas sabem que eu sou do povo delas. Primeira que eu vi e não matei, foi Maria-Maria. Dormi no mato, aqui mesmo perto, na beira de um foguinho que eu fiz. De madrugada, eu tava dormindo. Ela veio. Ela me acordou, tava me cheirando. Vi aqueles olhos bonitos, olho amarelo, com as pintinhas pretas bubuiando bom, adonde aquela luz... Aí eu fingi que tava morto, podia fazer nada não. Ela me cheirou, cheira-cheirando, pata suspendida, pensei que tava percurando meu pescoço. Urucuera piou, sapo tava, tava, bichos do mato, aí eu escutando, toda a vida... Mexi não. Era um lugar fofo prazível, eu deitado no alecrinzinho. Fogo tinha apagado, mas ainda quentava calor de borralho. Ela chega esfregou em mim, tava me olhando. Olhos dela encostavam um no outro, os olhos lumiavam — pingo, pingo: olho brabo, pontudo, fincado, bota na gente, quer munguitar: tira mais não. Muito tempo ela não fazia nada também. Despois botou mãozona em riba de meu peito, com muita fineza. Pensei — agora eu tava morto: porque ela viu que meu coração tava ali. Mas ela só calcava de leve, com uma mão, afofado com a outra, de sossoca, queria me acordar. Eh, eh, eu fiquei sabendo... Onça que era onça — que ela gostava de mim, fiquei sabendo... Abri os olhos, encarei. Falei baixinho: — "Ei, Maria-Maria... Carece de caçar juízo, Maria-Maria..." Eh, ela rosneou e gostou, tornou a se esfregar em mim, mião-miã. Eh, ela falava comigo, jaguanhenhém, jaguanhém... Já tava de rabo duro, sacudindo, sacê-sacemo, rabo de onça sossega quage nunca: ã, ã. Vai, ela saiu, foi pra me espiar, meio de mais longe, ficou agachada. Eu não mexi de como era que tava, deitado de costas, fui falando com ela, e encarando, sempre, dei só bons conselhos. Quando eu parava de falar, ela miava piado — jaguanhenhém... Tava de barriga cheia, lambia as patas, lambia o pescoço. Testa pintadinha, tiquira de aruvalhinho em redor das ventas... Então deitou encostada em mim, o rabo batia bonzinho na minha cara... Dormiu perto. Ela repuxa o olho, dormindo. Dormindo e redormindo, com a cara na mão, com o nariz do focinho encostado numa mão... Vi que ela tava secando leite, vi o cinhim dos peitinhos. Filhotes dela tinham morrido, sei lá de que. Mas, agora, ela vai ter filhote nunca mais, não, ara! — vai não...

Nhem? Despois? Despois ela dormiu, uê. Roncou com a cara virada pra uma banda, amostrava a dentaria braba, encostando as orêlhas pra trás. Era por causa que uma suaçurana, que vinha vindo. Suaçurana clara, maçaroca. Suaçurana esbarrou. Ela é a pior, bicho maldoso, sangradeira. Vi aquele olhão verde, olhos dela, de luz também redondados, parece que vão cair. Hum-hum, Maria-Maria roncou, suaçurana foi saindo, saindo.

Eh, catú, bom, bonito, porã-poranga! — melhor de tudo. Maria-Maria solevantou logo, botava as orêlhas espetadas pra diante. Eh, foi indo devagar, no diário dela, andar que mecê pensa que é pesado, mas se ela quiser vira pra ligeiro, leviano, é só carecer. Ela balança bonito, jerejereba, fremosa, porção de pelo, mão macia... Chegou no pau de peroba, empinada, fincou as unhas, riscou de riba pra baixo, tava amolando fino, unhando o perobão. Despois foi no ipê-branco. Deixou marcado, mecê pode ir ver adonde é que ela faz.

Aí, eu quisesse, podia matar. Quis não. Como é que ia querer matar Maria-Maria? Também, eu nesse tempo eu já tava triste, triste, eu aqui sozinho, eu nhum, e mais triste e caipora de ter matado onças, eu tava até amorviado. Dês que esse dia, matei mais nenhuma não, só que a derradeira que matei foi aquela suaçurana, fui atrás dela. Mas suaçurana não é meu parente, parente meu é a onça preta e a pintada... Matei a tal, em quando que o sol 'manheceu. Suaçurana tinha comido um veadinho catingueiro. Acabei com ela mais foi de raiva, por causa que ali donde eu tava dormindo era adonde lugar que ela vinha lá fazer sujeira, achei, no bamburral, tudo estrume. Eh, elas tapam, com terra, mas o macho tapa menos, macho é mais porco...

Ã-hã. Maria-Maria é bonita, mecê devia de ver! Bonita mais do que alguma mulher. Ela cheira à flor de pau-d'alho na chuva. Ela não é grande demais não. É cangussú, cabeçudinha, afora as pintas ela é amarela, clara, clara. Tempo da seca, elas inda tão mais claras. Pele que brilha, macia, macia. Pintas, que nenhuma não é preta mesmo preta, não: vermelho escuronas, assim ruivo roxeado. Tem não? Tem de tudo. Mecê já comparou as pintas e argolas delas? Cê conta, pra ver: varêia tanto, que duas mesmo iguais cê não acha, não... Maria-Maria tem montão de pinta miúda. Cara mascarada, pequetita, bonita, toda sarapintada, assim, assim. Uma pintinha em cada canto da boca, outras atrás das orelhinhas... Dentro das orêlhas, é branquinho, algodão espuxado. Barriga também. Barriga e por debaixo do pescoço, e no por de dentro das pernas. Eu posso fazer festa, tempão, ela aprecêia... Ela lambe minha mão, lambe mimoso, do jeito que elas sabem pra alimpar o sujo de seus filhotes delas; se não, ninguém não aguentava o rapo daquela língua grossa, aspra, tem lixa pior que a de folha de sambaíba; mas, senão, como é que ela lambe, lambe, e não rasga com a língua o filhotinho dela?

Nhem? Ela ter macho, Maria-Maria?! Ela tem macho não. Xô! Pa! Atimbora! Se algum macho vier, eu mato, mato, mato, pode ser meu parente o que for!

A' bom, mas agora mecê carece de dormir. Eu também. Ói: muito tarde. Sejuçú já tá alto, olha as estrelinhas dele... Eu vou dormir não, tá quage em hora d'eu sair por aí, todo dia eu levanto cedo, muito em antes do romper da aurora. Mecê dorme. Por que é que não deita? — fica só acordado me preguntando coisas, despois eu respondo, despois cê pregunta outra vez outras coisas? Pra que? Daí, eh, eu bebo sua cachaça toda. Hum, hum, fico bêbado não. Fico bêbado só quando eu bebo muito, muito sangue... Cê pode dormir sossegado, eu tomo conta, sei ter olho em tudo. Tou vendo, cê tá com sono. Ói, se eu quero eu risco dois redondos no chão — pra ser seus olhos de mecê — despois piso em riba, cê dorme de repente... Ei, mas mecê também é corajoso capaz de encarar homem. Mecê tem olho forte. Podia até caçar onça... Fica quieto. Mecê é meu amigo.

Nhem? Nhor não, disso não sei não. Sei só de onça. Boi, sei não. Boi pra comer. Boi fêmea, boi macho, marruá. Meu pai sabia. Meu pai era bugre índio não, meu pai era homem branco, branco feito mecê, meu pai Chico Pedro, mimbauamanhanaçara, vaqueiro desses, homem muito bruto. Morreu no Tungo-Tungo, nos gerais de Goiás, fazenda da Cachoeira Brava. Mataram. Sei dele não. Pai de todo o mundo. Homem burro.

Nhor? Hã, hã, nhor sim. Ela pode vir aqui perto, pode vir rodear o rancho. Tão por aí, cada onça vive sozinha por seu lado, quage o ano todo. Tem casal morando sempre junto não, só um mês, algum tempo. Só jaguatirica, gato-do-mato grande, é que vive par junto. Ih, tem muitas, montão. Eh, isto aqui, agora eu não mato mais: é jaguaretama, terra de onças, por demais... Eu conheço, sei delas todas. Pode vir nenhuma pra cá mais não — as que moram por aqui não deixam, senão acabam com a caça que há. Agora eu não mato mais não, agora elas todas têm nome. Que eu botei? Axi! Que eu botei, só não, eu sei que era mesmo o nome delas. Atié... Então, se não é, como é que mecê quer saber? Pra quê mecê tá preguntando? Mecê vai comprar onça? Vai prosear com onça, algum? Teité... Axe... Eu sei, mecê quer saber, só se é pra ainda ter mais medo delas, tá-há?

Hã, a'bom. Ói: em uma covoca da banda dali, aqui mesmo pertinho, tem a onça Mopoca, cangussú fêmeo. Pariu tarde, tá com filhote novo, jaguaraím. Mopoca, onça boa mãe, tava sempre mudando com os filhos, carregando oncinha na boca. Agora sossegou lá, lugar bom. Nem sai de perto, nem come direito. Quage não sai. Sai pra beber água. Pariu, tá magra, magra, tá sempre com sede, toda a vida. Filhote, jaguaraím, cachorrinho-onço, oncinho, é dois, tão aquelas bolotas, parece bicho-de-pau-pôdre, nem sabem mexer direito. A Mopoca tem leite muito, oncim mama o tempo todo...

Nhá-em? Eh, mais outras? Ói: mais adiante, no rumo mesmo, obra de cinco léguas, tá a onça pior de todas, a Maramonhangara, ela manda, briga com as outras, entesta. Da outra banda, na beirada do brejo, tem a Porreteira, malha-larga, enorme, só mecê vendo o mãozo dela, as unhas, mão chata... Mais adiante, tem a Tatacica, preta, preta, jaguaretê-pixuna; é de perna comprida, é muito braba. Essa pega muito peixe... Hem, outra preta? A Uinhúa, que mora numa soroca boa, buraco de cova no barranco, debaixo de raizão de gameleira... Tem a Rapa-Rapa, pinima velha, malha-larga, ladina: ela sai daqui, vai caçar até a umas vinte léguas, tá em toda a parte. Rapa-Rapa tá morando numa lapinha — onça gosta muito de lapa, aprecêia... A Mpú, mais a Nhã-ã, é que foram tocadas pra longe daqui, as outras tocaram, por o de-comer não chegar... Eh, elas mudam muito, de lugar de viver, por via disso... Sei mais delas não, tão aqui mais não. Cangussú braba é a Tibitaba — onça com sobrancelhas: mecê vê, ela fica de lá, deitada em riba de barranco, bem na beirada, as mãos meio penduradas, mesmo... Tinha outras, tem mais não: a Coema-Piranga, vermelhona, morreu engasgada com ôsso, danada... A onça Putuca, velha, velha, com costela alta, vivia passando fome, judiação de fome, nos matos... Nhem? Hum, hum, Maria-Maria eu falo adonde ela mora não. Sei lá se mecê quer matar?! Sei lá de nada...

Hã-hã. E os machos? Muito, ih, montão. Se mecê vê o Papa-Gente: macharrão malha-larga, assustando de grande... Cada presa de riba que nem quicé carniceira, suja de amarelado, eh, tabaquista! Tem um, Puxuêra, também tá velho; dentão de detrás, de cortar carnaça, já tá gastado, roído. Suú-Suú é jaguaretê-pixuna, preto demais, tem um esturro danado de medonho, cê escuta, cê treme, treme, treme... Ele gosta da onça Mopoca. Apiponga é pixuna não, é o macho pintado mais bonito, mecê não vê outro, o narizão dele. Mais é o que tá sempre gordo, sabe caçar melhor de todos. Tem um macho cangussú, Petecaçara, que tá meio maluco, ruim do miôlo, ele é que anda só de dia, vaguêia, eu acho que esse é o que parece com o boca-torta... Uitauêra é um, Uatauêra é outro, eles são irmãos, eh, mas eu é que sei, eles nem não sabem...

Á' bom, agora chega. Prosêio não. Senão, 'manhece o dia, mecê não dormiu, camarada vem com os cavalos, mecê não pode viajar, tá doente, tá cansado. Mecê agora dorme. Dorme? Quer que eu vou embora, pra mecê dormir aqui sozinho? Eu vou. Quer não? Então eu converso mais não. Fico calado, calado. O rancho é meu. Hum. Hum-hum. Pra quê mecê pergunta, pergunta, e não dorme? Sei não. Suaçurana tem nome não. Suaçurana parente meu não, onça medrosa. Só a lombo-preto é que é braba. Suaçurana ri com os filhotes. Eh, ela é vermelha, mas os filhotes são pintados... Hum, agora eu vou conversar mais não, prosêio não, não atiço o fogo. Dei'stá! Mecê dorme, será? Hum. É. Hum-hum. Nhor não. Hum... Hum-hum... Hum...

Nhem? Camarada traz outro garrafão? Mecê me dá? Hã-hã... Ãáã... Apê! Mecê quer saber? Eu falo. Mecê bom-bonito, meu amigo meu. Quando é que elas casam? Ixe, casar é isso? Porqueira... Mecê vem cá no fim do frio, quando ipê tá de flor, mecê vê. Elas ficam aluadas. Assanham, urram, urram, miando e roncando o tempo todo, quage nem caçam pra mor de comer, ficam magras, saem p'los matos, fora do sentido, mijam por toda a parte, caruca que fede feio, forte... Onça fêmea saída mia mais, miado diferente, miado bobo. Ela vem com o pelo do lombo rupeiado, se esfregando em árvores, deita no chão, vira a barriga pra riba, aruê! É só *arrú-arrú... arrarrúuuu...* Mecê foge, logo: se não, nesse tempo, mecê tá comido, mesmo...

Macho vem atrás, caminha légua e mais légua. Vem dois? Vem três? Eh, mecê não queira ver a briga deles, não... Pelo deles voa longe. Ai, despois, um sozinho fica com a fêmea. Então é que é. Eles espirram. Ficam chorando, 'garram de chorar e remiar, noite inteira, rolam no chão, sai briga. Capim acaba amassado, bamburral baixo, moita de mato achatada no chão, eles arrancam touceiras, quebram galhos. Macho fica zurêta, encoscora o corpo, abre a goela, hi, amostra as presas. Ói: rabo duro, batendo com força. Cê corre, foge. Tá escutando? Eu — eu vou no rastro. É cada pezão grande, rastro sem unhas... Eu vou. Um dia eu não volto.

Eh, não, o macho e a fêmea vão caçar juntos não. Cada um pra si. Mas eles ficam companheiros o dia todo, deitados, dormindo. Cabeça encostada um no outro. Um virado pra uma banda, a outra pra a outra... Ói: onça Maria-Maria eu vou trazer pra cá, deixo macho nenhum com ela não. Se eu chamar, ela vem. Mecê quer ver? Cê não atira nela com esse revólver seu, não? Ei, quem sabe revólver seu tá panema, hã? Deixa eu ver. Se 'tiver panema, eu dou jeito... Ah, cê não quer não? Cê deixa eu pegar em revólver seu não? Mecê já fechou os olhos três vezes, já abriu a boca, abriu a boca. Se eu contar mais, cê dorme, será?

Eh, quando elas criam, eu acho o ninho. Soroca muito escondida, no mato pior, buracão em grota. No entrançado. Onça mãe vira demônio. De primeiro, quando eu matava onça, esperava seis meses, mode não deixar os filhotes à míngua. Matava a mãe, deixava filhote crescer. Nhem? Tinha dó não, era só pra não perder paga, e o dinheiro do couro... Eh, sei miar que nem filhote, onça vem desesperada. Tinha onça com ninhada dela, jaguaretê-

-pixuna, muito grande, muito bonita, muito feia. Miei, miei, jaguarainhém, jaguaranhinhenhém... Ela veio maluca, com um ralhado cochichado, não sabia pra adonde ir. Eu miei aqui de dentro do rancho, pixuna mãe chegou até aqui perto, me pedindo pra voltar pra o ninho. Ela abriu a mão ali... Quis matar não, por não perder os filhotes, esperdiçar. Esbarrei de miar, dei um tiro à-toa. Pixuna correu de volta, ligeiro, se mudou, levou suas crias dela pra daí a meia légua, arranjou outro ninho, no mato do brejo. Filhotes dela eram pixunas não, eram oncinhas pintadas, pinima... Ela ferra cada cria p'lo couro da nuca, vai carregando, pula barranco, pula moita... Eh, bicho burro! Mas mecê pode falar que ela é burra não, eh. Eu posso.

Nhor sim. Tou bebendo sua cachaça de mecê toda. É, foguinho bom, ela esquenta corpo também. Tou alegre, tou alegre... Nhem? Sei não, gosto de ficar nú, só de calça velha, faixa na cintura. Eu cá tenho couro duro. Ã-hã, mas tenho roupa guardada, roupa boa, camisa, chapéu bonito. Boto, um dia, quero ir em festa, muita. Calçar botina quero não: não gosto! Nada no pé, gosto não, mundéu, ixe! Iá. Aqui tem festa não. Nhem? Missa, não, de jeito nenhum! Ir pra o céu eu quero. Padre, não, missionário, não, gosto disso não, não quero conversa. Tenho medalhinha de pendurar em mim, gosto de santo. Tem? São Bento livra a gente de cobra... Mas veneno de cobra pode comigo não — tenho chifre de veado, boto, sara. Alma de defunto tem não, tagoaíba, sombração, aqui no gerais tem não, nunca vi. Tem o capeta, nunca vi também não. Hum-hum...

Nhenhém? Eu cá? Mecê é que tá preguntando. Mas eu sei porque é que tá preguntando. Hum. Ã-hã, por causa que eu tenho cabelo assim, olho miudinho... É. Pai meu, não. Ele era branco, homem índio não. A' pois, minha mãe era, ela muito boa. Caraó, não. Péua, minha mãe, gentio Tacunapéua, muito longe daqui. Caraó, não: caraó muito medroso, quage todos tinham medo de onça. Mãe minha chamava Mar'Iara Maria, bugra. Despois foi que morei com caraó, morei com eles. Mãe boa, bonita, me dava comida, me dava de-comer muito bom, muito, montão... Eu já andei muito, fiz viagem. Caraó tem chuço, só um caraó sabia matar onça com chuço. Auá? Nhoaquim Pereira Xapudo, nome dele também era Quim Crênhe, esse tinha medo de nada, não. Amigo meu! Arco, frecha, frecha longe. Nhem? Ah, eu tenho todo nome. Nome meu minha mãe pôs: Bacuriquirepa. Breó, Beró, também. Pai meu me levou pra o missionário. Batizou, batizou. Nome de Tonico; bonito, será? Antonho de Eiesús... Despois me chamavam de Macuncôzo, nome era de um sítio que era de outro dono, é — um sítio que chamam de Macuncôzo... Agora, tenho nome nenhum, não careço. Nhô Nhuão Guede me chamava de Tonho Tigreiro. Nhô Nhuão Guede me trouxe pr'aqui, eu nhum, sozim. Não devia! Agora tenho nome mais não...

Nhã-hem, é barulho de onça não. Barulho de anta, ensinando filhote a nadar. Muita anta, por aqui. Carne muito boa. Dia quente, anta fica pensando tudo, sabendo tudo dentro d'água. Nhem? Eh, não, onça pinima come anta, come todas. Anta briga não, anta corre, foge. Quando onça pulou nela, ela pode correr carregando a onça não, jeito nenhum que não pode, não é capaz. Quando pinima pula em anta, mata logo, já matou. Jaguaretê sangra a anta. Ôi noite clara, boa pra onça caçar!

Nhor não. Isso é zoeira de outros bichos, curiango, mãe-da-lua, corujão do mato piando. Quem gritou foi lontra com fome. Gritou: — *Irra!* Lontra vai nadando vereda-acima. Eh, ela sai de qualquer água com o pelo seco... Capivara? De longe mecê escuta a barulhada delas, pastando, meio dentro, meio fora d'água... Se onça urrar, eu falo qual é. Eh, nem carece, não. Se ela esturrar ou miar, mecê logo sabe... Mia sufocado, do fundo da goela, eh, goela é enorme... Heeé... Apê! Mecê tem medo? Tem medo não? Pois vai ter. O mato todo tem medo. Onça é carrasca. 'Manhã cê vai ver, eu mostro rastro dela, pipura... Um dia, lua-nova, mecê vem cá, vem ver meu rastro, feito rastro de onça, eh, sou onça! Hum, mecê não acredita não?

Ô homem dôido... Ô homem dôido... Eu — onça! Nhum? Sou o diabo não. Mecê é que é diabo, o boca-torta. Mecê é ruim, ruim, feio. Diabo? Capaz que eu seja... Eu moro em rancho sem paredes... Nado, muito, muito. Já tive bexiga da preta. Nhoaquim Caraó tinha uma carapuça de pena de gavião. Pena de arara, de guará também. Rodinha de pena de ema, no joelho, nas pernas, na cintura. Mas eu sou onça. Jaguaretê tio meu, irmão de minha mãe, tutira... Meus parentes! Meus parentes! ... Ói, me dá sua mão aqui... Dá sua mão, deixa eu pegar... Só um tiquinho...

Eh, cê tá segurando revólver? Hum-hum. Carece de ficar pegando no revólver não... Mecê tá com medo de onça chegar aqui no rancho? Hã-hã, onça Uinhúa travessou a vereda, eu sei, veio caçar paca, tá indo escorregada, no capim grosso. Ela vai, anda deitada, de escarrapacho, com as orêlhas pra diante — dá estalinho assim com as orêlhas, quaquave... Onça Uinhúa é preta, capeta de preta, que rebrilha com a lua. Fica peba no chão. Capim de ponta cutuca dentro do nariz dela, ela não gosta: assopra. Come peixe, pássaro d'água, socó, saracura. Mecê escuta o uêuê de narcejão voando embora, o narcejão vai voando de a tôrto e a direito... Passarinho com frio foge, fica calado. Uinhúa fez pouca conta dele. Mas paca assustou, pulou. Cê ouviu o roró d'água? Onça Uinhúa deve de tá danada. Toda molhada de mururú do aruvalho, muquiada de barro branco de beira de rio. Evém ela... Ela já sabe que mecê tá aqui, esse seu cavalo. Evém ela... tuxa morubixa. Evém... Iquente! Ói cavalo seu barulhando com medo. Eh, carece de nada não, a Uinhúa esbarrou. Evém? Vem não, foi tataca de algũa rã... Tem medo não, se ela vier eu enxoto, escramuço, eu mando embora. Eu fico quieto, quieto; ela não me vê. Deixa o cavalo rinchar, ele deve de tá tremendo, tá com as orêlhas esticadas. Peia é boa? Peiado forte? Foge não. Também, esse cavalo seu de mecê presta mais pra nada. Espera... Mecê vira seu revólver pra outra banda, ih!

Vem mais não. Hoje a Uinhúa não teve coragem. Dei'stá, 'xa pra lá: de fome ela não morre — pega qualquer acutia por aí, rato, bichinho. Isso come até porco-espim... 'Manhã cedo, cê vê o rastro. Onça larga catinga, a gente acha, se a gente passar de fresco. 'Manhã cedo, a gente vai lavar corpo. Mecê quer? Nhem? Catinga delas mais forte é no lugar donde elas pariram e moraram com cria, fede muito. Eu gosto... Agora, mecê pode ficar sossegado quieto, torna a guardar revólver no bolso. Onça Uinhúa vem mais não. Ela nem não é desta banda de cá. Travessou a vereda, só se a Maramonhangara foi lá, adonde que é o terreiro dela, aí a Uinhúa ficou enjerizada, se mudou... Tudo tem lugar certo: lugar de beber água — a Tibitaba vai no pocinho adonde tem o buriti dobrado; Papa-Gente bebe no mesmo lugar junto com o Suú-Suú, na barra da Veredinha... No meio da vereda larga tem uma pedra-morta: Papa-Gente nada pra lá, pisa na pedra-morta, parece que tá em-pé dentro d'água, é danado de feio. Sacode uma perna, sacode outra, sacode o corpo pra secar. Espia tudo, espia a lua... Papa-Gente gosta de morar em ilha, capoama de ilha, a-hé. Nhem? Papa não? Axi! Onça enfiou mão por um buraco da cafua, pegou menino pequeno no jirau, abriu barriguinha dele...

Foi aqui não, foi nos roçados da Chapada Nova, eh. Onça velha, tigra de uma onça conhecida, jaguarapinima muito grande demais, o povo tinha chamado de Pé-de-Panela. Pai do menino pequeno era sitiante, pegou espingarda, foi atrás de onça, sacaquera, sacaquera. Onça Pé-de-Panela tinha matado o menino pequeno, tinha matado uma mula. Onça que vem perto de casa, tem medo de ser enxotada não, onça velha, onça chefa, come gente, bicho perigoso, que nem até quage que feito homem ruim. Sitiante foi indo no rastro, sacaquera, sacaquera. Pinima caminha muito, caminha longe a noite toda. Mas a Pé-de-Panela tinha comido, comido, comido, bebeu sangue da mula, bebeu água, deixou rastro, foi dormir no fêcho do mato, num furado, toda desenroscada. Eu achei o rastro, não falei, contei a ninguém não. Sitiante não disse que a onça era dele? Sitiante foi buscar os cachorros, cachorro deu barroado, acharam a onça. Acuaram. Sitiante chegou, gritou de raiva, espingarda negou fogo. Pé-de-Panela rebentou o sitiante, rebentou cabeça dele, enfiou cabelo dentro de miôlo. Enterraram o sitiante junto com o menino pequeno filho dele, o que sobrava, eu fui lá, fui espiar. Me deram comida, cachaça, comida boa; eu também chorei junto.

 Eh, aí davam dinheiro pra quem matar Pé-de-Panela. Eu quis. Falaram em rastrear. Hum-hum... Como é que podiam rastrear, de achar rastreando? Ela tava longe... Como é que pode? Hum, não. Mas eu sei. Eu não percurei. Deitei no lugar, cheirei o cheiro dela. Eu viro onça. Então eu viro onça mesmo, hã. Eu mio... Aí, eu fiquei sabendo. Dobrei pra o Monjolinho, na croa da vereda. E era mesmo lá: madrugada aquela, Pé-de-Panela já tinha vindo, comeu uma porca, dono da porca era um Rima Toruquato, no Saó, fazendeiro. Fazendeiro também prometeu dar mais dinheiro, pra eu matar Pé-de-Panela. Eu quis. Eu pedi outra porca, só emprestada, 'marrei no pé de almecegueira. Noite escurecendo, Pé-de-Panela sabia nada de mim não, então ela veio buscar a outra porca. Mas nem não veio, não. Chegou só de manhã cedinho, dia já tava clareando. Ela rosnou, abriu a boca perto de mim, eu porrei fogo dentro da goela dela, e gritei: — "Come isto, meu tio!..." Aí eu peguei o dinheiro de todos, ganhei muito de-comer, muitos dias. Me emprestaram um cavalo arreado. Então Nhô Nhuão Guede me mandou vir pra cá, pra desonçar. Porqueira dele! Homem ruim! Mas eu vim.

Eu não devia? Ãã, eu sei, no começo eu não devia. Onça é povo meu, meus parentes. Elas não sabiam. Eh, eu sou ladino, ladino. Tenho medo não. Não sabiam que eu era parente brabo, traiçoeiro. Tinha medo só de um dia topar com uma onça grande que anda com os pés pra trás, vindo do mato virgem... Será que tem, será? Hum-hum. Apareceu nunca não, tenho medo mais nenhum. Tem não. Teve a onça Maneta, que também enfiou a mão dentro de casa, igual feito a Pé-de-Panela. Povo de dentro de casa ficaram com medo. Ela ficou com a mão enganchada, eles podiam sair, pra matar, cá da banda de fora. Ficaram com medo, cortaram só a mão, com foice. Onça urrava, eles toravam a munheca dela. Era onça preta. Conheci não. Toraram a mão, ela pôde ir s'embora. Mas pegou a assustar o povo, comia gente, comia criação, deixava pipura de três pés, andava manquitola. E ninguém não atinava com ela, pra mor de caçar. Prometiam dinheiro bom; nada. Conheci não. Era a Onça Maneta. Depois, sumiu por este mundo. Assombra.

Ói, mecê ouviu? Essa, é miado. Pode escutar. Miou longe. É macho Apiponga, que caçou bicho grande, porco-do-mato. Tá enchendo barriga. Matou em beira do capão, no desbarrancado, fez carniça lá. 'Manhã, vou lá. Eh. Mecê conhece Apiponga não: é o que urra mais danado, mais forte. Eh — pula um pulo... Toda noite ele caça, mata. Mata um, mata bonito! Come, sai; despois, logo, volta. De dia ele dorme, quentando sol, dorme espichado. Mosquito chega, eh, ele dana. Vai lá, pra mecê ver... Apiponga, lugar dele dormir de dia é em cabeceira do mato, montão de mato, pedreira grande. Lá, mesmo, ele comeu um homem... Ih, ixe! Um dia, uma vez, ele comeu um homem...

Nhem? Cê quer saber donde é que Maria-Maria dorme de dia, hã? Pra quê que quer saber? Pra quê? Lugar dela é no alecrim-da-crôa, no furado do matinho, aqui mesmo perto, pronto! Quê que adiantou? Cê não sabe adonde que é, eh-eh-eh... Se mecê topar com Maria-Maria, não vale nada ela ser a onça mais bonita — mecê morre de medo dela. Ói: abre os olhos: ela vem, vem, vem, com a boca meio aberta, língua lá dentro mexendo... É um arquejo miúdo, quando tá fazendo calor, a língua pra diante e pra trás, mas não sai do céu-da-boca. Bate o pé no chão, macião, espreguiça despois, toda, fecha os olhos. Eh, bota as mãos pra a frente, abre os dedos — põe pra fora cada unha maior que seu dedo mindinho de mecê. Aí, me olha, me olha... Ela gosta de mim. Se eu der mecê pra ela comer, ela come...

Mecê espia cá fora. Lua tá redonda. Tou falando nada. Lua meu compadre não. Bobagem. Mecê não bebe, eu me avexo, bebendo sozinho, tou acabando sua cachaça toda. Lua compadre de caraó? Caraó falava só bobagem. Auá? Caraó chamado Curiuã, queria casar com mulher branca. Trouxe coisas, deu pra ela: esteira bonita, cacho de banana, tucano manso de bico amarelo, casco de jaboti, pedra branca com pedra azul dentro. Mulher tinha marido. Ã-hã, foi isto: mulher branca gostou das coisas que caraó Curiuã trazia. Mas não queria casar com ele não, que era pecado. Caraó Curiuã ficou rindo, falou que tava doente, só mulher branca querendo deitar com ele na rede era que ele sarava. Carecia de casar de verdade não, deitar uma vez só chegava. Armou rede ali perto de lá, ficou deitado, não comia nada. Marido da mulher chegou, mulher contou pra ele. Homem branco ficou danado de brabo. Encostou carabina nos peitos dele, caraó Curiuã ficou chorando, homem branco matou caraó Curiuã, tava com muita raiva...

Hum, hum. Ói: eu tava lá, matei nunca ninguém. No Socó-Boi também, matei ninguém, não. Matei nunca, podia não, minha mãe falou pra eu não matar. Tinha medo de soldado. Eu não posso ser preso: minha mãe contou que eu posso ser preso não, se ficar preso eu morro — por causa que eu nasci em tempo de frio, em hora em que o sejuçú tava certinho no meio do alto do céu. Mecê olha, o sejuçú tem quatro estrelinhas, mais duas. A' bom: cê enxerga a outra que falta? Enxerga não? A outra — é eu... Mãe minha me disse. Mãe minha bugra, boa, boa pra mim, mesmo que onça com os filhotes delas, jaguaraím. Mecê já viu onça com as oncinhas? Viu não? Mãe lambe, lambe, fala com eles, jaguanhenhém, alisa, toma conta. Mãe onça morre por conta deles, deixa ninguém chegar perto, não... Só suaçurana é que é pixote, foge, larga os filhotes pra quem quiser...

Eh, parente meu é a onça, jaguaretê, meu povo. Mãe minha dizia, mãe minha sabia, uê-uê... Jaguaretê é meu tio, tio meu. Ã-hã. Nhem? Mas eu matei onça? Matei, pois matei. Mas não mato mais, não! No Socó-Boi, aquele Pedro Pampolino queria, encomendou: pra eu matar o outro homem, por ajuste. Quis não. Eu, não. Pra soldado me pegar? Tinha o Tiaguim, esse quis: ganhou o dinheiro que era pra ser para mim, foi esperar o outro homem na beira da estrada... Nhem, como é que foi? Sei, não, me alembro não. Eu nem não ajudei, ajudei algum? Quis saber de nada... Tiaguim mais Missiano mataram muitos. Despois foi pra um homem velho. Homem velho raivado, jurando que bebia o sangue de outro, do homem moço, eu escutei. Tiaguim mais Missiano amarraram o homem moço, o homem velho cortou o pescoço dele, com facão, aparava o sangue numa bacia... Aí eu larguei o serviço que tinha, fui m'embora, fui esbarrar na Chapada Nova...

Aquele Nhô Nhuão Guede, pai da moça gorda, pior homem que tem: me botou aqui. Falou: — "Mata as onças todas!" Me deixou aqui sozinho, eu nhum, sozinho de não poder falar sem escutar... Sozinho, o tempo todo, periquito passa gritando, grilo assovia, assovia, a noite inteira, não é capaz de parar de assoviar. Vem chuva, chove, chove. Tenho pai nem mãe. Só matava onça. Não devia. Onça tão bonita, parente meu. Aquele Pedro Pampolino disse que eu não prestava. Tiaguim falou que eu era mole, mole, membeca. Matei montão de onça. Nhô Nhuão Guede trouxe eu pr'aqui, ninguém não queria me deixar trabalhar junto com outros... Por causa que eu não prestava. Só ficar aqui sozinho, o tempo todo. Prestava mesmo não, sabia trabalhar direito não, não gostava. Sabia só matar onça. Ah, não devia! Ninguém não queria me ver, gostavam de mim não, todo o mundo me xingando. Maria-Maria veio, veio. Então eu ia matar Maria-Maria? Como é que eu podia? Podia matar onça nenhuma não, onça parente meu, tava triste de ter matado... Tava com medo, por ter matado. Nhum nenhum? Ai, ai, gente...

De noite eu fiquei mexendo, sei nada não, mexendo por mexer, dormir não podia, não; que começa, que não acaba, sabia não, como é que é, não. Fiquei com a vontade... Vontade dôida de virar onça, eu, eu, onça grande. Sair de onça, no escurinho da madrugada... Tava urrando calado dentro de em mim... Eu tava com as unhas... Tinha soroca sem dono, de jaguaretê-pinima que eu matei; saí pra lá. Cheiro dela inda tava forte. Deitei no chão... Eh, fico frio, frio. Frio vai saindo de todo mato em roda, saindo da parte do rancho... Eu arrupêio. Frio que não tem outro, frio nenhum tanto assim. Que eu podia tremer, de despedaçar... Aí eu tinha uma câimbra no corpo todo, sacudindo; dei acesso.

Quando melhorei, tava de pé e mão no chão, danado pra querer caminhar. Ô sossego bom! Eu tava ali, dono de tudo, sozinho alegre, bom mesmo, todo o mundo carecia de mim... Eu tinha medo de nada! Nessa hora eu sabia o que cada um tava pensando. Se mecê vinha aqui, eu sabia tudo o que mecê tava pensando...

Sabia o que onça tava pensando, também. Mecê sabe o que é que onça pensa? Sabe não? Eh, então mecê aprende: onça pensa só uma coisa — é que tá tudo bonito, bom, bonito, bom, sem esbarrar. Pensa só isso, o tempo todo, comprido, sempre a mesma coisa só, e vai pensando assim, enquanto que tá andando, tá comendo, tá dormindo, tá fazendo o que fizer... Quando algũa coisa ruim acontece, então de repente ela ringe, urra, fica com raiva, mas nem que não pensa nada: nessa horinha mesma ela esbarra de pensar. Daí, só quando tudo tornou a ficar quieto outra vez é que ela torna a pensar igual, feito em antes...

Eh, agora cê sabe; será? Hã-hã. Nhem? Aã, pois eu saí caminhando de mão no chão, fui indo. Deu em mim uma raiva grande, vontade de matar tudo, cortar na unha, no dente... Urrei. Eh, eu — esturrei! No outro dia, cavalo branco meu, que eu trouxe, me deram, cavalo tava estraçalhado meio comido, morto, eu 'manheci todo breado de sangue seco... Nhem? Fez mal não, gosto de cavalo não... Cavalo tava machucado na perna, prestava mais não...

Aí eu queria ir ver Maria-Maria. Nhem? Gosto de mulher não... Às vez, gosto... Vou indo como elas onças fazem, por meio de espinheiro, vagarinho, devagarinho, faço barulho não. Mas não espinha não, quage que não. Quando espinha pé, estraga, a gente passa dias doente, pode caçar não, fica curtindo fome... É, mas, Maria-Maria, se ficar assim, eu levo de-comer pra ela, hã, hã-ã...

Hum, hum. Esse é barulho de onça não. Urucuéra piou, e um bichinho correu, destabocado. Eh, como é que eu sei?! Pode ser veado, caititú, capivara. Como é? Aqui tem é tudo — tem capão, capoeira, pertinho do campo... O resto é sapo, é grilo do mato. Passarinho também, que pia no meio de dormindo... Ói: se eu dormir mais primeiro, mecê também dorme? Cê pode encostar a cabeça no surrão, surrão é de ninguém não, surrão era do preto. Dentro tem coisa boa não, tem roupa velha, vale nada. Tinha retrato da mulher do preto, preto era casado. Preto morreu, eu peguei em retrato, virei pra não poder ver, levei pra longe, escondi em oco de pau. Longe, longe; gosto de retrato aqui comigo não...

Eh, urrou e mecê não ouviu, não. Urrou cochichado... Mecê tem medo? Tem medo não? Mecê tem medo não, é mesmo, tou vendo. Hum-hum. Eh, cê tando perto, cê sabe o que é que é medo! Quando onça urra, homem estremece todo... Zagaieiro tem medo não, hora nenhuma. Eh, homem zagaieiro é custoso achar, tem muito poucos. Zagaieiro — gente sem soluço... Os outros todos têm medo. Preto é que tem mais...

Eh, onça gosta de carne de preto. Quando tem um preto numa comitiva, onça vem acompanhando, seguindo escondida, por escondidos, atrás, atrás, atrás, ropitando, tendo olho nele. Preto rezava, ficava seguro na gente, tremia todo. Foi esse não, que morou no rancho, não; esse que morou aqui: preto Tiodoro. Foi outro preto, preto Bijibo, a gente vinha beiradeando o rio Urucúia, despois o Riacho Morto, despois... O velho barbado, barba branca, tinha botas, botas de couro de sucurijú. Velho das botas tinha trabuco. Ele mais os filhos e o carapina bêbado iam pra outra banda, pra a Serra Bonita, varavam dessa mão de lá, mode ir... Preto Bijibo tinha coragem não: carecia de viajar sozinho, tava voltando pra algum lugar — sei lá — longe... Preto tinha medo, sabia que onça tava de tocaia: onça vinha, sacaquera, toda noite eu sabia que ela tava rodeando, de uauaca, perto do foguinho do arranchamento...

Aí eu falei com o preto, falei que também ia com ele, até no Formoso. Carecia de arma nenhuma não, eu tinha garrucha, espingarda, tinha faca, facão, zagaia minha. Mentira que eu falei: eu tava era voltando pr'aqui, tinha ido falar brabo com Nhô Nhuão Guede, que eu não ia matar onça nenhuma mais não, que eu tinha falado. Eu tava voltando pr'aqui, dei volta tão longe, por conta do preto só. Mas preto Bijibo sabia não, ele foi viajar comigo...

Ói: eu tava achando nada de ruim não, tava jeriza não, eu gostei do preto Bijibo, tava com dó dele, em mesmo, queria era ajudar, por causa que ele tinha muita comida boa, mantimento, por pena assim que ele carecia de viajar sozim... Preto Bijibo era bom, com aquele medo dôido, ele não me largava em hora nenhuma... A gente caminhamos três dias. Preto conversava, conversava. Eu gostava dele. Preto Bijibo tinha farinha, queijo, sal, rapadura, feijão, carne seca, tinha anzol pra pegar peixe, toicinho salgado... Ave-Maria! — preto carregava aquilo tudo nas costas, eu ajudava não, gosto não, sei lá como é que ele podia... Eu caçava: matei veado, jacú, codorna... Preto comia. Atié! Atié, que ele comia, comia, só queria era comer, até nunca vi assim, não... Preto Bijibo cozinhava. Me dava do de-comer dele, eu comia de encher barriga. Mas preto Bijibo não esbarrava de comer, não. Comia, falava em comida, eu então ficava vendo ele comer e eu inda comia mais, ficava empazinado, chega arrotava.

A gente tava arranchados debaixo de pau de árvore, acendemos fogo. Olhei preto Bijigo comendo, ele lá com aquela alegria dôida de comer, todo dia, todo dia, enchendo boca, enchendo barriga. Fiquei com raiva daquilo, raiva, raiva danada... Axe, axi! Preto Bijibo gostando tanto de comer, comendo de tudo bom, arado, e pobre da onça vinha vindo com fome, querendo comer preto Bijibo... Fui ficando com mais raiva. Cê não fica com raiva? Falei nada não. Ã-hã. A'pois, falei só com preto Bijibo que ali era o lugar perigoso pior, de toda banda tinha soroca de onça-pintada. Ih, preto esbarrou logo de comer, preto custou pra dormir.

Eh, aí eu não tinha mais raiva não, queria era brincar com o preto. Saí, calado, calado, devagar, que nem nenhum ninguém. Tirei o de-comer, todo, todo, levei, escondi em galho de árvore, muito longe. Eh, voltei, desmanchei meu rastro, eh, que eu queria rir alegre... Dei muita andada, por uma banda e por outra, e voltei pra trás, trepei em pau alto, fiquei escondido... Diaba, diaba, onça nem não vinha! De manhã cedo, dava gosto ver, quando preto Bijibo acordou e não me achou, não...

O dia todo, ele chorava, percurava, percurava, não tava acreditando. Eh, arregalava os olhos. Chega que andava em roda, zuretado. Me percurou até em buraco de formigueiro... Mas ele tava com medo de gritar e espiritar a onça, então falava baixinho meu nome... Preto Bijibo tremia, que eu escutava dente estalando, que escutava. Tremia: feito piririca de carne que a gente assa em espeto... Despois, ele ficava estuporado, deitava no chão, debruço, tapava os ouvidos. Tapava a cara... Esperei o dia inteiro, trepado no pau, eu também já tava com fome e sede, mas agora eu queria, nem sei, queria ver jaguaretê comendo o preto...

Nhem? Preto tinha me ofendido não. Preto Bijibo muito bom, homem acomodado. Eu tinha mais raiva dele não. Nhem? Não tava certo? Como é que mecê sabe? Cê não tava lá. Ã-hã, preto não era parente meu, não devia de ter querido vir comigo. Levei o preto pra a onça. Preto porque quis me acompanhar, uê. Eu tava no meu costume... Hum, por que é que mecê tá percurando mão no revólver? Hum-hum... Aã, arma boa, será? Hã-hã, revólver bom. Erê! Cê deixa eu pegar com minha mão, mor de ver direito... A-nhã, não deixa, não deixa? Gosta não que eu pego? Tem medo não. Mão minha bota arma caipora não. Também não deixo pegar em arma, mas é mulher, mulher eu não deixo; deixo nem ver, não deve-de. Bota panema, caipora[8]... Hum, hum. Nhor não. É. É. Hum, hum. Mecê é que sabe...

Hum. Hum. É. É não. Eh, n't, n't... Axi... É. Nhor não, sei não. Hum-hum. Nhor não, tou agravado não, revólver é seu, mecê é que é dono dele. Eu tava pedindo só por querer ver, arma boa, bonita, revólver... Mas mão minha bota caipora não, pa! — sou mulher não. Eu panema não, eu — marupiara. Mecê não quer deixar, mecê não acredita. Eu falo mentira não... Tá bom, eu bebo mais um gole. Cê bebe também! Tou vexado não. Apê, cachaça bom de boa...

Ói: mecê gosta de ouvir contar, a'pois, eu conto. Despois que teve o preto Bijibo? Eu voltei, uai. Cheguei aqui, achei outro preto, já morando mesmo dentro de rancho. Primeiro eu pulei pra pensar: este é irmão dele outro, veio tirar vingança, ôi, ôi... Era não. Preto chamado Tiodoro: Nhô Nhuão Guede justou, pra ficar no despois, pra matar as onças todas, mor d'eu não querer matar onça nenhuma mais não. Falou que o rancho era dele, que Nhô Nhuão Guede tinha falado, tinha dado rancho pra preto Tiodoro, pra toda a vida. Mas que eu podia morar junto, eu tinha de buscar lenha, buscar água. Eu? Hum, eu — não mesmo, não.

Fiz tipoia pra mim, com folhagem de buriti, perto da soroca de Maria-Maria. Ahã, preto Tiodoro havéra de vir caçar por ali... A'bom, a'bom. Preto Tiodoro caçava onça não — ele tinha mentido pra Nhô Nhuão Guede. Preto Tiodoro boa pessoa, tinha medo, mas medo, montão. Tinha quatro cachorros grandes — cachorro latidor. Apiponga matou dois, um sumiu no mato, Maramonhangara comeu o outro. Eh-eh-he... Cachorro... Caçou onça nenhuma não. Também, preto Tiodoro ficou morando em rancho só uma lua-nova: aí ele morreu, pronto.

Preto Tiodoro queria ver outra gente, passear. Me dava de comer, me chamava pra ir passear mais ele, junto. Eh, sei: ele tava com medo de andar

---

[8] Com ponto de interrogação, para eventual substituição.

sozinho por aí. Chegava em beira de vereda, pegava a ter medo de sucruiú. Eu, eh, eu tenho meu porrete bom, amarrado com tira forte de embira: passava a tira no pescoço, ia com o porrete pendurado; tinha medo de nada. Aí, preto[9]... A gente fomos lá muitas léguas, no meio do brejo, terra boa pra plantar. Veredeiro seo Rauremiro, bom homem, mas chamava a gente por assovio, feito cachorro. Sou cachorro, sou? Seo Rauremiro falava: — "Entra em quarto da gente não, fica pra lá, tu é bugre..." Seo Rauremiro conversava com preto Tiodoro, proseava. Me dava comida, mas não conversava comigo não. Saí de lá com uma raiva, mas raiva, de todos: de seo Rauremiro, mulher dele, as filhas, menino pequeno...

Chamei o preto Tiodoro: depois da gente comer, a gente vinha s'embora. Preto Tiodoro queria só passar na barra da Veredinha — deitar na esteira com a mulher do homem dôido, mulher muito boa: Maria Quirinéia. A gente passou lá. Então, uê, pediram pra eu sair da casa, um tempão, ficar espiando o mato, espiando no caminho, aruê, pra ver se vinha alguém. Muito homem que tava acostumado, iam lá. Muito homem: jababora, geralista, aqueles três, que já morreram. Lá por perto, vi rastro. Rastro redondo, pipura da onça Porreteira, dela ir caçar. Tava chovendo fino, só cruviando quage. Eu escondi em baixo de árvore. Preto Tiodoro não saía de lá de dentro não, com aquela mulher, Maria Quirinéia. O dôido, marido dela, nem não tava gritando, devia de tá dormindo encorrentado...

Uai, então eu enxerguei que vinha vindo geralista, aquele seo Riopôro, homem ruim feito ele só, tava toda hora furiado. Seo Riopôro vinha vestido com coroça grande de palha de buriti, mor de não molhar a roupa, vinha respingado, fincava pé na lama. Saí de debaixo de árvore, fui lá, encontrar com ele, mor de cercar, mor d'ele não vir, que preto Tiodoro tinha mandado.

— "Que é que tu tá fazendo por aqui, onceiro senvergonha?!" — foi que ele falou, me gritou, gritou, valente, mesmo.

— "Tou espiando o rabo da chuva..." — que eu falei.

— "Pois, por que tu não vai espiar tua mãe, desgraçado!?" — que ele tornou a gritar, inda gritou, mais, muito. Ô homem aquele, pra ter raiva.

Ah, gritou, pois gritou? Pa! Mãe minha, foi? Ah, pois foi. Pa! A'bom. A' bom. Aí eu falei com ele que a onça Porreteira tava escondida lá no fundão da pirambeira do desbarrancado.

---

[9] Com ponto de interrogação, para eventual substituição.

— "X' eu ver, x' eu ver já..." — que ele falou. E — "Txi, é mentira tua não? Tu diabo mente, por senvergonheira!"

Mas ele veio, chegou na beira da pirambeira, na beiradinha, debruçou, espiando pra baixo. Empurrei! Empurrei, foi só um tiquinho, nem não foi com força: geralista seo Riopôro despencou no ar... Apê! Nhem-nhem o que? Matei, eu matei? A' pois, matei não. Ele inda tava vivo, quando caiu lá em baixo, quando onça Porreteira começou a comer... Bom, bonito! Eh, *p's*, eh porã! Erê! Come esse, meu tio...

Falei nada com o preto: ói... Mulher Maria Quirinéia me deu café, falou que eu era índio bonito. A gente veio s'embora. Preto Tiodoro ficava danado comigo, calado. Porque eu sabia caçar onça, ele sabia não. Eu tapijara, sapijara, achava os bichos, as árvores, planta do mato, todas, ele nem não. Eu tinha esses couros todos, nem não queria vender mais, não. Ele olhava com olho de cachorro, acho que queria couros todos pra ele, pra vender, muito dinheiro... Ah, preto Tiodoro contou mentira de mim pra os outros geralistas.

Aquele jababora Gugué, homem bom, mas mesmo bom, nunca me xingou, não. Eu queria passear, ele gostava de caminhar não: só ficava deitado, em rede, no capim, dia inteiro, dia inteiro. Pedia até pra eu trazer água na cabaça, mor de ele beber. Fazia nada. Dormia, pitava, espichava deitado, proseava. Eu também. Aquele Gugué puxava prosa danada de boa! Eh, fazia nada, caçava nada, não cavacava chão pra tirar mandioca, queria passear não. Então peguei a não querer espiar pra ele. Eh, raiva não, só um enfaro. Cê sabe? Cê já viu? Aquele homem mole, mole, perrengando por querer, panema, ixe! Até me esfriava... Eu queria ter raiva dele não, queria fazer nada não, não queria, não queria. Homem bom. Falei que ia m'embora.

— "Vai embora não..." — que ele falou. — "Vamos conversar..." Mas ele era que dormia, dormia, o dia todo. De repente, eh, eu oncei... Iá. Eu aguentei não. Arrumei cipó, arranjei embira, boa, forte. Amarrei aquele Gugué na rede. Amarrei ligeiro, amarrei perna, amarrei braço. Quando ele queria gritar, hum, xô! Axi, aí deixei não: atochei folha, folha, lá nele, boca a dentro. Tinha ninguém lá. Carreguei aquele Gugué, com rede enrolada. Pesadão, pesado, eh. Levei pra o Papa-Gente. Papa-Gente, onça chefe, onço, comeu jababora Gugué... Papa-Gente, onção enorme, come rosnando, rosnando, até parece oncinho novo... Despois, eu inté fiquei triste, com pena daquele Gugué, tão bonzinho, teitê...

Aí, era de noite, fui conversar com o outro geralista que inda tinha, chamado Antunias, jababora, uê. Ô homem amarelo de ridico! Não dava nada, não, guardava tudo pra ele, emprestava um bago de chumbo só se a gente depois pagava dois. Ixe! Ueh... Cheguei lá, ele tava comendo, escondeu o de-comer, debaixo do cesto de cipó, assim mesmo eu vi. Então eu pedi pra poder dormir dentro do rancho. — "Dormir, pode. Mas vai buscar graveto pra o fogo..." — isto que arrenegou. — "Eh, tá de noite, tá escuro, 'manhã cedo eu carrego lenha boa..." — que eu falei. Mas então ele me mandou consertar uma alprecata velha. Falou que manhã cedo ele ia na Maria Quirinéia, que eu não podia ficar sozinho no rancho, mor de não bulir nos trens dele, não. A' pois, eu falei: — "Acho que onça pegou Gugué..."

Ei, Tunia! — que era assim que Gugué falava. Arregalou olho. Preguntou — como era que eu achava. Falei que tinha escutado grito do Gugué e urro de onça comedeira. Cê já viu? Sabe o quê que ele falou? Axi! Que onça tinha pegado Gugué, então tudo o que era do Gugué ficava sendo dele. Que despois ele ia s'embora, pra outra serra, que se eu queria ir junto, mor de ajudar a carregar os trens todos dele, tralha. — "Que eu vou, mesmo..." — que eu falei.

Ah, mas isto eu não conto, que não conto, que não conto, de jeito nenhum! Por quê mecê quer saber? Quer saber tudo? Cê é soldado?... A' bom, a' bom, eu conto, mecê é meu amigo. Eu encostei ponta da zagaia nele... X'eu mostrar, como é que foi? Ah, quer não, não pode? Cê tem medo d'eu encostar ponta da zagaia em seus peitos, eh, será, nhem? Mas, então, pra quê que quer saber?! Axe, mecê homem frouxo... Cê tem medo o tempo todo... A' bom, ele careceu de ir andando, chorando, sacêmo, no escuro, caía, levantava... — "Não pode gritar, não pode gritar..." — que eu falava, ralhava, cutucava, empurrei com a ponta da zagaia. Levei pra Maria-Maria...

Manhã cedo, eu queria beber café. Pensei: eu ia pedir café de visita, pedir àquela mulher Maria Quirinéia. Fui indo pra lá, fui vendo: curuz! De toda banda, ladeza da chapada, tinha rastro de onça... Ei, minhas onças... Mas todas têm de saber de mim, eh, sou parente — eh, se não, eu taco fogo no campo, no mato, lapa de mato, soroca delas, taco fogo em tudo, no fim da seca...

Aquela mulher Maria Quirinéia, muito boa. Deu café, deu de comer. Marido dela dôido tava quieto, seo Suruvéio, era lua dele não, só ria, ria, não gritava. Eh, mas Maria Quirinéia principiou a olhar pra mim de jeito estúrdio, diferente, mesmo: cada olho se brilhando, ela ria, abria as ventas, pegou em minha mão, alisou meu cabelo. Falou que eu era bonito, mais bonito. Eu — gostei. Mas aí ela queria me puxar pra a esteira, com ela, eh, uê, uê... Me deu uma raiva grande, tão grande, montão de raiva, eu queria matar Maria Quirinéia, dava pra a onça Tatacica, dava pra as onças todas!

Eh, aí eu levantei, ia agarrar Maria Quirinéia na goela. Mas foi ela que falou: — "Ói: sua mãe deve de ter sido muito bonita, boazinha muito boa, será?" Aquela mulher Maria Quirinéia muito boa, bonita, gosto dela muito, me alembro. Falei que todo o mundo tinha morrido comido de onça, que ela carecia de ir s'embora de mudada, naquela mesma da hora, ir já, ir já, logo, mesmo... Pra qualquer outro lugar, carecia de ir. Maria Quirinéia pegou medo enorme, montão, disse que não podia ir, por conta do marido dôido. Eu falei: eu ajudava, levava. Levar até na Vereda da Conceição, lá ela tinha pessoas conhecidas. Eh, fui junto. Marido dela dôido nem deu trabalho, quage. Eu falava: — "Vamos passear, seo Nhô Suruvéio, mais adiante?" Ele arrespondia: — "A' pois, vamos, vamos, vamos..." Vereda cheia, tempo de chuva, isso que deu mais trabalho. Mas a gente chegou lá, Maria Quirinéia falou despedida: — "Mecê homem bom, homem corajoso, homem bonito. Mas mecê gosta de mulher não..." Aí, que eu falei: — "Gosto mesmo não. Eu — eu tenho unha grande..." Ela riu, riu, riu, eu voltei sozinho, beiradeando essas veredas todas.

Uê, uê, rodeei volta, despois, cacei jeito, por detrás dos brejos: queria ver veredeiro seo Rauremiro não. Eu tava com fome, mas queria de-comer dele não — homem muito soberbo. Comi araticúm e fava dôce, em beira de um cerrado eu descansei. Uma hora, deu aquele frio, frio, aquele, torceu minha perna... Eh, despois, não sei, não: acordei — eu tava na casa do veredeiro, era de manhã cedinho. Eu tava em barro de sangue, unhas todas vermelhas de sangue. Veredeiro tava mordido morto, mulher do veredeiro, as filhas, menino pequeno... Eh, juca-jucá, atiê, atiuca! Aí eu fiquei com dó, fiquei com raiva. Hum, nhem? Cê fala que eu matei? Mordi mas matei não... Não quero ser preso... Tinha sangue deles em minha boca, cara minha. Hum, saí, andei sozim p'los matos, fora de sentido, influição de subir em árvore, eh, mato é muito grande... Que eu andei, que eu andei, sei quanto tempo foi não. Mas quando que eu fiquei bom de mim, outra vez, tava nú de todo, morrendo de fome. Sujo de tudo, de terra, com a boca amargosa, atiê, amargoso feito casca de peroba... Eu tava deitado no alecrinzinho, no lugar. Maria-Maria chegou lá perto de mim...

Mecê tá ouvindo, nhem? Tá aperceiando... Eu sou onça, não falei?! Axi. Não falei — eu viro onça? Onça grande, tubixaba. Ói unha minha: mecê olha — unhão preto, unha dura... Cê vem, me cheira: tenho catinga de onça? Preto Tiodoro falou eu tenho, ei, ei... Todo dia eu lavo corpo no poço... Mas mecê pode dormir, hum, hum, vai ficar esperando camarada não. Mecê tá doente, carece de deitar no jirau. Onça vem cá não, cê pode guardar revólver...

Aaã! Mecê já matou gente com ele? Matou, a' pois, matou? Por quê que não falou logo? Ã-hã, matou, mesmo. Matou quantos? Matou muito? Hã-hã, mecê homem valente, meu amigo... Eh, vamos beber cachaça, até a língua da gente picar de areia... Tou imaginando coisa, boa, bonita: a gente vamos matar camarada, 'manhã? A gente mata camarada, camarada ruim, presta não, deixou cavalo fugir p'los matos... Vamos matar?! Uh, uh, atimbora, fica quieto no lugar! Mecê tá muito sopitado... Ói: mecê não viu Maria-Maria, ah, pois não viu. Carece de ver. Daqui a pouco ela vem, se eu quero ela vem, vem munguitar mecê...

Nhem? A' bom, a' pois... Trastanto que eu tava lá no alecrinzinho com ela, cê devia de ver. Maria-Maria é careteira, raspa o chão com a mão, pula de lado, pulo frouxo de onça, bonito, bonito. Ela ouriça o fio da espinha, incha o rabo, abre a boca e fecha, ligeiro, feito gente com sono... Feito mecê, eh, eh... Que anda, que anda, balançando, vagarosa, tem medo de nada, cada anca levantando, aquele pelo lustroso, ela vem sisuda, mais bonita de todas, cheia de cerimônia... Ela rosnava baixinho pra mim, queria vir comigo pegar o preto Tiodoro. Aí, me deu aquele frio, aquele friiíío, a câimbra toda... Eh, eu sou magro, travesso em qualquer parte, o preto era meio gordo... Eu vim andando, mão no chão... Preto Tiodoro com os olhos dôidos de medo, ih, olho enorme de ver... Ô urro!...

Mecê gostou, ã? Preto prestava não, ô, ô, ô... Ói: mecê presta, cê é meu amigo... Ói: deixa eu ver mecê direito, deix'eu pegar um tiquinho em mecê, tiquinho só, encostar minha mão...

Ei, ei, que é que mecê tá fazendo?

Desvira esse revólver! Mecê brinca não, vira o revólver pra outra banda... Mexo não, tou quieto, quieto... Ói: cê quer me matar, ui? Tira, tira revólver pra lá! Mecê tá doente, mecê tá variando... Veio me prender? Ói: tou pondo mão no chão é por nada, não, é à-toa... Ói o frio... Mecê tá dôido?! Atiê! Sai pra fora, rancho é meu, xô! Atimbora! Mecê me mata, camarada vem, manda prender mecê... Onça vem, Maria-Maria, come mecê... Onça meu parente... Ei, por causa do preto? Matei preto não, tava contando bobagem... Ói a onça! Ui, ui, mecê é bom, faz isso comigo não, me mata não... Eu — Macuncôzo... Faz isso não, faz não... Nhenhenhém... Heeé!...

Hé... Aar-rrã... Aaãh... Cê me arrhoôu... Remuaci... Rêiucàanacê... Araaã... Uhm... Ui... Ui ... Uh... uh... êeêê... êê... ê... ê...

HUMOR

HUMOR

Negra danada, siô, é Maria:
ela dá no coice, ela dá na guia,
lavando roupa na ventania.
Negro danado, siô, é Heitô:
de calça branca, de paletó,
foi no inferno, mas não entrou!

[*Cantiga de batuque, a grande velocidade*]

— *Ó seu Bicho-Cabaça!? Viu uma*
velhinha passar por aí?...
— *Não vi velha, nem velhinha,*
corre, corre, cabacinha...
Não vi velha nem velhinha!
Corre! corre! cabacinha...

[*De uma estória*]

TRAÇOS BIOGRÁFICOS DE LALINO SALÃTHIEL OU A VOLTA DO MARIDO PRÓDIGO

[*Sagarana*]

I

Nove horas e trinta. Um cincerro tilinta. É um burrinho, que vem sozinho, puxando o carroção. Patas em marcha matemática, andar consciencioso e macio, ele chega, de sobremão. Para, no lugar justo onde tem de parar, e fecha imediatamente os olhos. Só depois é que o menino, que estava esperando, de cócoras, grita: — "Íssia!..." — e pega-lhe na rédea e o faz volver esquerda, e recuar cinco passadas. Pronto. O preto desaferrolha o taipal da traseira, e a terra vai caindo para o barranco. Os outros ajudam, com as pás. Seis minutos: o burrinho abre os olhos. O preto torna a aprumar o tabuleiro no eixo, e ergue o tampo de trás. O menino torna a pegar na rédea: direita, volver! Agora nem é preciso comandar: — "Vamos!"... — porque o burrico já saiu no mesmo passo, em rumo reto; e as rodas cobrem sempre os mesmos sulcos no chão.

No meio do caminho, cruza-se com o burro pelo-de-rato, que vem com o outro carroção. É o décimo terceiro encontro, hoje, e como ainda irão passar um pelo outro, sem falta, umas três vezes esse tanto — do aterro ao corte, do corte ao aterro — não se cumprimentam.

No corte, a turma do *seu* Marra bate rijo, de picareta, atacando no paredão pedrento a brutalidade cinzenta do *gneiss*. Bom trecho, pois, remunerador. Acolá, a turma dos espanhóis cavouca terra mole, xisto talcoso e micaxisto; e o chefe Garcia está irritado, porque, por causa disso, vão receber menos, por metro quadrado e metro cúbico. Adiante, uns homens colocando os paus do mata-burro. Essa outra gente, à beira, nada tem conosco: serviço particular de *seu* Remígio, dono das terras, que achou e está explorando uma jazida de amianto. E, mais adiante, o pessoal do Ludugéro, acabando de armar as longarinas da ponte.

Dez horas da manhã. A temperatura do ar prolonga a do corpo. Só se sabe do vento no balanço dos ramos extremos do eucalipto. Só se sabe do sol nas arestas dos quartzos — cada ponta de cristal irradiando em agulheiro. Cantos de canarinhos e pintassilgos, invisíveis. E cheiro de mato moço. Tudo muito bom. E isto aqui é um quilômetro da estrada-de-rodagem Belorizonte-São Paulo, em ativos trabalhos de construção.

Seu Marra fiscaliza e feitora. De vez em quando, pega também no pesado. Mas não tira os olhos da estrada.

Bem, buzinou. É o caminhão da empresa. Vem de voada. Diminui a marcha... *Seu* Waldemar, o encarregado, na boleia, com o *chauffeur*... O caminhão verde não para... Mas, lá detrás, escorregando dos sacos e caixotes que vêm para o armazém, dependura o corpo para fora, oscila e pula, maneiro, Lalino Salãthiel.

Os trabalhadores cumprimentam *seu* Waldemar, *seu* Marra esboçou qualquer coisa assim como uma continência, *seu* Waldemar bateu mão e passou.

Agora *seu* Marra fecha a cara. Lalino Salãthiel vem bamboleando, sorridente. Blusa cáqui, com bolsinhos, lenço vermelho no pescoço, chapelão, polainas, e, no peito, um distintivo, não se sabe bem de quê. Tira o chapelão: cabelos pretíssimos, com as ondas refulgindo de brilhantina borora.

Os colegas põem muito escárnio nos sorrisos, mas Lalino dá o aspecto de quem estivesse recebendo uma ovação:

— Olá, Batista! Bastião, bom dia! Essa força como vai?...

— Boa tarde!

Lalino tem um soberbo aprumo para andar.

— Ei, Túlio, cada vez mais, hein?

— An-han...

Lalino nunca foi soldado, mas sabe unir forte os calcanhares, ao defrontar *seu* Marra. E assesta os olhinhos gateados nos olhos severos do chefe.

— Bom dia, seu Marrinha! Como passou de ontem?

— Bem. Já sabe, não é? Só ganha meio dia.

E *seu* Marra saca o lápis e a caderneta, molha a ponta do dedo na língua, molha a ponta do lápis também, e toma nota, com a seriedade de quem assinasse uma sentença.

(Lá além, Generoso cotuca Tercino:

— Mulatinho descarado! Vai em festa, dorme que-horas, e, quando chega, ainda é todo enfeitado e salamistrão!...)

— Que é que eu hei de fazer, seu Marrinha... Amanheci com uma nelvralgia... Fiquei com cisma de apanhar friagem...

— Hum...

— Mas o senhor vai ver como eu toco o meu serviço e ainda faço este povo trabalhar...

— Não se venha! Deixa os outros em paz...

(Tercino apoia o pé no ferro da picareta; o que é que diz:

— Trabalhar é que não trabalha. Se encosta p'ra cima, e fica contando história e cozinhando o galo...

— Também, no final, ganha feito todos, porque, os que são mão, dão trela!

E Pintão golpeia com o dorso da pá, sem dó nem piedade, fazendo-a rilhar nos torrões.)

Lalino passa a mão, ajeitando a pastinha, e puxa mais para fora o lencinho do bolso.

— Vou p'r'a luta, e tiro o atraso!... Mas, que dia, hein, seu Marra?!

— Tu está fagueiro... Dormiu mais do que o catre...

— Falar nisso, seu Marrinha, eu me alembrei hoje cedo de outro teatrinho, que a companhia levou, lá no Bagre: é o drama do "Visconde Sedutor"... Vou pensar melhor, depois lhe conto. Esse é que a gente podia representar...

(Pintão suou para desprender um pedrouço, e teve de pular para trás, para que a laje lhe não esmagasse um pé. Pragueja:

— Quem não tem brio engorda!

— É... Esse sujeito só é isso, e mais isso... — opina Sidú.

— Também, tudo p'ra ele sai bom, e no fim dá certo... — diz Corrêia, suspirando e retomando o enxadão. — "P'ra uns, as vacas morrem... p'ra outros até boi pega a parir...")

Seu Marra já concordou:

— Está bem, seu Laio, por hoje, como foi por doença, eu aponto o dia todo. Que é a última vez!... E agora, deixa de conversa fiada e vai pegando a ferramenta!

— Já, já, seu Marrinha. "Quem não trabuca, não manduca"!...

Seu Marra sente-se obrigado a dar as costas. Opor carranca não adianta. Lalino vai para o meio dos outros, assoviando. Leva minutos para arregaçar bem as mangas. E logo comenta, risonho e burlão:

— Xi, Corrêia!...

— Que é, comigo?

— P'ra que é que você põe tanto braço no braçal? Com menos força e mais de jeito, você faz o mesmo serviço, sem carecer de ficar suando, pé-de--couve no chuvisco!

— É... Mas, muito em-antes de muita gente nascer, eu...

— Você já penava que nem duas juntas de bois, p'ra puxar um feixinho de lenha, não é, *fumaça*?... Qual, eu estou é brincando... (Corrêia tinha feito uma cara ruim...) Lá até que é um arraial supimpa, com a igrejinha trepada, bem no monte do morro... E as terras então, hein, Corrêia?! P'ra cana, p'ra tudo! (Corrêia se praz)... Eu acho que nunca vi espigas de milho tão como as de lá...

— É. A terra é boa...

— Caprichada! E ainda estou por conhecer lugar melhor para se viver. Essa gente da Conquista é que diz que lá só tem fumaça de pretos... Mas isso é inveja, mas muita! (Lalino passou a declamar:) Qual!... Criação de cavalo, é no Passa-Tempo... Povo p'ra saber discurso, no Dom Silvério... E, festa de igreja, no Japão... Mas, terra boa, de verdade, e gente boa de coração, isso é só lá no Rio-do-Peixe!

— Serve... Serve, seu Laio...

— Ah, eu inda hei de poder arranjar dinheiro p'ra comprar uns dez alqueires ali por perto, só de mato-de-lei... Úi, que você é um mestre neste serviço, que até dá gosto ver!... (Corrêia descuidou sua tarefa, e agora bate picareta para Lalino, que põe mão na cintura e não para de discorrer...) É isso! Mando levantar casa, com jardim em redor, mas só com flor do mato: parasitas, de todas... E uma cerquinha de bambu, com trepadeira p'ra alastrar e tapar, misturadas, de toda cor... Onde foi mesmo que eu vi, assim?... Bom, depois compro mais terra... Imagina só: quero um chiqueiro grande, bem fechado, e nele botar pacas... Vou criar! Aquilo é fácil... Ficam mansinhas e gordas, que nem porco... Levando lá no Belorizonte, faço freguesia... Um tanque grande... Criar capivaras também: o óleo, só, já dá um dinheirão!...

— Tu é besta, Corrêia! Cavacando, aí, p'ra outro... — zomba Generoso, que parou para enrolar um cigarro.

— Te sara de invejas, siô! Pode ver ninguém com amizade, que já começa intrigando?... Caroço!... Ah, há-te, espera: hoje eu tenho uma marca boa... — E Lalino estende o maço de cigarros. — Pode tirar mais. Vocês, eh, também?... (Generoso aceita, calada a boca, porque é sovino razoável e sabe ser grato, valendo a pena.) Estou contando aqui um arranjo... Vocês, eu aposto que nunca pensaram em ter um galinheiro enorme, cheio de jacus, de perdizes, de codornas... Mas hei de plantar também uma chácara, como ninguém não viu, com as qualidades de frutas... Até azeitona!

— Ara, azeitona de lata não pega! não dá!

— Ora se dá! Vocês ainda hão... Compro breve meus alqueirinhos, e há de ser no Brumadinho, beira da estrada-de-ferro...

— Oh, seu Laio!... Pois, no começo, não estava dizendo que era lá na minha terra, no Rio-do-Peixe?!...

— Sim, sim, é no Rio-do-Peixe mesmo, Corrêia! Falei variado, foi por esquecimentos... Mas, melhor é o ror de enxertos que vou inventar: laranja--de-abril em goiabeiras... Limão-doce no pé de pêssego... Vai ver, cada fruta, diferente de todas que há...

— Não pega!

— Pega! Deve de ser custoso, mas tem de se existir um jeito...

Mas Tercino, que é dono de um relógio quase do tamanho de um punho, olha as horas e olha depois o sol, para ter bem a certeza, e grita:

— Vamos boiar, gente... Está na hora do almoço!

A turma vem para as marmitas. Tercino acende um foguinho, para aquentar a sua. Lalino trouxe apenas um pão-com-linguiça.

— Isso de carregar comida cozinhada de madrugadinha, p'ra depois comer requentada, não é minha regra. Ó coisa, ô Sidú! Por que é que você está triste, homem?... Falar nisso, hoje de noite, se seu Marrinha arranjar o *merenguém*, eu meio que pago cerveja. Feito?... A gente podia chamar o Lourival, com a sanfona. Isto aqui está ficando choroso demais... Viva, Conrado! Tu veio espiar o que a gente está comendo? Foi a espanholada quem mandou você vir bater panela aqui?

Generoso e Corrêia se afastaram, catando gravetos. Generoso tem maus bofes:

— O que esse me arrelia, com o jeito de não se importar com nada! Só falando, e se rindo contando vantagens... Parece que vê passarinho verde toda-a-hora... Se reveste de bobo!

— É, mas, seja não: é só esperto, que nem mico-estrela...

E Corrêia se volta, para rever furtadamente o mulatinho, que lá gesticula, animado, no meio da roda.

— Prosa, só... Pirão d'água sem farinha!... Era melhor que ele olhasse p'r'a sua obrigação... Uns acham um assim sabido, que é muito ladino; mas, como é que não enxerga que o Ramiro espanhol anda rondando por perto da mulher dele?!

— Séria ela é, seu Generoso. Ela gosta dele, muito...

— É, mas, quem tem mulher bonita e nova, deve de trazer debaixo de olho... — E Generoso estalou um muxoxo: — Eu, tem hora que eu acho que ele é sem-brio, que não se importa... Mas agora eu vou falar com ele, vou chamar à ordem...

— Acho que o senhor devia de não mexer com essas coisas, de família-dos-outros, seu Generoso. Isso nunca que dá certo!

— Tem perigo não... Só dar as indiretas!

Lalino tinha-se sentado num toco, perto das soqueiras das bananeiras, e os outros rodeavam-no, todos de cócoras. Mas chega Generoso, com a língua mesmo querente:

— Então, seu Laio, esse negócio mesmo do espanhol...

— Ara, Generoso! Vem você com espanhol, espanhol!... Eu já estou farto dessa espanholaria toda... Inda se fosse alguma espanhola, isto sim!

— Mas, escuta aqui, seu Laio: o que eu estou falando é outra coisa...

— É nada. Mas, as espanholas!... Aposto que vocês nunca viram uma espanhola... Já?... Também, — Lalino ri com cartas — também aqui ninguém não conhece o Rio de Janeiro, conhece?... Pois, se algum morrer sem conhecer, vê é o inferno!

— Ara, coisa!

— Tem lugar lá, que de dia e de noite está cheio de mulheres, só de mulheres bonitas!... Mas, bonitas de verdade, feito santa moça, feito retrato de folhinha... Tem de toda qualidade: francesa, alemanha, turca, italiana, gringa... É só a gente chegar e escolher... Elas ficam nas janelas e nas portas, vestindo de pijama... de menos ainda... Só vendo, seus mandioqueiros! Cambada de capiaus!...

Desta vez a turma está anzolada. Alargam as ventas, para se caber, rebebem as palavras. Lalino acertou. Faz um silêncio, para a estupefação. E principalmente para poder forjar novos aspectos, porque também ele, Eulálio de Souza Salãthiel, do Em-Pé-na-Lagoa, nunca passou além de Congonhas, na bitola larga, nem de Sabará, na bitolinha, e, portanto, jamais pôs os pés na grande capital. Mas o que não é barra que o detenha:

— Em nem sei como é que vocês ficam por aqui, trabalhando tanto, p'ra gastarem o dinheirinho suado, com essas negras, com essas roxas descalças...

Me dá até vergonha, por vocês, de ver tanta falta de vontade de ter progresso! Caso que não podem fazer nem uma ideia... Cada lourinha, upa!... As francesas têm olho azul, usam perfume... E muitas são novas, parecendo até moça-de-família... Pintadas que nem as de circo-de-cavalinho... E tudo na seda, calçadas de chinelinhos de salto, vermelhos, verdes, azuis... E é só "querido" p'ra cá, "querido" p'ra lá... A gente fica até sem jeito...

— Ó seu Laio! Faz favor!

É *seu* Marrinha chamando. Lalino se levanta, soflagrado, e os ouvintes resmungam contra o chefe-da-turma, assim com caras.

— Acabou de almoçar, seu Laio?

— Estou acabando... Meu almoço é isto aqui...

E Lalino ferra os dentes no seu sanduíche, que, por falta de tempo, está ainda intacto.

Seu Marra tem noção de hierarquia e tacto suficiente. Começa:

— Olha, seu Laio, eu lhe chamei, para lhe aconselhar. A coisa assim não vai!... Seu serviço precisa de render...

— Pois, hoje, eu estou com uma coragem mesmo doida de trabalhar, seu Marrinha!...

— É bom... Carece de tomar jeito!... O senhor é um rapaz inteligente, de boa figura... Precisa de dar exemplo aos outros... Eu cá, palavra que até gosto de gente assim, que sabe conversar... que tem rompante... Até servia para fazer o papel do moço-que-acaba-casando, no teatro...

Seu Marra foi muito displicente no final. Deu a deixa, e agora olha para o matinho lá longe, esperando réplica.

Mas não pega. Não pega, porque, se bem que Lalino esteja cansado de saber o que é que o outro deseja, não o pode atender: do *Visconde Sedutor* mal conhece o título, ouvido em qualquer parte.

— Qual, isso é bondade sua, seu Marrinha... São seus olhos melhores...

— Não. Eu sou muito franco... Quando falo que é, é porque é mesmo... (Pausa)... Quem sabe, a gente podia representar esse drama, hem seu Laio?... Como é que chama mesmo?... "O Visconde Sedutor"... Foi o que você disse, não foi?

— Isso mesmo, seu Marrinha.

Definição, amável mas enérgica:

— Bem, seu Laio. Vamos sentar aqui nestas pedras e você vai me contar a peça.

Agora não tem outro jeito. Mas Lalino não se aperta: há atualmente nos seus miolos uma circunvoluçãozinha qualquer, com vapor solto e freios frouxos, e tanto melhor.

— O primeiro ato, é assim, seu Marrinha: quando levanta o pano, é uma casa de mulheres. O Visconde, mais os companheiros, estão bebendo junto com elas, apreciando música, dansando... Tem umas vinte, todas bonitas, umas vestidas de luxo, outras assim... sem roupa nenhuma quase...

— Tu está louco, seu Laio!?... Onde que já se viu esse despropósito?!... Até o povo jogava pedra e dava tiro em cima!... Nem o subdelegado não deixava a gente aparecer com isso em palco... E as famílias, homem? Eu quero é levar peça para famílias... Você não estará inventando? Onde foi que tu viu isso?

— Ora, seu Marrinha, pois onde é que havia de ser?!... No Rio de Janeiro! Na capital... Isso é teatro de gente escovada...

— Mas, você não disse, antes, que tinha sido companhia, lá no Bagre?

— Cabeça ruim minha. Depois me alembrei... No Bagre eu vi foi a "Vingança do Bastardo"... Sabe? Um rapaz rico que descobriu que a...

— Espera! Espera, homem... Vamos devagar com o terço. Primeiro o "Visconde Sedutor". Acaba de contar.

— Bem, as mulheres são francesas, espanholas, italianas, e tudo, falando estrangeirado, fumando cigarros...

— Mas, seu Laio! Onde é que a gente vai arranjar mulher aqui para representar isso?... De que jeito?!

— Ora, a gente manda vir umas raparigas daí de perto...

— Deus me livre!

— Ou então, seu Marra, os homens mesmo podem fantasiar de mulher... Fica até bom... No teatro que seu Vigário arranjou, quando levaram a...

— Aquilo nem foi teatro! Vida de santo, bobagem! Bem, conta, conta seu Laio... Depois a gente vai ver.

— Bom, tem uma francesa mais bonita de todas, lourinha, com olhos azulzinhos, com vestido aberto nas costas... muito pintada, linda mesmo... que senta no colo do Visconde e faz festa no queixo dele... depois abraça e beija...

— Espera um pouco, seu Laio...

É o caminhão da empresa, que vem de volta. Parou.

— Alguma coisa, seu Waldemar? — pergunta *seu* Marra.

— Nada, não. Quero só lembrar a esse seu Lalino, que ele não deixe de ir hoje. Está ensinando a patroa a tocar violão, mas já tem dias que ele não aparece lá em casa...

— Foi por doença, seu Waldemar... E, trasantontem, umas visitas, que me empalharam de ir...

— Bem, bem, mas seja, hoje não tem desculpa. E, olhe: um dia é um dia: pode chegar para jantar... No em-ponto!

Seu Marra se lembrou de qualquer assunto:

— Bem, seu Laio, o senhor agora pode ir. Eu tenho uma conversa particular, aqui com seu Waldemar.

— Pois não, seu Marrinha, depois o resto eu conto. Adeusinho, seu Waldemar, até mais logo!

Lalino se afasta com o andar pachola, esboçando uns meios passos de corta-jaca, e *seu* Waldemar o acompanha, com olhar complacente.

— Mulatinho levado! Entendo um assim, por ser divertido. E não é de adulador, mais sei que não é covarde. Agrada a gente, porque é alegre e quer ver todo-o-mundo alegre, perto de si. Isso, que remoça. Isso é reger o viver.

— É o que eu acho... Só o que tem, que, às vezes, os outros podem aprovar mal o exemplo...

— Concordo. Já pensei, também. Vou arranjar para ele um serviço à parte, no armazém ou no escritório... E é o que convém, logo: veja só...

Lalino, que empunha a picareta, comandando o retorno à lida, e tirando, para que os outros o acompanhem, desafinadíssimo, um coco:

> *"Eu vou ralando o coco,*
> *ralando até aqui...*
> *Eu vou ralando o coco,*
> *morena,*
> *o coco do ouricurí!..."*

E, aí, com a partida de *seu* Waldemar, a cena se encerra completa, ao modo de um final de primeiro ato.

II

Nessa tarde, Lalino Salãthiel não pagou cerveja para os companheiros, nem foi jantar com *seu* Waldemar. Foi, sim, para casa, muito cedo, para a mulher, que recebeu, entre espantada e feliz, aquele saimento de carinhos e requintes. Porque ela o bem-queria muito. Tanto, que, quando ele adormeceu, com seu jeito de dormir profundo, parecendo muito um morto, Maria Rita ainda ficou longo tempo curvada sobre as formas tranquilas e o rosto de garoto cansado, envolvendo-o num olhar de restante ternura.

Na manhã depois, vendo que o marido não ia trabalhar, esperou ela o milagre de uma nova lua-de-mel. Enfeitou-se melhor, e, silenciosa, com quieta vigilância, desenrolava, dedo a dedo, palmo a palmo, o grande jogo, a teia sorrateira que às mulheres ninguém precisa de ensinar.

Mas, agora, Lalino andava pela casa e fumava, pensando, o que a alarmava, por inabitual. Depois ele remexeu no fundo da mala. No fundo da mala havia uns números velhos de almanaques e revistas.

E Lalino buscava as figuras e fotografias de mulheres. É, devia de ser assim... Feito esta. Janelas com venezianas... Ruas e mais ruas, com elas... Quem foi que falou em gringas, em polacas?... Sim, foi o Sizino Baiano, o marinheiro, com o peito e os braços cheios de tatuagens, que nem turco mascate-de-baú... Mas, os retratos, quem tinha era o Gestal guarda-freios: uma gorda... uma de pintinhas na cara... uma ainda quase menina... Chinelinhos de salto, verdes, azuis, vermelhos... Quem foi que falou isso? Ah, ninguém não disse, foi ele mesmo quem falou... E aquela gente da turma, acreditando em tudo, e gostando! Mas, deve de ser assim. Igual ao na revista, claro...

Maria Rita, na cozinha, arruma as vasilhas na prateleira. Não sabe de nada, mas o arcanjo-da-guarda das mulheres está induzindo-a a dar a última investida, está mandando que ela cante, com tristeza na voz, o: *"Eu vim de longe, bem de longe, p'ra te ver..."*

...Bem boazinha que ela é... E bonita... (Agora, como quem se esconde em neutro espaço, Lalino demora os olhos nos quadros de guerras antigas, nessas figuras que parecem as da História Sagrada, no plano de um étero-avião transplanetário, numa paisagem africana, com um locomovente rinoceronte...)

Mas, são muitas... Mais de cem?... Mil?!... E é só escolher: louras, de olhos verdes... É, Maria Rita gosta dele, mas... Gosta, como toda mulher gosta, aí está. Gostasse especial, mesmo, não chorava com saudades da mãe... Não ralhava zangada por conta d'ele se rapaziar com os companheiros, não achava ruim seu jeito de viver... Gostasse, brigavam?

E na revista de cinema havia uma deusa loira, com lindos pés desnudos, e uma outra, morena, com muita pose e roupa pouca; e Maria Rita perdeu.

...Bom, quem pensa, avéssa! Vamos tocar violão...

Depois do almoço, saiu. Andou, andou. E se resolveu.

Foi fácil. Tinha algum saldo, pouco. João Carmelo comprava o carroção e o burrinho. *Seu* Marra fez o que pôde para dissuadi-lo; depois, disse: — "Está direito. Você é mesmo maluco, mas mais o mundo não é exato. Se veja..." — O pagamento, porém, tinha de ser em apólices do Estado, ao menos metade. — Sim sim, está direito, seu Marrinha. Em ótimo! — Porque a ação tinha de ser depressinha, depressa, não de dúvidas... E Lalino dava passos aflitos e ajeitava o pescoço da camisa, sem sossego e sem assento.

Com *seu* Waldemar, foi mais árduo, ele ainda perguntou: — "Mas que é que já vai fazer, seu Lalino?... Quer a vagabundagem inteirada?" — Vou p'ra o Belorizonte... Arranjeizinho lá um lugar de guarda-civil... O senhor sabe: é bom ir ver. Mas um dia a gente volta! — "Mentira pura, a mim tu não engana... Mas deve de ir... Em qualquer parte que tu 'teja tu 'tá em casa... Podem te levar de-noite p'r'a estranja ou p'r'a China, e largar lá errado dormindo, que de-manhã já acorda engazopando os japonês!"...

— Adeus, seu Waldemar!

Mas, dez passos feitos, volta-se com uma micagem:

— Adeus, seu Waldemar!... "Fé em Deus, e... unha no povo!"...

Tinha oitocentos e cinquenta mil-réis. Mas, vendidas as apólices para o Viana, deram seiscentos. Bom, agora era o pior... E, até chegar perto de casa, escarafunchava na memória todos os pequenos defeitos da mulher...

Mas, quem é aquele? Ah, é o atrevido do espanhol, que está rabeando. Bem... Bem.

Seu Ramiro, quis, mas não pôde esquivar-se. Espigado e bigodudo, arranja um riso fora-de-horas, e faz, apressado, um rapapé:

— Como lhe vão as saúdes, senhor Eulálio? Estava cá aguardando a sua vinda, a perguntar-lhe se há que haver mesmo uma festinha hoje, donde os Moreiras... É dizer, a festa, sei que vai ser, mas queria saber... queria saber se o senhor também...

(Nada importa. Foi o diabo quem mandou o espanhol aqui... Ele tem muito dinheiro junto, é o que o povo diz.)

— Seu Ramiro, se chegue. Escuta: tenho um particular, muito importante, com o senhor...

— Mas, senhor Eulálio, eu lhe garanto... À ordem, senhor Eulálio... Que há? O senhor sabe, que, a mim, eu gosto de estimar e respeitar os meus amigos, e, grande principalmente, as suas famílias excelentíssimas...

(É preciso um sorriso, um só, senão o espanhol fica com medo. Mas, depois, fecha-se a cara, para a boa decência...)

— Eu sei, eu sei. Olhe aqui, seu Ramiro: eu quero é que o senhor me empreste um dinheiro. Uns dois contos de réis... Feito?

— Mas, senhor Eulálio... O senhor sabe... As posses não dão... As coisas...

— Olhe, seu Ramiro... a estória é séria... Eu vou-m'embora daqui. A mulher fica... Vou me separar... Ela não sabe de nada, porque eu vou assim meio assim, de fugido... O senhor me empresta o dinheiro, que é o que falta. Senão, eu não posso ir... É só emprestado. Daqui a uns seis meses, lhe pago. Mando. Tenho um emprego bom, arranjei — vou ser tocador de bonde, no Rio de Janeiro... Se não, eu não posso ir... (Agora é a hora de uma série de ares.) Sem dinheiro, não vou. Não vou ir... Como é que posso?!...

O espanhol está com os beiços trêmulos e alisa a dedos a aba do paletó.

— Com que... mas, o senhor está declarando, senhor Eulálio? Por se acaso, não vai se arrepender... Nunca mais voltará aqui, o afirma?

— De certo que não. Não seja! (Lalino tem outro acesso de precipitação:) Ixe, já viu sapo não querer a água?! Então, arranja o cobre, não é? Mas tem que ser é p'r'agorinha...

— Mire: um conto eu posso... Fazendo um sacrificiozinho, caramba!

— Serve, serve. Mas é de indo já buscar, que o caminhão sai em pouco p'ra o Brumadinho... A já!

Agora, entra ou não entra em casa? Não tem que levar nada, senão a mulher desconfia... Mas entra: o coração está mandando que ele vá se despedir... E pega a brincar. Maria Rita está no diário, está normalmente. Brincando, brincando, Lalino lhe dá um abraço, apertado.

— Você é bobo... Laio... — ela diz, enjoosa.

Agora, disfarçando, ele põe uma nota de quinhentos em cima da mesa... Vamos! Senão a coragem se estraga.

— Você já vai sair outra vez?

— Vou ali, ver o-quê que o Tercino quer...

O Ramiro espanhol, soprando de cansado, já está lá debaixo do tamarindeiro. Trouxe, certo, um conto, em cédulas de cem.

— Tudo num santiamém, senhor Eulálio... Mire o que digo...

— Té quando Deus quiser! O dinheiro eu lhe mando, seu Ramiro.

Vai afadigado. Sobe para o lado do *chauffeur*.

— Não carece de buzinar, seu Miranda... Vamos ligeiro...

Brumadinho, enfim. Ainda não estão vendendo passagens. — Vem tomar uma cerveja, seu Miranda. Ôi! Que é aquilo, meu-deus? Ah, é a ciganada que está indo embora. Pegaram um dinheirão, levando gente de automóvel p'r'a Santa Manoelina dos Coqueiros, que agora está no Dom Silvério. Olha: tem uma ciganinha bem bonita. Mas isto é povo muito sujo, seu Miranda. Não chegam aos pés das francesas... Seu Miranda, escuta: vou lhe pedir um favor.

— Que é, seu Laio?

— Olha, fala com a Ritinha que eu não volto mais, mesmo nunca. Vou sair por esse mundo, zanzando. Como eu não presto, ela não perde... Diz a ela que pode fazer o que entender... que eu não volto, nunca mais...

— Mas, seu Laio... Isso é uma ação de cachorro! Ela é sua mulher!...

— Olha, seu Miranda: eu, com o senhor, de qualquer jeito: à mão, a tiro, ou a pau, o senhor não pode comigo — isto é — não é?... Então, bem, eu sei que não é por mal, que o senhor está falando. E agora eu não quero me amofinar, não tenho tempo p'ra estragar a cabeça com raiva nenhuma, atôa-atôa. Sou boi bravo nem cachorro danado, p'ra me enraivar? Mas, é bom o senhor pensar um pouco, em antes de falar, hein?

— Bom, eu não tenho nada com coisas dos outros...

— E, é. Quiser dar o recado, dá. Não quiser, faz de conta.

Apitou. O trem.

— Adeus, seu Miranda!... Me desculpe as coisas pesadas que eu falei, que é porque eu estou meio nervoso...

— Inda está em tempo de ter juízo, seu Laio! O senhor pode merecer um castigo de Deus...

— Que nada, seu Miranda! Deus está certo comigo, e eu com ele. Isto agora é que é assunto meu particular... Alegrias, seu Miranda!

— Não vai, não, seu Laio! Pensa bem...

Nos pântanos da beira do Paraopeba, também os sapos diziam adeus. Ou talvez estivessem gritando, apenas: — *Não! Não! Não!... Bão! Bão! Bão!...* — em notável e aquática discordância.

E foi assim, por um dia haver discursado demais numa pausa de hora de almoço, que Eulálio de Souza Salãthiel veio a tomar uma vez o trem das oito e cinquenta e cinco, sem bênçãos e sem matalotagem, e com o bolso do dinheiro defendido por um alfinete-de-mola. Procurou assento, recostou-se, e fechou os olhos, saboreando a trepidação e sonhando — sonhos errados por excesso — com o determinado ponto, em cidade, onde odaliscas veteranas apregoavam aos transeuntes, com frineica desenvoltura, o amor: bom, barato e bonito, como o queriam os deuses.

III

Um mês depois, Maria Rita ainda vivia chorando, em casa.

Três meses passados, Maria Rita estava morando com o espanhol.

E todo-o-mundo dizia que ela tinha feito muito bem, e os que diferiam dessa opinião não eram indivíduos desinteressados. E diziam também que o marido era um canalha, que tinha vendido a mulher. E que o Ramiro espanhol era um homem de bem, porque estava protegendo a abandonada, evitando que ela caísse na má-vida.

Mas, no final dos comentários, infalível era a harmonia, em sensata convergência:

— Mulatinho indecente! Cachorro lambeu a vergonha da cara dele! Sujeito ordinário... Eu em algum dia me encontrar com ele, vou cuspindo na fuça!... Arre, nojo!... Tem cada um traste neste mundo!...

E assim se passou mais de meio ano. O trecho da rodovia ficou pronto. O pessoal de fora tomou rumo, com carroções e muares, famílias e ferramentas, e bolsos cheios de apólices, procurando outras construções.

Mas os espanhóis ficaram. Compraram um sítio, de sociedade. E fizeram relações e se fizeram muito conceituados, porque, ali, ter um pedaço de terra era uma garantia e um título de naturalização.

IV

As aventuras de Lalino Salãthiel na capital do país foram bonitas, mas só podem ser pensadas e não contadas, porque no meio houve demasia de imoralidade. Todavia, convenientemente expurgadas, talvez mais tarde apareçam, juntamente com a história daquela rã catacega, que, trepando na laje e vendo o areal rebrilhante à soalheira, gritou — "Eh, aguão!..." — e pulou com gosto, e, queimando as patinhas, deu outro pulo depressa para trás.

Portanto: não, não fartava. As húris eram interesseiras, diversas em tudo, indiferentes, apressadas, um desastre; não prezavam discursos, não queriam saber de românticas histórias. A vida... Na Ritinha, nem não devia de pensar. Mas, aquelas mulheres, de gozo e bordel, as bonitas, as lindas, mesmo, mas que navegavam em desafino com a gente, assim em apartado, no real. Ah, era um outro sistema.

Aquilo cansava, os ares. Havia mal o sossego, demais. Ah, ali não valia a pena.

Ir-se embora? Não. O ruim era só no começo; por causa da inveja e das pragas dos outros, lá no arraial... Talvez, também, a Ritinha estivesse fazendo feitiços, para ele voltar... Nunca.

Caiu na estropolia: que pândega! Antes magro e solto do que gordo e não... Que pândega!

Mas, um indivíduo, de bom valor e alguma ideia, leva no máximo um ano, para se convencer de que a aventura, sucessiva e dispersa, aturde e acende, sem bastar. E Lalino Salãthiel, dados os dados, precisava apenas de metade do tempo, para chegar ao dobro da conclusão.

O dinheiro se fora. Rareavam os biscates. Veio uma espécie de princípio de tristeza. E ele ficou entibiado e pegou a saudadear.

Foi quando estava jantando, no chinês:

— E se eu voltasse p'ra lá? É, volto! P'ra ver a cara que aquela gente vai fazer quando me ver...

Deu uma gargalhada de homem gordo, e, posto de lado o dinheiro para a passagem de segunda, organizou o programa de despedida: uma semaninha inteira de esbórnia e fuzuê.

A semana deu os seus dias.

Quando entrou no carro, aconteceu que ele teve vontade de procurar um canto discreto, para chorar. Mas achou mais útil recordar, a meia-voz, todas as cantigas conhecidas. Um paraibano, que vinha também, gostou. Garraram a se ensinar, letras e tons, tudo ótimo.

E, tarde da madrugada, com o trem a rolar barulhento nas goelas da Mantiqueira, no meio do frio bonito, que mesmo no verão ali está sempre tinindo...:

— Quero só ver a cara daquela gente, quando eles me enxergarem!...

Riu, e aquele foi o seu último pensamento, antes de dormir. Desse jeito, não teve outro remédio senão despertar, no outro dia, pomposamente, terrivelmente feliz.

V

Quando Lalino Salãthiel, atravessado o arraial, chegou em casa do espanhol, já estava cansado de inventar espírito, pois só com boas respostas é que ia podendo enfrentar as interpelações e as chufas do pessoal.

— Eta, gente! Já estavam mesmo com saudade de mim...

Ramiro viu-o da janela, e sumiu-se lá dentro.

Foi amoitar a Ritinha e pegar arma de fogo... — Lalino pensou.

Já o outro assomava à porta, que, por sinal, fechou meticulosamente atrás de si. E caminhou para o meio da estrada, pálido, torcendo o bigode de pontas centrípetas.

— Com'passou, seu Ramiro? Bem?

— Bem, graças... O senhor a que vem?... Não disse que não voltava nunca mais?... Que pretende fazer aqui?

— Tive de vir, e aproveitei para lhe trazer o seu dinheiro, para lhe pagar...

(Ainda bem! — o espanhol respira. — Então, ele não veio para desnegociar.)

— Mas, não é nada... Não é necessário. Nada tem que me pagar... Em vista de certos acontecidos, como o senhor deve saber... eu... Bem, se veio só por isso, não me deve mais nada, caramba!

(Agora é Lalino — que não tem tostão no bolso — quem se soluciona:)

— Bem, se o senhor dá a conta por liquidada, eu lhe pego da palavra, porque "sal da seca é que engorda o gado!..." O dinheiro estava aqui na algibeira, mas, já que está tudo quites, acabou-se. Não sou homem soberbo!... Mas, olha aqui, espanhol: eu não tenho combinado nenhum com você, ouviu?! Tenho compromisso com ninguém!

— Mas, certo o senhor Eulálio não vai a quedar-se residindo aqui, não é verdade? Ao melhor, pelo visto, estou seguro de que o senhor se vai...

— Que nada, seu espanhol... Não tenho que dar satisfação a ninguém, tenho?... E agora, outra coisa: eu quero-porque-quero conversar com a Ritinha!

Lalino batera a mão no cinturão, na coronha do revólver, como por algum mal, e estava com os olhos nos do outro, fincados. Mas, para surpresa, o espanhol aquiesceu:

— Pois não, senhor Eulálio. Comigo perto, consinto... Mas não lhe aproveita, que ela não o quer ver nem em pinturas!

Lalino titubeia. Decerto, se o Ramiro está tão de acordo, é porque sabe que a Ritinha está impossível mesmo, em piores hojes.

— Qual, resolvi... Bobagem. Quero ver mais a minha mulher também não... O que eu preciso é do meu violão... Está aí, hem?

— Como queira, senhor Eulálio... Vou buscar o instrumento... Um momentito.

Lalino se põe de cócoras, de costas para a casa, para estar já debochando do espanhol, quando o cujo voltar.

— Aqui está, senhor Eulálio. Ninguém lhe buliu. Não se o tirou do encapado... Há mais umas roupas e algumas coisitas suas, de maneiras que... Onde as devo fazer entregar?...

— Depois mando buscar. Não carece de tomar trabalho. Bem, tenho mais nada que conversar. Espera, o senhor está tratando bem da Ritinha? Ahn, não é por nada não. Mas, se eu souber que ela está sendo judiada!... Bem. Até outro dia, espanhol.

— Passe bem, senhor Eulálio. Deus o leve...

Mas Lalino não sabe sumir-se sem executar o seu sestro, o volta-face gaiato:

— Ô espanhol! Quando tu vinha na minha porta, eu te mandava entrar p'ra tomar um café com quitanda, não era?

— Oh, senhor Eulálio! Me desculpe... mas...

— Você é tudo, bigodudo!... Não vê que eu estou é arrenegando?!

Sobre o que, Ramiro vê o outro se afastar, sem mais, no gingar, em arte de moleque capadócio.

E talvez Lalino fosse pensando: — Está aí um que está rezando p'ra eu levar sumiço... Eu quisesse, à força, hoje mesmo a Ritinha vinha comigo... E se... Ah, mas tem os outros espanhóis, também... Diabo! É, então vamos ver como é que a abóbora alastra... e deixa o tiziu mudar as penas, p'ra depois cantar...

Olhou se o pinho estava com todas as cordas.

— Vou visitar seu Marrinha...

No caminho, cruza com o Jijo, que torce a cara, respondendo mal ao cumprimento.

— Onde é que vai indo, seu Jijo?

— Vou no sítio. Estou trabalhando p'ra seu Ramiro mais seu Garcia.

— E p'ra seu Echeviro e seu Saturnino e seu Queiroga, e p'r'a espanholada toda, não é? Mas, então, seu Jijo, você não tem vergonha de trabalhar p'ra esses gringos, p'ra uns estranjas, gente essa, gente atôa?!

— Eu acho pouca-vergonha maior é...

— Olha, seu Jijo, pois enquanto você estiver ajustado com esse pessoal, nem me fale, hein?!... Nem quero que me dê bom-dia!... Olha: eu estou vindo da capital: lá, quem trabalha p'ra estrangeiro, principalmente p'ra espanhol, não vale mais nada, fica por aí mais desprezado do que criminoso... É isso mesmo. E nem espie p'ra mim, enquanto que estiver sendo escravo de galego azedo!

O Jijo quase corre. Se foi. Lalino, já que parou, contempla os territórios ao alcance do seu querer.

— Bom, pousei no bom: estou vendo que já tem melancias maduras... Roça do Silva da Ponte... Melancia não tem dono!... Depois eu vou no seu Marrinha.

Toma a trilha da beira do córrego. Mas, que lindeza que é isto aqui! Não é que eu não me lembrava mais deste lugar?!

Somente a raros espaços se distingue a frontaria vermelha do barranco. O mais é uma mistura de trepadeiras floridas: folhas largas, refilhos, sarmentos, gavinhas, e, em glorioso e confuso trançado, as taças amarelas da erva-cabrita, os fones róseos do carajuru, as campânulas brancas do cipó-de-batatas, a cuspideira com campainhas roxas de cinco badalos, e os funis azulados da flor-de-são-joão.

Lalino depõe o violão e vai apanhar uma melancia. Tira o paletó, lava o rosto. Come. Faz travesseiro com o paletó dobrado, e deita-se no capim, à sombra do ingàssú, namorando a ravina florejante. Corricaram, sob os mangues-brancos; voou uma ave; mas não era hora de canto de passarinhos. Foi Lalino quem cantou:

"Eu estou triste como sapo na lagoa..."

Não, a cantiga é outra, com toada rida:

"Eu estou triste, como o sapo na água suja..."

E, no entanto, assim como não se lembrava do lugar das trepadeiras, não está pensando no sapo. No sapo e no cágado da estória do sapo e do cágado, que se esconderam, juntos, dentro da viola do urubú, para poderem ir à festa no céu. A festa foi boa, mas, os dois não tendo tido tempo de entrar na viola, para o regresso, sobraram no céu e foram descobertos. E então São Pedro comunicou-lhes: "Vou varrer vocês dois lá para baixo." Jogou primeiro o cágado. E o concho cágado, descendo sem para-quedas e vendo que ia bater mesmo em cima de uma pedra, se guardou em si e gritou: "Arreda laje, que eu te parto!" Mas a pedra, que era posta e própria, não se arredou, e o cágado espatifou-se em muitos pedaços. Remendaram-no, com esmero, e daí é que ele hoje tem a carapaça toda soldada de placas. Mas, nessa folga, o sapo estava se rindo. E, quando São Pedro perguntou por que, respondeu: "Estou rindo, porque se o meu compadre cascudo soubesse voar, como eu sei, não estava passando por tanto aperto..." E então, mais zangado, São Pedro pensou um pouco, e disse:

— "É assim? Pois nós vamos juntos lá em-baixo, que eu quero pinchar você, ou na água ou no fogo!" E aí o sapo choramingou: "Na água não, Patrão, que eu me esqueci de aprender a nadar..." — "Pois então é para a água mesmo que você vai!..." — Mas, quando o sapo caiu no poço, esticou para os lados as quatro mãozinhas, deu uma cambalhota, foi ver se o poço tinha fundo, mandou muitas bolhas cá para cima, e, quando teve tempo, veio subindo de-fasto, se desvirou e apareceu, piscando olho, para gritar: "Isto mesmo é que sapo quer!..."

E essa é que era a variante verdadeira da estória, mas Lalino Salãthiel nem mesmo sabia que era da grei dos sapos, e já estava cochilando, também.

Daí a pouco, acordou, com um tropel: é o *seu* Oscar, que anda consertando tapumes e vem vindo na égua ruça.

— O-quê!? seu Laio!... Tu está de volta?!... Não é possível!

— "Terra com sede, criação com fome", seu Oscar...

— E chegou hoje?

— Ainda estou cheirando a trem... Vim de primeira...

— Ô-ôme!

— Só o que não volta é dinheiro queimado, seu Oscar!

— E agora?

— Enquanto um está vivendo, tem o seu lugar.

— E a sua vida?

— Moída e cozida...

— Já se viu?! Então, agora, ainda vai atrapalhar mais as coisas? Decerto vai querer tornar a tomar a mulher que você vendeu, ahn? Não deve de fazer isso. Piorou!

— Que nada, seu Oscar. Eu estou querendo é sossego.

— A-hã?... Uê... Então... Mas, então, tu não vai cobrar teu direito do espanhol? Vai deixar a sà Ritinha com o Ramiro?... Malfeito! Isso é ter sangue de barata... Seja homem! Deixar assim os outros desonrando a gente?!...

— Ara, ara, seu Oscar! Uai! Pois o senhor não estava dizendo primeiro que era errata eu querer me intrometer com eles? Pois então?!

— Ora, seu Laio, não queira me fazer de bobo, hom'essa!... Bem que sabe o-quê que eu quero dizer... Eu mesmo gosto de gente aluada, quando são assim alegres e têm resposta p'ra tudo. Por isso é que estou dando conselho...

— Eu sei, seu Oscar... Lhe fico até agradecido... Mas, o senhor repare: se eu for agora lá, derrubo cinza no mingau! A Ritinha, uma hora destas, há-de estar me esconjurando, querendo me ver atrás de morro... E a espanholada, prevenida, deve de estar arreliada e armada, me esperando. Sou lá besta, p'ra pôr mão em lagarta-cabeluda?! Eu não, que não vou cutucar caixa de mangangaba...

— É, isso lá é mesmo. Mas, e ela?
— Vou chamar no pio.
— E o espanhol?
— Vai desencostar e cair.
— Mas, de que jeito, seu Laio?
— Sei não.
— E você fica aí, de papo p'ra riba?
— Esperando sem pensar em nada, p'ra ver se alguma ideia vem...
— Hum-hum!
— É o que é, seu Oscar. Viver de graça é mais barato... É o que dá mais...
— E os outros, seu Laio? A sociedade tem sua regra...
— Isso não é modinha que eu inventei.
— Tá varrido!
— Pode que seja, seu Oscar. Dou água aos outros, e peço água, quando estou com sede... Este mundo é que está mesmo tão errado, que nem paga a pena a gente querer concertar... Agora, fosse eu tivesse feito o mundo, por um exemplo, seu Oscar, ah! isso é que havia de ser rente!... Magina só: eu agora estava com vontade de cigarrar... Sem aluir daqui, sem nem abrir os olhos direito, eu esticava o braço, acendia o meu cigarrinho lá no sol... e depois ainda virava o sol de trás p'ra diante, p'ra fazer de-noite e a gente poder dormir... Só assim é que valia a pena!...

— Cruz-credo! seu Laio. Toma um cigarro, e está aqui o isqueiro... Pode fumar, sem imaginar tanta bobagem... Essa pensação besta é que bota qualquer um maluco, é que atrapalha a sua vida. Precisa de tomar juízo, fazer o que todo-o-mundo faz!... Olha: tu quer, mas quer mesmo, de verdade, acertar um propósito? Se emendar?

— Pois então, seu Oscar! Quero! Pois quero! Eu estou campeando é isso mesmo...

— Bom, prometer eu não prometo... Não posso. Mas vou falar com o velho. Vou ver se arranjo p'ra ele lhe dar um serviço.

— Lhe honro a letra, seu Oscar! Não desmereço...

— Eu acho de encomenda, p'ra um como você, tomar uma empreitada com essa política, que está brava...

— Isto! seu Oscar... O senhor já pode dizer ao velho que eu agaranto a parte minha! Ah, isto sim! Agora é que essa gente vai ver, seu Oscar... Vão ver que eleiçãozinha diferente que vai ter... Arranja mesmo, seu Oscar... Já estou aflito... Já estou vendo a gente ganhando no fim da mão!

— Não pega fogo, seu Laio. Vou indo...

— Seu Oscar...

— Que é mais?

— Como vai passando o seu Marrinha?

— Se mudou. Foi p'ra o Divinópolis...

— Ara! foi?

— Ganhou bom dinheiro... Disse que quer pôr um teatro lá...

— Me agrada! Ô homem inteligente!

VI

Além de chefe político do distrito, Major Anacleto era homem de princípios austeros, intolerante e difícil de se deixar engambelar. Foi categórico:

— Não me fale mais nisso, seu Oscar. Definitivamente! Aquilo é um grandissíssimo cachorro, desbriado, sem moral e sem temor de Deus... Vendeu a família, o desgraçado! Não quero saber de bisca dessa marca... E, depois, esses espanhóis são gente boa, já me compraram o carro grande, os bezerros... Não quero saber de embondo!

Seu Oscar falou manso:

— Está direito, pai... Não precisa de ralhar... Eu só pensei, porque o mulatinho é um corisco de esperto, inventador de tretas. Vai daí, imaginei que, p'ra poder com as senvergonheiras do Benigno com o pessoal dele, do pior... Mas, já que o senhor não quer, estou aqui estou o que não. Agora, mudando de conversa: topei com outro boi ervado, no pastinho do açude...

Esse "mudando de conversa", com o Major Anacleto, era tiro e queda: pingava um borrão de indecisão, e pronto. Mas seu Oscar, pouco hábil, vinha ultimamente abusando muito do ardil. Por isso o Major soube que o filho estava sabendo e esperando a reação. E ele nunca dava nem um dedo a torcer.

Mas, aí, Tio Laudônio — sensato e careca, e irmão do Major — viu que era a hora de emitir o seu palpite, quase sempre o derradeiro.

Porque, Tio Laudônio, quando rapazinho, esteve no seminário; depois, soltou vinte anos na vida boêmia; e, agora, que deu outra vez para sisudo, a síntese é qualquer coisa de terrível. Devoto por hábito e casto por preguiça, vive enfurnado, na beira do rio, pescando e jogando marimbo, quando encontra parceiros. Pouquíssimas vezes vem ao arraial, e sempre para fins bem explicados: no sábado-da-aleluia, para ajudar a queimar o judas; quando tem circo-de-cavalinhos, por causa da moça — nada de comprometedor, apenas gosta de ter o prazer de ir oferecer umas flores à moça, no meio do picadeiro, exigindo para isso grande encenação, com a charanga funcionando e todos os artistas formando roda; quando há missões ou missa-cantada, mas só se por mais de um padre; ou, então, a chamado do Major, em quadra de política assanhada, porque adora trabalhar com a cabeça. Fala sussurrado e sorrindo, sem pressa, nunca repete e nem insiste, e isso não deixa de impressionar. Além do mais, e é o que tem importância, Tio Laudônio "chorou na barriga da mãe" e, como natural consequência, é compadre das coisas, enxerga no escuro, sabe de que lado vem a chuva, e escuta o capim crescer.

— Um mulato desses pode valer ouros... A gente esquenta a cabeça dele, depois solta em cima dos tais, e sopra... Não sei se é de Deus mesmo, mas uns assim têm qualquer um apadrinhamento... É uma raça de criaturas diferentes, que os outros não podem entender... Gente que pendura o chapéu em asa de corvo e guarda dinheiro em boca de jia... Ajusta o mulatinho, mano Cleto, que esse-um é o Sací.

O Major sabia render-se com dignidade:

— Bem, bem, já que todos estão pedindo, que seja! Mandem recado p'ra ele vir amanhã. Mas é por conta de vocês... E nada de se meter com os espanhóis! Isso eu não admito. Absolutamente!...

Deu passadas, para lá e para cá, e:

— Seu Oscar!?

— Nhôr, pai?

— E avisa a ele para não vir falar comigo! Explica o-quê que ele tem de fazer... Eu é que não abro boca minha para dar ordens a esse tralha, entendeu?!

— O senhor é quem manda, pai.

VII

Entretanto, Eulálio de Souza Salãthiel parecia ter pouca pressa de assumir as suas novas funções. Não veio no dia seguinte. E quando apareceu na fazenda, só quarta-feira de-tarde, foi na horinha mesmo em que o Major se referia à sua pessoa, caçoando do *seu* Oscar e de Tio Laudônio, dizendo que o protegido deles começava muito final, e outras coisas mais, conformemente.

E, quando o mulatinho subiu, lépido, a escadinha da varanda, Major Anacleto, esquecido da condição ditada em hora severa, dispensou o intermédio de *seu* Oscar, e chofrou o rapaz:

— Fora! Se não quer tomar vergonha e preceito, pode ir sumindo d'aqui! O senhor está principiando bem, hein?! Está pensando que é senador ou bispo, para ter seu estado?

Mas teve de parar, porque Lalino, respeitosamente erecto, desfreou a catarata:

— Seu Major, faz favor me desculpe! Demorei a vir, mas foi por causa que não queria chegar aqui com as mãos somenos... Mas, agora, tenho muita coisa p'ra lhe avisar, que o senhor ainda não sabe... Olhe aqui: todo-o-mundo no Papagaio vai trair o senhor, no dia da eleição. Seu Benigno andou por lá embromando o povo, convidando o Ananias p'ra ser compadre dele, e o diabo!... Na Boa Vista, também, a coisa está ruim: quem manda mais lá é o Cesário, e ele está de palavras dadas com os "marimbondos". Lá na beira do Pará, seu Benigno está atiçando uma briga do seu Antenor com seu Martinho, por causa das divisas das fazendas... Todos dois, mesmo sendo primos do senhor, como são, o senhor vai deixar eu dizer que eles são uns safados, que estão virando casaca p'ra o lado de seu Benigno, porque ele é quem entende mais de demandas aqui, e promete ajudar a um, p'ra depois ir prometer a mesma coisa ao outro... Seu Benigno não tem sossegado! E é só espalhando por aí que seu Major já não é como de em-antes, que nem aguenta mais rédea a cavalo, que não pode com uma gata p'lo rabo... Que até o

Governo tirou os soldados daqui, porque não quer saber mais da política do senhor, e que só vai mandar outro destacamento porque ele, seu Benigno, pediu, quando foi lá no Belorizonte... Seu Benigno faz isso tudo sorrateiro. E, olhe aqui, seu Major: ele não sai da casa do Vigário... Confessa e comunga todo dia, com a família toda... E anda falando também que o senhor tem pouca religião, que está virando maçom... Está aí, seu Major. Por deus-do-céu, como isto tudo que eu lhe contei é a verdade!...

— Espera, espera aí, seu Eulálio... Espere ordens!

E o Major, estarrecido com as novidades, e furioso, chamou Tio Laudônio ao quarto-da-sala, para uma conferência. Durou o prazo de se capar um gato. Quando voltaram, o Major ainda rosnava:

— E o Antenor! E o Martinho Boca-Mole!... E eu sem saber de coisa nenhuma!

— Não é nada, mano, isto é o começo da graça... Dá dinheiro ao mulatinho, que a corda nele eu dou... Cem mil-réis é muito, cinquenta é o que chega, p'ra principiar...

Mas, na hora de sair, Lalino fez um pedido: queria o Estêvam — o Estêvão —, para servir-lhe de guarda. Podia alguém do Benigno querer fazer-lhe uma traição... Depois, esse povo andava agora implicando com ele, por demais. Não queria provocar ninguém... Era só para se garantir, se fosse preciso.

O Major fechara a cara, mas, a um aparte cochichado de Tio Laudônio, acedeu:

— Pode levar o homem, mas olhe lá, hem! Não me cace briga com pessoa nenhuma, e nem passe por perto da casa dos espanhóis. Eles são meus amigos, está entendendo?!

E, como agora estivesse de humor melhor, o Major ainda fez graça:

— Vendeu a mulher, não foi?!... Nem que tivesse vendido ao demo a alma... É só não arranjar barulho, que eu não vou capear malfeito de ninguém.

— Isto mesmo, seu Major. Com paz é que se trabalha! Amanhã, vou dar um giro, de serviço... Louvado seja Nosso Senhor Jesus Cristo, seu Major!

E, no outro dia, Lalino saiu com Estêvam — o Estêvão —, um dos mais respeitáveis capangas do Major Anacleto, sujeito tão compenetrado dos seus encargos, que jamais ria.

E, quando alguém vinha querendo debicá-lo, Lalino ficava impassível. Mas, como bom guarda-costas, o Estevão se julgava ali na obrigação de escarrar para um lado, com ronco, e de demonstrar impaciência. E o outro tal se desculpava:

— Estava era brincando, seu Laio...

Porque, ainda mais, o Estevão era de Montes Claros, e, pois, atirador de lei, e estava sempre concentrado, estudando modos de aperfeiçoar um golpe seu: pontaria bem no centro da barriga, para acertar no umbigo, varar cinco vezes os intestinos, e seccionar a medula, lá atrás.

E Lalino fazia um gesto vago, e continuava com o ar de quem medita grandes coisas. E assim o povo do arraial ficou sabendo que ele era o cabo eleitoral de *seu* Major Anacleto, e que tinha de receber respeito.

E tudo o mais, com a graça de Deus, foi correndo bem.

VIII

Com o relatório de Lalino, o Major compreendeu que não podia ficar descansado. Tinha de virar andejo. Mandou selar a mula e bateu para a casa do Vigário. Mas, antes da sua pessoa, enviou uma leitoa. Confessou-se, deu dinheiro para os santos. O padre era amigo seu e do Governo, mas, com o raio do Benigno chaleirando e intrigando, a gente não podia ter certeza. Felizmente, estava vago o lugar de inspetor escolar. Ofereceu-o ao Vigário.

— Mas, Major, não me fica bem, isso... Meu tempo está tomado, pelos deveres de pároco...

— É um favor aceitar, seu Vigário! Precisamos do senhor. Não é nada de política. É só pelo respeito, para ficar uma coisa mais séria. E é para a religião. Comigo é assim, seu Vigário: a religião na frente! Sem Deus, nada!...

O padre teve de aceitar leitoa, visita, dinheiro, confissão e cargo; e ainda falou:

— Sabe, Major? Quem esteve aqui ontem foi esse rapaz que agora está trabalhando para o senhor. Também se confessou e comungou, e ainda trocou duas velas para o altar de Nossa Senhora da Glória... E rezou um terço inteiro, ajoelhado aos pés da Santa. O caso dele, com a mulher mais o espanhol, é muito atrapalhado, e por ora não se pode fazer coisa alguma... Mas, havendo um jeito... Como bom católico, o senhor não ignora: a gente não deve poupar esforços visando à reconciliação de esposos. Aliás, só lhe falo nisso porque é do meu dever. O moço não me pediu nada, e isso prova que ele tem delicadeza de sentimentos. Depois, assim, com tanta devoção à Virgem Puríssima, ninguém pode ser pessoa de todo má...

— Com a Virgem me amparo, seu Vigário!

— Amém, seu Major!

E Major Anacleto tocou pelas fazendas, em glorioso périplo, com Tio Laudônio à direita, *seu* Oscar à esquerda, e um camarada atrás.

Passaram em frente da chácara dos espanhóis. *Seu* Ramiro baixou à estrada, convidando-os para uma chegada. Mas isso era contra os princípios do Major. Então, *seu* Ramiro, ali mesmo, fez suas queixas: que o senhor Eulálio, apadrinhado pelo Estêvão, viera por lá, a cavalo, somente para o provocar... Não o saudara, a ele, Ramiro, e dera um "viva o Brasil!" mesmo diante da sua porta. E, como a Ritinha estivesse na beira do córrego, lavando roupa, o granuja, o sem-vergonha, tivera o atrevimento de jogar-lhe um beijo... Ele, mais os outros patrícios, podiam haver armado uma contenda, pois se achavam todos em casa, na hora. Mas, como o maldito perro agora estava trabalhando para o senhor Major, não quiseram pegá-lo com as cachiporras... Agora, todavia, tinha que pedir-lhe justiça, ao distinguido Senhor Major Dom Anacleto...

Nisso, o Major, vendo que Tio Laudônio fazia esforços para não rir, ficou sem saber que propósito tomar. Mas o espanhol continuou:

— E creia, senhor Major, não o quero molestar, porém o canalha não lhe merece tantas altas confianças... Saiba o senhor, convenientemente, que ele se há feito muito amigo do filho do senhor Benigno. Foram juntos à Boa Vista, todos acá o hão sabido... Com violões, e aguardente, e levando também o Estêvão, que vive, caraí! o creio, à custa do senhor Major...

Aí, foi o diabo. Major Anacleto ficou perú, de tanta raiva. Então, o Lalino, andando com o filho do adversário, e indo os dois para a Boa Vista, um dos focos da oposição? Bem feito, para a gente não ser idiota! E, pelo que disse e pelo que não disse, *seu* Oscar teve pena do seu protegido, seriamente.

E, uma semana depois, quando, encerrada a excursão eleitoral, regressaram à fazenda, a apóstrofe foi violentíssima. Lalino tinha chegado justamente na véspera, e estava contando potocas aos camaradas, na varanda, o que foi uma vantagem, porque o Major gritou com ele antes de ter de briquitar para tirar as botas, o que geralmente aumenta muito a ira de um cristão.

— Então, seu caradura, seu cachorro! O senhor anda agora de braço dado com o Nico do Benigno, de bem, para me trair, hein?!... Mal-agradecido, miserável!... Tu vendeu a mulher, é capaz de vender até hóstias de Deus, seu filho de uma!

— Seu Major, escuta, pelo valor do relatar! Eu juntei com o filho do seu Benigno foi só p'ra ficar sabendo de mais coisas. P'ra poder trabalhar melhor para o senhor... E mais p'ra uma costura que eu não posso lhe contar agora, por causa que ainda não tenho certeza se vai dar certo... Mas, seu Major, o senhor espere só mais uns dias, que, se a Virgem mais nos ajudar, o povo da Boa Vista todo, começando por seu Cesário, vai virar mãe-benta para votar em nós...

Aí, Tio Laudônio fez um sinal para o Major, que se acalmou, por metade. Afinal, o diabo do *seu* Eulálio podia estar com a razão. Mas o Major tinha outros motivos para querer desabafar:

— Eu não lhe disse que não fosse implicar com os espanhóis? Não falei?! Que tinha o senhor de passar por lá, insultando?

— Ô diabo! Não é que já foram inventar candonga?!... Não insultei ninguém, seu Major...

— Tu ainda nega, malcriado? O Ramiro me fez queixa...

— Seu Major, só se aqueles estrangeiros acham que a gente dar viva ao Brasil é mexer com eles. Mas eu nunca ouvi ninguém dizer isso... A gente na política tem de ser patriota, uai! O senhor também não é?!

— Deixe de querer se fazer! Mais respeito!... O senhor não pode negar que foi se engraçar com a dona Ritinha, que estava lá quieta na fonte, esfregando roupa...

— Ora, seu Major, o senhor não acha que a gente vendo a mulher que já foi da gente, assim sem se esperar, de repente, a gente até se esquece de que ela agora é de outro? Foi sem querer, seu Major. Agora, o senhor me deixa contar o que foi que eu fiz nestes dias...

— Pois conta. Por que é que ainda não contou?!

— Primeiro, fui no Papagaio, assustei lá uns e outros, dando notícia de que vem aí um tenente com dez praças... Só o senhor vendo, aquele povinho ficou zaranza! As mulheres chorando, rezando, o diabo!... Depois sosseguei todos, e eles prometeram ficar com o senhor, direitinho, p'ra votar e tudo!...

— Hum...

— Depois, fui dar uma chegada lá no Mucambo, e, com a ajuda de Deus, acabei com a questão que o seu Benigno tinha atiçado...

Tio Laudônio se adianta, roxo de curiosidade profissional:

— Como é que você fez, que é que disse?

— Ora, pois foi uma bobaginha, p'ra esparramar aquilo! Primeiro, fiz medo no seu Antenor, dizendo que seu Major era capaz de cortar a água... Pois a aguada da fazenda dele não vem do Retiro do irmão do seu Major?... Com seu Martinho, foi mais custoso. Mas inventei, por muito segredo, que o senhor dava razão a ele, mas que era melhor esperar até depois das eleições... Até, logo vi que o seu Benigno não tinha arranjado bem a mexida... A briga estava sendo por causa daqueles dois valos separando os pastos... O senhor sabe, não é? Tem o valo velho, já quase entupido de todo, e o novo. Levei seu Martinho lá, mais seu Antenor... Expliquei que, pela regra macha moderna do Foro, o valo velho não era valo e nem nada, que era grota de enxurrada... E que o valo novo é que era velho... E mais uma porção de conversa entendida... Falei que agora tinha uma nova lei, que, em caso de demandas dessas, tinha de vir um batalhão todo de gente do Governo, p'ra remedirem tudo... E o pagamento saía do bolso de quem perdesse... Quando falei nos impostos, então, Virgem! Só vendo como eles ficaram com medo, seu Major! Então, resolveram partir a razão no meio. Ajudei os dois a fazerem as pazes...

— Valeu. O que você espalhou de boca, de boca o Benigno ajunta... Fazer política não é assim tão fácil... Mas, alguma coisa fica, no fundo do tacho...

— Pois, não foi, seu Laudônio? Faço o melhor que posso, não sou ingrato. Mas, como eu ia contando... Bem, como seu Martinho é homem enjerizado e pirrônico, eu, na volta, fui na cerca que separa a roça dele do pasto do pai do seu Benigno... Dei com pedras e cortei com facão, abri um rombo largo no arame... e toquei tudo o que era cavalo e vaca, p'ra dentro da roça. Ninguém não viu, e vai ser um pagode! Assim, não tem perigo: quem é pra ficar brigado agora é o seu Martinho com o pai do outro e, decerto, depois, com seu Benigno também...

— Não tenho tanta esperança... — opinou o Major, já conforme.

E Lalino concluiu, com voz neutra, angelical:

— Está vendo, seu Major, que eu andei muito ocupado com os negócios do senhor, e não ia lá ter tempo p'ra gastar com espanhol nenhum? Gente que p'ra mim até não tem valor, seu Major, pois eles nem não votam! Estrangeiros... Estrangeiro não tem direito de votar em eleição...

IX

Correram uns dias, muito calmos, reinando a paz na fazenda, porque o Major teve a sua enxaqueca, e depois o seu mal de próstata. Já sem dores, mas ainda meio perrengue, passava o tempo no côncavo generoso da cadeira-de-lona, com pouco gosto para expansões.

O comando político estava entregue agora quase completamente a Tio Laudônio, que transitava com pouco alarde e se deitava na cama quando queria pensar melhor. De vez em quando, apenas, vinha comentar qualquer coisa, fazendo o Major enrugar mais a testa e pronunciar um murmúrio de interjeições integérrimas. Mas isso poucas vezes acontecia, por último. Da curva da cadeira, ia o Major para em-frente da cômoda do quarto-de-dormir, e lá ficava, de-pé, armando paciências de baralho — conhecia muitas variedades mas só cultivava uma, prova de alta sabedoria, pois um divertimento desses deve ser mesmo clássico, o mais possível.

Enquanto isso, Lalino Salãthiel pererecava ali por perto, sempre no meio dos capangas, compondo cantigas e recebendo aplausos, porque, como toda espécie de guerreiros, os homens do Major prezavam ter as façanhas rimadas e cantadas públicas.

E, vai então pois então, Lalino teve um momento de fraqueza, e pediu a *seu* Oscar que procurasse a Ritinha e falasse, e dissesse, mas não dissesse isso, e calasse aquilo, mas dando a entender que... mas sem deixar que ela pensasse que... e aquil'outro, e também etc., e pronto.

Na manhã seguinte, *seu* Oscar, prestativo e bom amigo, foi. Rabeou redor à casa do espanhol, e fez um acaso, atravessando na frente da mulher, quando ela saía para procurar ninhos de galinha-d'angola no bamburral.

Mas Maria Rita tinha olhos, pernas e cabelos tentadores, e *seu* Oscar se atarantou. E, se chegou a se perturbar, é claro que foi por ter tido inspiração nova, resolvendo, num átimo, alijar a causa do mulatinho e entrar em execução de própria e legítima ofensiva.

Em sã consciência, ninguém poderia condená-lo por isso, mas Maria Rita desconfiou do contrário — do que antes fora para ser, mas que tinha deixado agorinha mesmo de ser — e foi interpelando:

— Já sei! Foi aquele bandido do Laio, que mandou o senhor aqui para me falar; não foi, seu Oscar?

Seu Oscar era jogador de truque e sabia que "a primeira é a que vai à missa!" Assim, achou que estava na hora de não perder a vaza, e disse:

— Pois não foi não, sà Ritinha... Aquele seu marido é um ingrato! A senhora nem deve nem de pensar nele mais, porque ele não soube dar valor ao que tem... Não guardou estima à prenda de ouro dele! É um vagabundo, que vive fazendo serenata p'ra tudo quanto é groteira e capioa por aí...

Maria Rita perdeu o aprumo:

— Então, ele nem pensa mais em mim, não é?... Faz muito bem... Porque eu cá tenho sentimento! Nem vestido de santo, não quero ver!

— Está muito direito, sà dona Ritinha! Assim é que deve ser. Olha, a senhora merece coisa muito melhor do que ele... e do que esse espanhol também... Eu juro que nunca vi moça tão bonitonazinha como a senhora, nem com um jeito tão bom p'ra agradar à gente...

Maria Rita sorria, gostando.

— É assim mesmo, dona Ritinha... Esses olhos graúdos... Essa bocazinha sua... A gente até perde as ideias, dona Ritinha...

Chegou mais para perto.

— Não ri, não, dona Ritinha! Tem pena dos outros... Ah! Se eu pedisse um beijinho à senhora...

Mas Maria Rita pulou para trás, vermelha furiosa:

— O senhor é um cachorro como os outros todos, seu Oscar! Homem nenhum não presta!... Se o senhor não sumir daqui, ligeiro, eu chamo o Ramiro para lhe ensinar a respeitar mulher dos outros!

Seu Oscar, desorganizadíssimo, quis safar-se. Mas, aí, foi ela quem o reteve, meio brava meio triste, agora em lágrimas:

— E, olhe aqui: o senhor está enganado comigo, seu Oscar! O senhor não me conhece! Eu procedi mal, mas não foi minha culpa, sabe?! Eu gosto é mesmo do Laio, só dele! Não presta, eu sei, mas que é que eu hei de fazer?!... Pode ir contar a ele, aquele ingrato, que não se importa comigo... Fiquei com o espanhol, por um castigo, mas o Laio é que é meu marido, e eu hei de gostar dele, até na horinha d'eu morrer!

Seu Oscar se foi, quase correndo, porque não suportava aquele choro consentido e aqueles gritos de louca. E nem soube que, por artes das linhas travessas da boa escrita divina, se tinha saído às mil maravilhas da embaixada que Lalino Salãthiel lhe cometera.

Chegou em casa com uma raiva danada de Lalino, e, para se despicar, foi decepcionando a sôfrega expectativa do mulatinho:

— Pode tirar o cavalo da chuva, seu Laio! Ela gosta mesmo do espanhol, fiquei tendo a certeza... Vai caçando jeito de campear outra costela, que essa-uma você perdeu!

Lalino suspirou...

— É, mulher é isso mesmo, seu Oscar... Também, gente que anda ocupada com política não tem nada que ficar perdendo tempo com dengos... Mas, muito obrigado, seu Oscar. O senhor tem sido meu pai nisso tudo. Quer escutar agora o hino que estou fazendo p'ra o senhor?

Mas *seu* Oscar não queria escutar coisa nenhuma. Deixou Lalino na varanda, e foi falar com o velho, aproveitando a oportunidade de Tio Laudônio no momento não estar lá.

Major Anacleto relia — pela vigésima-terceira vez — um telegrama do Compadre Vieira, Prefeito do Município, com transcrições de um outro telegrama, do Secretário do Interior, por sua vez inspirado nas anotações que o Presidente do Estado fizera num anteprimeiro telegrama, de um Ministro conterrâneo. E a coisa viera vindo, do estilo dragocrático-mandológico-coactivo ao cabalístico-estatístico, daí para o messiânico-palimpséstico-parafrástico, depois para o cozinhativo-compadresco-recordante, e assim, de caçarola a tigela, de funil a gargalo, o fino fluido inicial se fizera caldo gordo, mui substancial e eficaz; tudo isto entre parênteses, para mostrar uma das razões por que a política é ar fácil de se respirar — mas para os de casa, que os de fora nele abafam, e desistem. Major Anacleto tomava pó, cornicha em punho.

Seu Oscar foi de focinho:

— Agora é que estou vendo, meu pai, que o senhor é quem tinha razão. Soubesse...

— Pois não foi? Se o Compadre Vieira não abrir os olhos, com o pessoal das Sete-Serras, nós ficamos é no mato sem cachorro... Eu já disse! Bem que eu tinha falado com o Compadre, que isso de se querer fazer política por bons modos não vai!

— Isso mesmo, pai. O senhor sempre acerta. É como no caso do mulatinho, desse Lalino... Olha, eu já estou até arrependido de ter falado em trazer o...

— Seu Major! Seu Major! — (Lalino invadira a sala, empurrando para a frente um curiboca mazelento e empoeirado, novidadeiro-espião chegado da Boa Vista num galope de arrebentar cavalo).

— Que é? Que houve? Mataram mais algum, lá na Catraia?

E o Major se levantava, — tirando óculos e enfiando óculos, telegrama, cornicha e lenço, na algibeira, — aturdido com o alarido, se escapando da compostura.

— Não senhor, seu Major meu padrinho... Louvado seja Nosso Senhor Jesus Cristo... — e o capiauzinho procurava a mão do Major, para o beijo de benção. — ...Foi na Boa Vista... Seu Cesário virou p'ra nós!

— Como foi isso, menino? Conta com ordem!

— O povo está todo agora do lado da gente... Não querem saber mais do seu Benigno... Tudo vota agora no senhor, seu Major meu padrinho!

— Eu já sabia... Mas conta logo como foi!

— Foi porque o filho do seu Benigno, o Nico... que desonrou, com perdão da palavra, seu Major meu padrinho... que desonrou a filha mais nova do seu Cesário... Os parentes estão todos reunidos, falando que tem de casar, senão vai ter morte... E matam mesmo, seu Major! Seu Cesário vai vir aqui, p'ra combinar paz com o senhor, seu Major meu padrinho...

Lalino, por detrás, fazia sinais ao Major, que mandasse o mensageiro se retirar.

— Está direito, Bingo. Vai agora lá na cozinha, p'ra ganhar algum de--comer. Depois, você volta p'ra lá, e fica calado, escutando tudo direito.

Mal o outro se sumira, e Lalino Salãthiel gesticulava e modulava:

— Eu não disse, seu Major?! Não falei? No pronto, agora, o senhor está vendo que deu certo... Pois foi p'ra isso que eu levei o Nico na Boa Vista, ensinando o rapaz a cantar serenata e botar flor, e ajeitando o namoro com a Gininha! Estive até em perigo de seu Benigno mandar darem um tiro em mim, porque ele não queria que o filho andasse em minha má companhia... Ah, com o amor ninguém pode!

— Pois o senhor fez muito mal. Pode dar e pode não dar certo... Se o rapaz casa com a moça, tudo ainda fica pior...

— Ele não casa, seu Major! Eu sabia que ele não casava, porque o seu Benigno quer mandar o filho p'ra o seminário... E eu aconselhei o Nico a quietar no mundo... Ele está revelio, seu Major, seu Oscar, está em uns ninhos!

— É... Eu não gosto das coisas tão atentadas... Não sei se isto é como Deus manda... A moça, coitadinha, vai sofrer?! Ninguém tem o direito de fazer isso...

— Há-de-o, que eu já deduzi também, seu Major, não arranjo meio sem mais a metade. Depois do que for, das eleições, a gente rege o rapaz, se faz o casório... Tem de casar, mas só certo... Eu sei onde é que o Nico está amoitado... Aí a raiva do seu Benigno vai ser cheia. E as festas!...

— Está direito, seu Eulálio. O senhor tem galardão.

— Só quero servir o senhor, seu Major! Com chefe bom, a gente chega longe!

— Bem, pode ir... E guarde segredo da trapalhada que o senhor aprontou, hem?!

E, ficando só com *seu* Oscar, Major Anacleto retomou a conversa, justo no ponto em que fora interrompida:

— Bem o senhor estava me dizendo, agorinha mesmo, que ele é levado de ladino! Foi um serviço que o senhor me fez, trazendo esse diabo para mim. Gostei, seu Oscar. O senhor tem jeito para escolher camaradas, meu filho.

— Às vezes a gente acerta... Era isso mesmo que eu vinha lhe falar, meu pai...

— Está direito.... Agora o senhor vá no arraial, mandar um telegrama meu para o Compadre Prefeito. Um vê, não vê estes tantos constantes trabalhos que a política dá... Passa no Paiva, e na farmácia...

Seu Oscar saiu e o Major se assoou, voltou para a cadeira-de-lona. Mas, daí a pouco, chegava Tio Laudônio, trazendo uma grande notícia: tinham recebido aviso, no arraial, de que nessa mesma tarde devia passar de automóvel, vindo de Oliveira, um chefe político, deputado da oposição. *Seu* Benigno tinha ido para a beira do rio, para vir junto. Não sabiam bem o nome.

— Se chegarem por aqui, nem água para beber eu não dou, está ouvindo? Inda estumo cachorro neles! — rugiu o Major.

— Qual, passam de largo... Que é que eles haviam de querer aqui?

— Pau neles, isto sim, que era bom! Por isto é que eu não gosto de estrada de automóvel! Serve só para pôr essa cambada trançando afoita por toda a parte... E o cachorro do Benigno vai ficar todo ancho. Decerto há-de fazer discurso, louvar as lérias... Olha, o Eulálio podia ir no arraial, hem? Para arranjar um jeito de atrapalhar, se tiver ajuntamento.

— Não vale a pena, mano Cleto.

— É, então pode deixar... A gente já está ganhando, longe! Ah, esse seu Eulálio fez um... Já sabe?... O Oscar contou?

Aí o Major se levantou e foi até à janela. E, quando ele ia assim à janela, não era sempre para espiar a paisagem. Agora, por exemplo, era para apurar alguma ideiazinha. Tio Laudônio sabia disso, e esperava que ele se voltasse com outra pergunta. E foi:

— Escuta aqui, mano Laudônio: é verdade que espanhol não vota?

— Não. Não podem. São estrangeiros... A coisa agora está muito séria.

— Ahn... Sim... Olha: manda levar mais madeira para o seu Vigário... Para as obras da capelinha do Rosário...

— Já mandei.

— Diabo! Vocês, também, não deixam nada para eu pensar!...

E foi para a espreguiçadeira, dormir.

Quando acordou, horas depois, foi a sustos com uma matinada montante: o mulherio no meio da casa; os capangas, lá fora, empunhando os cacetes, farejando barulho grosso; e muita gente rodeando uma rapariga bonita, em pranto, com grandes olhos pretos que pareciam os de uma veadinha acuada em campo aberto.

Com a presença enérgica do patriarca, amainou-se o rebuliço, e a moça veio cair-lhe aos pés, exclamando:

— Tem pena de mim, seu Coronel, seu Major!... Não deix'eles me levarem! Pelo amor de suas filhas, pelo amor de sua mulher dona Vitalina... Não me desampare, seu Major...

— Pois sim, moça... Mas, espera um pouco... Sossega. Daqui ninguém tira a senhora por mal, sem minha ordem... Conta primeiro o que é que houve... A senhora quem é?...

— Sou a mulher do Laio, seu Major... Me perdoe, seu Major... Eu sei que o senhor tem bom coração... Sou uma infeliz, seu Major... É o Ramiro, o espanhol, que me desgraçou... Desde que o Laio voltou, que ele anda com ciúme, só falando... Eu não gosto dele, seu Major, gosto é do Laio!... Bom ou ruim, não tem juízo nenhum, mas eu tenho amor a ele, seu Major... Agora o espanhol deu para judiar comigo, só por conta do ciúme... Viu o seu Oscar conversando comigo hoje, e disse que o seu Oscar estava era levando recado... Quis me bater, o cachorro! Disse que me mata, mata o Laio, e depois vai se suicidar, já que está mesmo tresloco... Então eu fugi, para vir pedir proteção ao senhor, seu Major. Pela Virgem Santíssima, não me largue na mão dele, seu Majorzinho nosso!

— Calma, criatura! — levanta, vai lavar esses olhos... Ó Vitalina, engambela ela, dá um chá à coitadinha... Afinal... afinal ela não tem culpa de nada... É uma história feia, mas... Nem o Eulálio não tem culpa também, não... Foi só falta de juízo dele, porque no fundo ele é bom... Mas, que diabo! O espanhol é boa pessoa... Arre! Só o mano Laudônio mesmo é quem pode me aconselhar... Bem, fala com as meninas para tomarem conta dela, para ver se ela fica mais consolada... E a senhora pode dormir hoje com descanso, moça, não lhe vai acontecer coisa nenhuma, ora! — Ó Estêvam! Qu'é-de seu Eulálio?

— Seu Laio saiu... Foi p'ra a beira do rio...

— Mande avisar a ele, já! Fala que a mulher dele está aqui...

— O Juca passou inda agorinha no caminhão, e disse que o seu Laio estava lá, numa cachaça airada, no botequim velho que foi da empresa, com outros companheiros, fazendo sinagoga. Diz que chegou um doutor no automóvel e parou para tomar água, mas ficaram conversando e ouvindo as parlas do seu Laio, achando muita graça, gostando muito...

— Ra-ch'ou-parta! diabo dos infernos! Maldito! Referido!

Em fel de fera, Major Anacleto sapateava e rilhava os dentes. Os homens silenciaram, na varanda, pensando que já vinha ordem para brigar. E as mulheres, arrastando Maria Rita, se sumiram no corredor. Só Tio Laudônio, que entrava de caniço ao ombro, vindo do corguinho, foi quem continuou calmo, pois que coisa alguma poderia pô-lo de outro jeito.

O Major bramia:

— Cachorrão! Bandido!... Mas, tu não está entendendo, mano Laudônio?! É o diabo do homem, do tal, o deputado da oposição!... Parou... Decerto! Tinha de gostar... Pois encontra o mulatinho bêbedo, botando prosa, contando o caso da Boa Vista, e tudo... Nem quero fazer ideia de como é que vai ser isto por diante... Cachorro! Agora vai dar tudo com os burros n'água, só por causa daquele cafajeste! Mal-agradecido! E logo agora, que eu ia proteger o capeta, fazer as pazes dele com a mulher, mandar os espanhóis para longe... Mas, vai ver! Me paga! Leva uma sova de relho, não escapa!

— Calma, mano Anacleto... A gente não deve de esperdiçar choro em-antes de ver o defunto morrer...

— Qual! história... Vitalina! Ó Vitalina!... Não deixa as meninas ficarem mais junto com essa mulher! Não quero mau exemplo aqui dentro de casa!... Mulher de dois homens!... Imoralidade! Indecência!

A muito custo, Tio Laudônio conseguiu levar o Major para o quarto, e encomendou um chá de flor-de-laranjeira.

— Calma. Pode, no fim, não ser tão ruim assim.

E foi comer qualquer coisa, pois já estava com atraso.

Principiou a escurecer. A gente já ouvia os coaxos iniciais da saparia no brejo. E os bate-paus acenderam um foguinho no pátio e se dispuseram em roda. Tio Laudônio, já jantado, chamou o Major para a varanda.

— Lá vem um automóvel...

— São eles, Laudônio... Manda vigiarem e não olharem! Manda não se estar, fecharem as janelas e as portas! Ah, mulatinho — para cá, e arrastado com pancada grossa!...

— Espera... Olha, já parou, por si.

Lalino parou primeiro e ajudava os outros a descerem. Três doutores. Um gordo... um meio velho... um de óculos... Lalino guiava-os para a escada da varanda.

— Só eu indo ver quem é, mano Cleto.

— Mas, que é que essa gente vem fazer, aqui?... Eu quero saber de oposição nenhuma, mano Laudônio! Eu desfeiteio! Eu...

— Quieto, homem, areja! Vamos saber, só, primeiro. Se entrarem, é porque são de paz... Vem p'ra dentro. Eu vou ver.

Mas, daí a um mijo, Tio Laudônio gritava pelo Major:

— Depressa, mano, que não é oposição nenhuma, é do Governo! Depressa, homem, é Sua Excelência o Senhor Secretário do Interior, que está de passagem, de volta para o Belorizonte.

O Major correu, boca-aberta, borres, se aperfeiçoando, abotoando o paletó. Os viajantes já estavam na sala, com Lalino — pronto perto, justo à vontade e falante.

E nunca houve maior momento de hospitalidade numa fazenda. O Major se perfazia, enfim, quase sem poder bem respirar:

— Ah, que honra, mas que minha honra, senhor Doutor Secretário do Interior!... Entrar nesta cafua, que menos merece e mais recebe... Esteja à vontade! Se execute! Aqui o senhor é vós... Já jantaram? ô, diacho... Um instantinho, senhor Doutor, se abanquem... Aqui dentro, mando eu — com suas licenças —: mando o Governo se sentar... P'ra um repouso, o café, um licor... O mano Laudônio vai relatar! Ah, mas Suas Excelências fizeram boa viagem?...

Mas, não: Suas Excelências tinham pressa de prosseguir. O cafezinho, sim, aceitavam. Viagem magnífica, excursão proveitosa. Um prazer, estarem ali. E o titular sorria, sendo-se o amistoso de todos, apoiando a mão, familiar, no ombro do Major. Ah, e explicava: tinha recebido o convite, para passar pela fazenda, e não pudera recusar. O senhor Eulálio — e aqui o Doutor se entusiasmava — abordara o automóvel, na passagem do rio. O que fora muito gentil da parte do Major, haver mandado o seu emissário esperá-los tão adiante. E, falando nisso, que magnífico, o Senhor Eulálio! Divertira-os! O Major sabia escolher os seus homens... Sim, em tudo o Major estava de parabéns... E, quando fosse a Belorizonte, levasse o Eulálio, que deveria acabar de contar umas histórias, muito pândegas, da sua estada no Rio de Janeiro, e cantar uns lundús...

Tomado o café, alegria feita, cortesia floreada, política arrulhada, e o muito mais — o estilo, o sistema, — o tempo valera. Daí, se despediam: abraço cordial, abraço cordial...

E o Doutor Secretário abraçou também Lalino, que abria a portinhola do carro.

— Adeus, Senhor Eulálio. Continue sempre ao serviço do Senhor Major Anacleto, que é ótimo e digno chefe. E, quando ele vier à capital, já prometeu trazê-lo também...

Lalino pirueteava, com risco de cair, conforme dava todos os vivas.

O automóvel sumiu-se na noite.

E, no brejo, os sapos coaxavam agora uma estória complicadíssima, de um sapo velho, sapo-rei de todos os sapos, morrendo e propondo o testamento à saparia maluca, enquanto que, como todo sapo nobre, ficava assentado, montando guarda ao próprio ventre.

— "Quando eu morrer, quem é que fica com os meus filhos?"...
— *"Eu não... Eu não! Eu não!... Eu não!"*...
(Pausa, para o sapo velho soltar as últimas bolhas, na água de emulsão.)
— "Quando eu morrer, quem é que fica com a minha mulher?"
— *"É eu! É eu! É eu! É eu! É eu!"*...

Major Anacleto chama Lalino, e as mulheres trazem Maria Rita, para as pazes. O chefão agora é quem se ri, porque a mulherzinha chora de alegria e Lalino perdeu o jeito. Mas, alumiado por inspiração repentina, o Major vem para a varanda, convocando os bate-paus:

— Estêvam! Clodino! Zuza! Raimundo! Olhem: amanhã cedo vocês vão lá nos espanhóis, e mandem aqueles tomarem rumo! É para sumirem, já, daqui!... Pago a eles o valor do sítio. Mando levar o cobre. Mas é para irem p'ra longe!

E os bate-paus abandonam o foguinho do pátio, e, contentíssimos, porque de há muito tempo têm estado inativos, fazem coro:

> *"Pau! Pau! Pau!*
> *Pau de jacarandá!...*
> *Depois do cabra na unha,*
> *quero ver quem vem tomar!..."*

E os sapos agora se interpelam e se respondem, com alternâncias estranhas, mas em unanimidade atordoante:

— Chico? — Nhô!? — Você vai? — Vou!
— Chico? — Nhô! — Cê vai? — Vou!...

No alto, com broto de brilhos e asterismos tremidos, o jogo de destinos esteve completo. Então, o Major voltou a aparecer na varanda, seguro e satisfeito, como quem cresce e acontece, colaborando, sem o saber, com a direção-escondida-de-todas-as-coisas-que-devem-depressa-acontecer. E gritou:

— Olha, Estêvam: se a espanholada miar, mete a lenha!

— De miséria, seu Major!

— E, pronto: se algum quiser resistir, berrem fogo!

— Feito, seu Major!

E, no brejo — friíssimo e em festa — os sapos continuavam a exultar.

OS IRMÃOS DAGOBÉ

[*Primeiras estórias*]

Enorme desgraça. Estava-se no velório de Damastor Dagobé, o mais velho dos quatro irmãos, absolutamente facínoras. A casa não era pequena; mas nela mal cabiam os que vinham fazer quarto. Todos preferiam ficar perto do defunto, todos temiam mais ou menos os três vivos.

Demos, os Dagobés, gente que não prestava. Viviam em estreita desunião, sem mulher em lar, sem mais parentes, sob a chefia despótica do recém-finado. Este fora o grande pior, o cabeça, ferrabrás e mestre, que botara na obrigação da ruim fama os mais moços — "os meninos", segundo seu rude dizer.

Agora, porém, durante que morto, em não-tais condições, deixava de oferecer perigo, possuindo — no acêso das velas, no entre algumas flores — só aquela careta sem-querer, o queixo de piranha, o nariz todo torto e seu inventário de maldades. Debaixo das vistas dos três em luto, devia-se-lhe contudo guardar ainda acatamento, convinha.

Serviam-se, vez em quando, café, cachaça-queimada, pipocas, assim aos-usos. Soava um vozeio simples, baixo, dos grupos de pessoas, pelos escuros ou no foco das lamparinas e lampiões. Lá fora, a noite fechada; tinha chovido um pouco. Raro, um falava mais forte, e súbito se moderava, e compungia-se, acordando de seu descuido. Enfim, igual ao igual, a cerimônia, à moda de lá. Mas tudo tinha um ar de espantoso.

Eis que eis: um lagalhé pacífico e honesto, chamado Liojorge, estimado de todos, fora quem enviara Damastor Dagobé, para o sem-fim dos mortos. O Dagobé, sem sabida razão, ameaçara de cortar-lhe as orelhas. Daí, quando o viu, avançara nele, com punhal e ponta; mas o quieto do rapaz, que arranjara uma garrucha, despejou-lhe o tiro no centro dos peitos, por cima do coração. Até aí, viveu o Telles.

Depois do que muito sucedeu, porém, espantavam-se de que os irmãos não tivessem obrado a vingança. Em vez, apressaram-se de armar velório e enterro. E era mesmo estranho.

Tanto mais que aquele pobre Liojorge permanecia ainda no arraial, solitário em casa, resignado já ao péssimo, sem ânimo de nenhum movimento.

Aquilo podia-se entender? Eles, os Dagobés sobrevivos, faziam as devidas honras, serenos, e, até, sem folia mas com a alguma alegria. Derval, o caçula, principalmente, se mexia, social, tão diligente, para os que chegavam ou estavam: — *"Desculpe os maus tratos..."* Doricão, agora o mais-velho, mostrava-se já solene sucessor de Damastor, como ele corpulento, entre leonino e muar, o mesmo maxilar avançado e os olhinhos nos venenos; olhava para o alto, com especial compostura, pronunciava: — *"Deus há-de-o ter!"* E o do meio, Dismundo, formoso homem, punha uma devoção sentimental, sustida, no ver o corpo na mesa: — *"Meu bom irmão..."*

Com efeito, o finado, tão sordidamente avaro, ou mais, quanto mandão e cruel, sabia-se que havia deixado boa quantia de dinheiro, em notas, em caixa.

Se assim, qual nada: a ninguém enganavam. Sabiam o até-que-ponto, o que ainda não estavam fazendo. Aquilo era quando as onças. Mais logo. Só queriam ir por partes, nada de açodados, tal sua não rapidez. Sangue por sangue; mas, por uma noite, umas horas, enquanto honravam o falecido, podiam suspender as armas, no falso fiar. Depois do cemitério, sim, pegavam o Liojorge, com ele terminavam.

Sendo o que se comentava, aos cantos, sem ócio de língua e lábios, num sussurruído, nas tantas perturbações. Pelo que, aqueles Dagobés; brutos só de assomos, mas treitentos, também, de guardar brasas em pote, e os chefes de tudo, não iam deixar uma paga em paz: se via que estavam de tenção feita. Por isso mesmo, era que não conseguiam disfarçar o certo solerte contentamento, perto de rir. Saboreavam já o sangrar. Sempre, a cada podido momento, em sutil tornavam a juntar-se, num vão de janela, no miúdo confabulêjo. Bebiam. Nunca um dos três se distanciava dos outros: o que era, que se acautelavam? E a eles se chegava, vez pós vez, algum comparecente, mais compadre, mais confioso — trazia notícias, segredava.

O assombrável! Iam-se e vinham-se, no estiar da noite, e: o que tratavam no propor, era só a respeito do rapaz Liojorge, criminal de legítima defesa, por mão de quem o Dagobé Damastor fizera passagem daqui. Sabia-se já do quê, entre os velantes; sempre alguém, a pouco e pouco, passava palavra. O Liojorge, sozinho em sua morada, sem companheiros, se doidava? Decerto, não tinha a expediência de se aproveitar para escapar, o que não adiantava — fosse aonde fosse, cedo os três o agarravam. Inútil resistir, inútil fugir, inútil tudo. Devia de estar em o se agachar, ver-se em amarelas: por lá, borrufado de medo, sem meios, sem valor, sem armas. Já era alma para sufrágios! E, não é que, no entanto...

Só uma primeira ideia. Com que, alguém, que de lá vindo voltando, aos donos do morto ia dar informação, a substância deste recado. Que o rapaz Liojorge, ousado lavrador, afiançava que não tinha querido matar irmão de cidadão cristão nenhum, puxara só o gatilho no derradeiro do instante, por dever de se livrar, por destinos de desastre! Que matara com respeito. E que, por coragem de prova, estava disposto a se apresentar, desarmado, ali perante, dar a fé de vir, pessoalmente, para declarar sua forte falta de culpa, caso tivessem lealdade.

O pálido pasmo. Se caso que já se viu? De medo, esse Liojorge doidara, já estava sentenciado. Tivesse a meia coragem? Viesse: pular da frigideira para as brasas. E em fato até de arrepios — o quanto tanto se sabia — que, presente o matador, torna a botar sangue o matado! Tempos, estes. E era que, no lugar, ali nem havia autoridade.

A gente espiava os Dagobés, aqueles três pestanejares. Só: — *"Dei'stá..."* — o Dismundo dizia. O Derval: — *"Se esteja a gosto!"* — hospedoso, a casa honrava. Severo, em si, enorme o Doricão. Só fez não dizer. Subiu na seriedade. De receio, os circunstantes tomavam mais cachaça-queimada. Tinha caído outra chuva. O prazo de um velório, às vezes, parece muito dilatado.

Mal acabaram de ouvir. Suspendeu-se o indaguejar. Outros embaixadores chegavam. Queriam conciliar as pazes, ou pôr urgência na maldade? A estúrdia proposição! A qual era: que o Liojorge se oferecia, para ajudar a carregar o caixão... Ouviu-se bem? Um doido — e as três feras loucas; o que já havia, não bastava?

O que ninguém acreditava: tomou a ordem de palavra o Doricão, com um gesto destemperado. Falou indiferentemente, dilatavam-se-lhe os frios olhos. Então, que sim, viesse — disse — depois do caixão fechado. A tramada situação. A gente vê o inesperado.

Se e se? A gente ia ver, à espera. Com os soturnos pesos nos corações; um certo espalhado susto, pelo menos. Eram horas precárias. E despontou devagar o dia. Já manhã. O defunto fedia um pouco. Arre.

Sem cena, fechou-se o caixão, sem graças. O caixão, de longa tampa. Olhavam com ódio os Dagobés — fosse ódio do Liojorge. Suposto isto, cochichava-se. Rumor geral, o lugubrulho: — *"Já que já, ele vem..."* — e outras concisas palavras.

De fato, chegava. Tinha-se de arregalar em par os olhos. Alto, o moço Liojorge, varrido de todo o atinar. Não era animosamente, nem sendo por afrontar. Seria assim de alma entregue, uma humildade mortal. Dirigiu-se aos três: — *"Com Jesus!"* — ele, com firmeza. E? — aí. Derval, Dismundo e Doricão — o qual o demônio em modo humano. Só falou o quase: — *"Hum... Ah!"* Que coisa.

Houve o pegar para carregar: três homens de cada lado. O Liojorge pegasse na alça, à frente, da banda esquerda — indicaram. E o enquadravam os Dagobés, de ódio em torno. Então, foi saindo o cortejo, terminado o interminável. Sortido assim, ramo de gente, uma pequena multidão. Toda a rua enlameada. Os abelhudos mais adiante, os prudentes na retaguarda. Catava-se o chão com o olhar. À frente de tudo, o caixão, com as vacilações naturais. E os perversos Dagobés. E o Liojorge, ladeado. O importante enterro. Caminhava-se.

No pé-tintim, mui de passo. Naquele entremeamento, todos, em cochicho ou silêncio, se entendiam, com fome de perguntidade. O Liojorge, esse, sem escape. Tinha de fazer bem a sua parte: ter as orelhas baixadas. O valente, sem retorno. Feito um criado. O caixão parecia pesado. Os três Dagobés, armados. Capazes de qualquer supetão, já estavam de mira firmada. Sem se ver, se adivinhava. E, nisso, caía uma chuvinha. Caras e roupas se ensopavam. O Liojorge — que estarrecia! — sua tenência no ir, sua tranquilidade de escravo. Rezava? Não soubesse parte de si, só a presença fatal.

E, agora, já se sabia: baixado o caixão na cova, à queima-bucha o matavam; no expirar de um credo. A chuvinha já abrandava. Não se ia passar na igreja? Não, no lugar não havia padre.

Prosseguia-se.

E entravam no cemitério. *"Aqui, todos vêm dormir"* — era, no portão, o letreiro. Fez-se o airado ajuntamento, no barro, em beira do buraco; muitos, porém, mais para trás, preparando o foge-foge. A forte circunspectância. O nenhum despedimento: ao uma-vez Dagobé, Damastor. Depositado fundo, em forma, por meio de rijas cordas. Terra em cima: pá e pá; assustava a gente, aquele som. E agora?

O rapaz Liojorge esperava, ele se escorregou em si. Via só sete palmos de terra, dele diante do nariz? Teve um olhar árduo. À pandilha dos irmãos. O silêncio se torcia. Os dois, Dismundo e Derval, esperavam o Doricão. Súbito, sim: o homem desenvolveu os ombros; só agora via o outro, em meio àquilo?

Olhou-o curtamente. Levou a mão ao cinturão? Não. A gente, era que assim previa, a falsa noção do gesto. Só disse, subitamente ouviu-se: — *"Moço, o senhor vá, se recolha. Sucede que o meu saudoso Irmão é que era um diabo de danado..."*

Disse isso, baixo e mau-som. Mas se virou para os presentes. Seus dois outros manos, também. A todos, agradeciam. Se não é que não sorriam, apressurados. Sacudiam dos pés a lama, limpavam as caras do respingado. Doricão, já fugaz, disse, completou: — *"A gente, vamos'embora, morar em cidade grande..."* O enterro estava acabado. E outra chuva começava.

O PORCO E SEU ESPÍRITO

[*Ave, palavra*]

"**S**em-vergonha... *Mato!*" — rugia o Migudonho, em ira com mais de três letras, devida a alambiques. Ele acordava cedo mais não entendia de orvalho; soprava para ajudar o vento; nem se entendia bem com a realidade pensante. E a invectiva ia ao Teixeirete — vizinho seu na limitada superfície terrestre — enquanto vinha a ameaça a um capado de ceva, que gordo abusava a matéria e negava-se a qualquer graça. Teixeirete aconselhara vender-se vivo o bicho? Visse, para aprender! Matava. Hoje. O dia lá era de se fazer Roma.

— "*Sujo Se ingerir, atiro...*" — e dava passo de recuo. Agora, ao contrário: ao vizinho, o desafiar; e o insulto ao porco, não menos roncante, total devorador, desenxurdando-se, a eliminar de si horrível fluido quase visível. Migudonho sobraçava tocha de palha para o chamusco, após sangração, a ponta de faca. — "*Monstro!*" — o que timbrava elogio; engordá-lo fora proeza. Teixeirete achava não valer aquilo o milho e a pena? — "*Saf...*" — aos gritos do apunhalado, que parecia ainda comer para lá da morte. Migudonho — o ato invadia-lhe o íntimo: suã, fressuras, focinheira, pernil, lombo. — "*Quero ninguém!*" Mas, não o Teixeirete: vinha era a filha dele, aparar o sangue, trazia já farinha e sal e temperos, na cuia. Xepeiros! Também em casa dele, Migudonho, não se comia morcela, chouriço-de-sangue, não somavam. Outros sobejos o Teixeirete não ia aproveitar, nem o que urubu há de ter! Do Migudonho — para o Migudonho. Porco morto de bom.

Crestava-o, raspando-o a sabugo. A machado, rachava-o. Despojara-o da barrigada. Cortava pedaço — xingando a mulher: que o picasse e fritasse! Ele respingava pressa. Tomava trago. Destrinchava. Aquela carne rosada, mesmo crua, abria gostoso exalar, dava alma. — "*Cachorro!*" Teixeirete se oferecera de levar a manta de toicinho à venda? Queria era se chegar, para manjar do alheio, de bambocheio. Tomava mais gole. Mastigava, boca de não caber, entendia era o porco, suas todas febras. — "*Cambada...*" — os que olhavam, de longe, não deixando paz a um no seu. Retalhava. Não arrotava. Grunhia à mulher: para cozinhar mais, assar do lombinho, naco, frigir com fubá um pezunho. Teixeirete que espiasse de lá, chuchando e aguando, orelhas para baixo. Migudonho era um Hércules. Arrotava. Para ele, o triunfal trabalho se acabasse jamais.

Ais. A barriga beliscou-o. O danado do porco — sua noção. A cobra de uma cólica. Suinão do cerdo. Vingança? Vê se porco sabe o que porca não sabe... — *"Doi, dor!"* — ele cuinchava, cuinhava. Queria comer, desatou a gemer. Ah, o tratante do Teixeirete: só eram só seus maus olhos... Migudonho cochinava. Já suava. Ele estava em consequência de flecha.

Fazendo o que, dentro do chiqueiro, atolado? Beber não adiantava. Migudonho, mover e puxar vômitos, pneumático opado o ventre, gases, feito se com o porco íntegro conteúdo. O borboroto, sem debelo. O porco fazia-se o sujeito, não o objeto da atual representação. A hora virou momento. Arre, ai, era um inocente pagando.

Acudiam-lhe, nesse entrecontratempo. Até o Teixeirete, aos saltos-furtados, o diabo dono de todas as folgas? — *"Canastrão!"* Teixeirete, não! Pregavam-lhe uma descompostura.

Mas Migudonho não era mais só Migudonho. Doíam, ele e o porco, tão unidos, inseparáveis, intratáveis. Não lhes valessem losna, repurga, emplastro quente no fígado. De melhorar nem de traspassar-se, a sedeca, aquela espatifação. Gemia, insultava-se por sílabas. Estava como noz na tenaz. Já pequenino atrás de sua opinião, manso como marido de madrasta.

Teixeirete, a filharada, a mulher, solertes samaritanos, em ágil, vizinha, alta caridade. Porca, gorda vida. Migudonho, com na barriga o outro, lobisomem, na cama chafurdado. — *"Satanasado!"*

Teixeirete, bel-prazeroso, livre de qualquer maçada. — *"Coisa de extravagâncias..."* — disse. Abancou-se. À cidade iria, por remédio, e levar o toucinho. — *"Ora, tão certo..."* — falava. Nada lhe oferecessem, do porco, comida nenhuma, os cheiros inteiros, as linguiças aprontadas! O canalha.

Melhor, sim, dessem-lhe. Para ele botassem prato cheio, de comer e repetir, o trestanto, dar ao dente... Ia ver, depois de atochado! Pegava também a indigestão. Saber o que é que o porco do Migudonho pode...

Ria o Migudonho, apalpando-se a eólia pança, com cuidado. Mais quitutes dessem ao Teixeirete, já, reenchessem-lhe o prato. Homem de bons engolimentos. — *"Com torresmos..."* Teixeirete — nhaco-te, nhaco-te, m'nhão... — não se recusava. E não adoecia e rebentava, o desgraçado?!

"Arre, ai..." — a dor tornava. Esfaqueava-o o morto porco, com a faca mais navalha. Comido, não destruído, o porco interno sapecava-o. Deu tonítruo arroto. Pediu o vaso. Do porco não se desembaraçava. Volvo? — e podia morrer daquilo. Queria elixir paregórico, injeção, algum récipe de farmácia. Pois, que fosse, logo, o Teixeirete. Que era que ainda esperava? Deixasse de comer o dos outros, glutoar e refocilar-se. — *"Descarado!..."*

Ver o Teixeirete saindo, no bom cavalo, emprestado. Tomava também dinheiro! Sorrindo, lépido, sem poeira nem pena — um desgraçado! Migudonho virava-se para o canto, não merecia tanta infelicidade. — *"Porqueira..."* — somente disse. Foi seu exato desabafo.

DARANDINA

[*Primeiras estórias*]

De manhã, todos os gatos nítidos nas pelagens, e eu em serviço formal, mas, contra o devido, cá fora do portão, à espera do menino com os jornais, e eis que, saindo, passa, por mim e duas ou três pessoas que perto e ali mais ou menos ocasionais se achavam, aquele senhor, exato, rápido, podendo-se dizer que provisoriamente impoluto. E, pronto, refez-se no mundo o mito, dito que desataram a dar-se, para nós, urbanos, os portentosos fatos, enchendo explodidamente o dia: de chinfrim, afã e lufa-lufa.

— *"Ô, seô!..."* — foi o grito; senão se, de guerra: — *"Ugh, sioux!..."* — também cabendo ser, por meu testemunho, já que com concentrada ou distraída mente me encontrava, a repassar os próprios, íntimos quiproquós, que a matéria da vida são. Mas: — *"Oooh..."* — e o senhor tão bem passante algum quieto transeunte apunhalara?! Isso em relance e instante visvi — vislumbrou-se-me. Não. Que só o que tinha sido — vice-vi mais —: pouco certeiro e indiscreto no golpe, um afanador de carteiras. Desde o qual, porém, irremediável, ia-se o vagar interior da gente, roto, de imediato, para durante contínuos episódios.

— *"Sujeito de trato, tão trajado..."* — estranhava, surgindo do carro, dentr'onde até então cochilara, o chofer do dr. Bilôlo. — *"A caneta-tinteiro foi que ele abafou, do outro, da lapela..."* — depunha o menino dos jornais, só no vivo da ocasião aparecendo. Perseguido, entretanto, o homem corria que luzia, no diante do pé, varava pela praça, dava que dava. — *"Pega!"* Ora, quase no meio da praça, instalava-se uma das palmeiras-reais, talvez a maior, mesmo majestosa. Ora, ora, o homem, vestido correto como estava, nela não esbarrou, mas, sem nem se livrar dos sapatos, atirou-se-lhe abraçado, e grimpava-a, voraz, expedito arriba, ao incrível, ascensionalíssimo. — *Uma palmeira é uma palmeira ou uma palmeira ou uma palmeira?* — inquiriria um filósofo. Nosso homem, ignaro, escalara dela já o fim, e fino. Susteve-se.

— *Esta!* — me mexi, repiscados os olhos, em tento por me readquirir. Pois o nosso homem se fora, a prumo, a pino, com donaires de pica-pau e nenhum deslize, e ao topo se encarapitava, safado, sabiá, no páramo empíreo. Paravam os de seu perséquito, não menos que eu surpresos, detidos, aqui em nível térreo, ante a infinita palmeira — muralhavaz. O céu só safira. No chão, já nem se contando o crescer do ajuntamento, dado que, de toda a circunferência, acudiam pessoas e povo, que na praça se emagotava. Tanto nunca pensei que uma multidão se gerasse, de graça, assim e instantânea.

Nosso homem, diga-se que ostentoso, em sua altura inopinada, floria e frutificava: nosso não era o nosso homem. — *"Tem arte..."* — e quem o julgava já não sendo o jornaleiro, mas o capelão da Casa, quase com regozijo. Os outros, acolá, de infra a supra, empinavam insultos, clamando do demo e aqui-da-polícia, até se perguntava por arma de fogo. Além, porém, muito a seu grado, ele imitativamente aleluiasse, garrida a voz, tonifluente; porque mirável era que tanto se fizesse ouvir, tudo apesar-de. Discursava sobre canetas-tinteiro? Um camelô, portanto, atrevido na propaganda das ditas e estilógrafos. Em local de má escôlha, contudo, pensei; se é que, por descaridosa, não me escandalizasse ainda a ideia de vir alguém produzir acrobacias e dislativas pelóticas, dessas, justo em frente de nosso Instituto. Extremamente de arrojo era o sucesso, em todo o caso, e eu humano; andei ver o reclamista.

Chamavam-me, porém, nesse entremenos, e apenas o Adalgiso, sisudo ele, o de sempre, só que me pegando pelo braço. Puxado e puxando, corre que apressei-me, mesmo assim, pela praça, para o foco do sumo, central transtornamento. Com estarmos ambos de avental, davam-nos alguma irregular passagem. — *"Como foi que fugiu?"* — todo o mundo perguntando, do populacho, que nunca é muito tolo por muito tempo. Tive então enfim de entender, ai-me, mísero. — *"Como o recapturar?"* Pois éramos, o Adalgiso e eu, os internos de plantão, no dia infausto'fantástico.

Vindo o que o Adalgiso, com de-curtas, não urgira em cochichar-me: nosso homem não era nosso hóspede. Instantes antes, espontâneo, só, dera ali o ar de sua desgraça. — *"Aspecto e* facies *nada anormais, mesmo a forma e conteúdo da elocução a princípio denotando fundo mental razoável..."* Grave, grave, o caso. Premia-nos a multidão, e estava-se na área de baixa pressão do ciclone. — *"Disse que era são, mas que, vendo a humanidade já enlouquecida, e em véspera de mais tresloucar-se, inventara a decisão de se internar, voluntário: assim, quando a coisa se varresse de infernal a pior, estaria já garantido ali, com lugar, tratamento e defesa, que, à maioria, cá fora, viriam a fazer falta..."* — e o Adalgiso, a seguir, nem se culpava de venial descuido, quando no ir querer preencher-lhe a ficha.

— *"Você se espanta?"* — esquivei-me. De fato, o homem exagerara somente uma teoria antiga: a do professor Dartanhã, que, mesmo a nós, seus alunos, declarava-nos em quarenta-por-cento casos típicos, larvados; e, ainda, dos restantes, outra boa parte, apenas de mais puxado diagnóstico... Mas o Adalgiso, mas ao meu estarrecido ouvido: — *"Sabe quem é? Deu nome e cargo. Sandoval o reconheceu. É o Secretário das Finanças Públicas..."* — assim baixinho, e choco, o Adalgiso.

Ao que, quase de propósito, a turba calou-se e enervou-nos, à estupefatura. Desolávamo-nos de mais acima olhar, aonde evidentemente o céu era um desprezo de alto, o azul antepassado. De qualquer modo, porém, o homem, aquém, em torre de marfim, entre as verdes, hirtas palmas, e ao cabo de sua diligência de veloz como um foguete, realizava-se, comensurado com o absurdo. Sei-me atreito a vertigens. E quem não, então, sob e perante aquilo, para nós um deu-nos-sacuda, de arrepiar perucas, semelhante e rigorosa coisa? Mas um super-humano ato pessoal, transe hiperbólico, incidente hercúleo. — *"Sandoval vai chamar o dr. Diretor, a Polícia, o Palácio de Governo..."* — assegurou o Adalgiso.

Uma palmeira não é uma mangueira, em sua frondosura, sequer uma aroeira, quanto a condições de fixibilidade e conforto, acontéce-que. Que modo e como, então, aguentava de reter-se tanto ali, estadista ou não, são ou doente? Ele lá não estava desequilibrado; ao contrário. O repimpado, no apogeu, e rematado velhaco, além de dar em doido, sem fazer por quando. A única coisa que fazia era sombra. Pois, no justo momento, gritou, introduziu-se a delirar, ele mais em si, satisfatível: — *"Eu nunca me entendi por gente!..."* — de nós desdenhava. Pausou e repetiu. Daí e mais: — *"Vocês me sabem é de mentira!"* Respondendo-me? Riu, ri, riu-se, rimo-nos. O povo ria.

Adalgiso, não: — *"Ia adivinhar? Não entendo de política."* — inconcluía. — *"Excitação maníaca, estado demencial... Mania aguda, delirante... E o contraste não é tudo, para se acertarem os sintomas?"* — ele, contra si consigo, opunha. Psiu, porém, quem, assado e assim, a mundos e resmungos, sua total presença anunciava? Vê-se que o dr. Diretor: que, chegando, sobrechegado. Para arredar caminho, por império, os da Polícia — tiras, beleguins, guardas, delegado, comissário — para prevenir desordem. Também, cândidos, com o dr. Diretor, os enfermeiros, padioleiros, Sandoval, o Capelão, o dr. Eneias e o dr. Bilôlo. Traziam a camisa-de-força. Fitava-se o nosso homem empalmeirado. E o dr. Diretor, dono: — "*Há de ser nada!*"

Contestando-o, diametral, o professor Dartanhã, de contrária banda aportado: — "*Psicose paranoide hebefrênica*, dementia praecox, *se vejo claro!*" —; e não só especulativo-teorético, mas por picuinha, tanto o outro e ele se ojerizavam; além de que rivais, coincidentemente, se bem que calvo e não calvo. Toante que o dr. Diretor ripostou, incientífico, em atitude de autoridade: — "*Sabe quem aquele cavalheiro é?*" — e o título declinou, voz vedada; ouvindo-o, do povo, mesmo assim, alguns, os adjacentes sagazes. Emendou o mote o professor Dartanhã: — "*... mas transitória perturbação, a qual, a capacidade civil, em nada lhe deixará afetada...*" — versando o de intoxicação- -ou-infecção, a ponto falara. Mesmo um sábio se engana quanto ao em que crê —; cremos, nós outros, que nossos límpidos óculos limpávamos. Assim cada qual um asno prepalatino, ou, melhor, *apud* o vulgo: pessoa bestificada. E, pois que há razões e rasões, os padioleiros não depunham no chão a padiola.

Porque, o nosso, o excelso homem, regritou: — "*Viver é impossível!...*" — um *slogan*; e, sempre que ele se prometia para falar, conseguia-se, cá, o multitudinal silêncio — das pessoas de milhares. Nem esquecera-lhe o elemento mímico: fez gesto — de que empunhasse um guarda-chuva. Ameaçava o quê a quem, com seu estro catastrófico? — "*Viver é impossível!*" — o dito declarado assim, tão empírico e anermenêutico, só através do egoísmo da lógica. Mas, menos como um galhofeiro estapafúrdio, ou alucinado burlão, pendo a ouvir, antes em leal tom e generoso. E era um revelar em favor de todos, instruía-nos de verdadeira verdade. A nós — substantes seres sub-aéreos — de cujo meio ele a si mesmo se raptara. Fato, fato, a vida se dizia, em si, impossível. Já assim me pareceu. Então, ingente, universalmente, era preciso, sem cessar, um milagre; que é o que sempre há, a fundo, de fato. De mim, não pude negar-lhe, incerta, a simpatia intelectual, a ele, abstrato — vitorioso ao anular-se — chegado ao pináculo de um axioma.

Sete peritos, oficiais pares de olhos, do espaço inferior o estudavam. — *"Que ver: que fazer?"* — agora. Pois o dr. Diretor comandava-nos em conselho, aqui, onde, prestimosa para nós, dilatava a Polícia, a proêmios de *casse-têtes* e blasfemos rogos, uma clareira precária. Para embaraços nossos, entretanto, portava-se árduo o ilustre homem, que ora encarnava a alma de tudo: inacessível. E — portanto — imedicável. Havia e haja que reduzi-lo a baixar, valha que por condigno meio desguindá-lo. Apenas, não estando à mão de colher, nem sendo de se atrair com afagos e morangos. — *"Fazer o quê?"* — unânimes, ora tardávamos em atinar. Com o que o dr. Diretor, como quem saca e desfecha, prometeu: — *"Vêm aí os bombeiros!"* Ponto. Depunham os padioleiros no chão a padiola.

O que vinha, era a vaia. Que não em nós, bem felizmente, mas no nosso guardião do erário. Ele estava na ponta. Conforme quanto, rápida, no chacoalhar da massa, difundira-se a identificação do herói. Donde, de início, de bufos avulsos gritos, daqui, aqui, um que outro, comicamente, a atoarda pronta borbotava. E bradou aos céus, formidável, una, a versão voxpopular: — *"Demagogo! Demagogo!..."* — avessa ressonância. — *"Demagôoogo!..."* — a belo e bom, safa, santos meus, que corrimaça. O ultravociferado halali, a extrair-se de imensidão: apinhada, em pé, impiedosa — afervoada ao calor do dia de março. Tenho que mesmo uns de nós, e eu, no conjunto conclamávamos. Sandoval, certo, sim; ele, na vida, pela primeira vez, ainda que em esboço, a revoltar-se. Reprovando-nos o professor Dartanhã: — *"Não tem um político direito às suas moléstias mentais?"* — magistralmente enfadado. Tão certo que até o dr. Diretor em seus créditos e respeitos vacilasse — psiquiatrista. Vendo-se, via-se que o nosso pobre homem perdia a partida, agora, desde que não conseguindo juntar o prestígio ao fastígio. Demagogo...

Conseguiu-o — de truz, tredo. Em suave e súbito, deu-se que deu que se mexera, a marombar, e por causas. Daí, deixando cair... um sapato! Perfeito, um pé de sapato — não mais — e tão condescendentemente. Mas o que era o teatral golpe, menos amedrontador que de efeito burlesco vasto. Claro que no vivo popular houve refluxos e fluxos, quando a mera peça demitiu-se de lá, vindo ao chão, e gravitacional se exibiu no ar. Aquele homem: — *"É um gênio!"* — positivou o dr. Bilôlo. Porque o povo o sentia e aplaudia, danado de redobrado: — *"Viva! Viva!..."* — vibraram, reviraram.

— *"Um gênio!"* — notando-se, elegiam-no, ofertavam-lhe oceânicas palmas. Por São Simeão! E sem dúvida o era, personagente, em sua sicofância, conforme confere e confirmava: com extraordinária acuidade de percepção e alto senso de oportunidade. Porque houve também o outro pé, que não menos se desabou, após pausa. Só que, para variar, este, reto, presto, se riscou — não parabolava. Eram uns sapatos amarelados. O nosso homem, em festival — autor, alcandorado, alvo: desta e elétrica aclamação, adequada.

Estragou-a a sirene dos bombeiros: que eis que vencendo a custo o acesso e despontando, com esses tintinábulos sons e estardalho. E ancoravam, isto é — rubro de lagosta ou arrebol — cujo carro. Para eles se ampliava lugar, estricto espaço de manobra; com sua forte nota belígera, colheram sobeja sobra dos aplausos. Aí já seu Comandante se entendendo com a Polícia e pois conosco, ora. Tinham seu segundo, comprido caminhão, que se fazia base da escada: andante apetrêcho, para o empreendimento, desdobrável altaneiramente, essencial, muito máquina. Ia-se já agir. Manejando-se marciais tempos e movimentos, à corneta e apito dados. Começou-se. Ante tanto, que diria o nosso paciente — exposto cínico insigne?

Disse. — *"O feio está ficando coisa..."* — entendendo de nossos planos, vivaldamente constatava; e nisso indocilizava-se, com mímica defensiva, arguto além de alienado. A solução parecendo inconvir-lhe. — *"Nada de cavalo-de-pau!"* — vendo-se que de fresco humor e troiano, suspeitoso de Palas Ateneia. E: — *"Querem comer-me ainda verde?!"* — o que, por mero mimético e sintomático, apenas, não destoava nem jubilava. À arte que, mesmo escada à parte, os bons bombeiros, muito homens seriam para de assalto tomar a palmeira-real e superá-la: o uso avulso de um deles, tão bem em técnicas, sabe-se lá, quanto um antilhano ou canaca. A poder de cordas, ganchos, espeques, pedais postiços e poiais fincáveis. Houve nem mais, das grandes expectativas, a conversa entrecortada. O silêncio timbrava-se.

Isto é, o homem, o prócer, protestou. — *"Para!..."*. Gesticulou que ia protestar mais. — *"Só morto me arriam, me apeiam!"* — e não à-toa, augural, tinha ele o verbo bem adestrado. Hesitou-se, de cá para cá, hesitávamos. — *"Se vierem, me vou, eu... Eu me vomito daqui!..."* — pronunciou. Declarara em demorado, quase quite eufórico, enquanto que nas viçosas palmas se retouçando, desvárias vezes a menear-se, oscilante por um fio.

À coaxa acrescentou: — *"Cão que ladra, não é mudo..."* — e já que só faltava mesmo o triz, para passar-se do aviso à lástima. Parecia prender-se apenas pelos joelhos, a qualquer simples e insuportável finura: sua palma, sua alma. Ah... e quase, quasinho... quasezinho, quase... Era de horrir-me o pelo. Nanja. — *"É de circo..."* — alguém sus sussurrou-me, o dr. Eneias ou Sandoval. O homem tudo podia, a gente sem certeza disso. Seja se com simulagens e fictâncias? Seja se capaz de elidir-se, largar-se e se levar do diabo. No finório, descabelado propósito, perpendurou-se um pouco mais, resoluto rematado. A morte tocando, paralela conosco — seu tênue tambor taquigráfico. Deu-nos a tensão pânica: gelou-se-me. Já aí, ferozes, em favor do homem: — *"Não! Não!"* — a gritamulta — *"Não! Não! Não!"* — tumultroada. A praça reclamava, clamava. Tinha-se de protelar. Ou produzir um suicídio reflexivo — e o desmoronamento do problema? O dr. Diretor citava Empedocles. Foi o em que os chefes terrestres concordaram: apertava a urgência de não se fazer nada. Das operações de salvamento, interrompeu-se o primeiro ensaio. O homem parara de balançar-se — irrealmente na ponta da situação. Ele dependia dele, ele, dele, ele, sujeito. Ou de outro qualquer evento, o qual, imediatamente, e muito aliás, seguiu-se.

De um — dois. Despontando, com o Chefe-de-Polícia, o Chefe-de--Gabinete do Secretário. Passou-se-lhe um binóculo e ele enfiava olho, palmeira-real avante-acima, detendo-se, no titular. Para com respeito humano renegá-lo: — *"Não o estou bem reconhecendo..."* Entre, porém, o que com mais decoro lhe conviesse, optava pela solicitude, pálido. Tomava o ar um ar de antecâmara, tudo ali aumentava de grave. A família já fora avisada? Não, e melhor, nada: família vexa e vencilha. Querendo-se conquanto as verticais providências, o que ficava por nossa má-arte. Tinha-se de parlamentar com o demente, em não havendo outro meio nem termo. Falar para fazer momento; era o caso. E, em menos desniveladas relações, como entrosar-se, físico, o diálogo?

Se era preciso um palanque? — disse-se. Com que, então sem mais, já aparecia — o cônico cartucho ou cumbuca — um alto-falante dos bombeiros. O dr. Diretor ia razoar a causa: penetrar em o labirinto de um espírito, e — a marretadas do intelecto — baqueá-lo, com doutoridade. Toques, crebros, curtos, de sirene, o incerto silêncio geraram. O dr. Diretor, mestre do urso e da dança, empunhava o preto cornetão, embocava-o. Visava-o para o alto, circense, e nele trombeteiro soprava. — *"Excelência!..."* — começou, sutil, persuasivo; mal. — *"Excelência..."* — e tenha-se, mesmo, que com tresincondigna mesura. Sua calva foi que se luziu, de metaloide ou metal; o dr. Diretor gordo e baixo. Infundado, o povo o apupou: — *"Vergonha, velho!"* — e — *"larga, larga!..."* Deste modo, só estorva, a leiga opinião, quaisquer clérigas ardilidades.

Todo abdicativo, o dr. Diretor, perdido o comando do tom, cuspiu e se enxaguava de suor, soltado da boca o instrumento. Mas não passou o megafone ao professor Dartanhã, o que claro. Nem a Sandoval, prestante, nem ao Adalgiso, a cujos lábios. Nem ao dr. Bilôlo, que o querendo, nem ao dr. Eneias, sem voz usual. A quem, então pois? A mim, mi, me, se vos parece; mas só enfim. Temi quando obedeci, e muito siso havia mister. Já o dr. Diretor me ditava:

— *"Amigo, vamos fazer-lhe um favor, queremos cordialmente ajudá-lo..."* — produzi, pelo conduto; e houve eco. — *"Favor? De baixo para cima?..."* — veio a resposta, assaz sonora. Estava ele em fase de aguda agulha. Havia que o questionar. E, a novo mando do dr. Diretor, chamei-o, minha boca, com intimativa: — *"Psiu! Ei! Escute! Olhe!..."* — altiloquei. — *"Vou falir de bens?"* — ele altitonava. Deixava que eu prosseguisse; a sua devendo de ser uma compreensão entediada. Se lhe de deveres e afetos falei! — *"O amor é uma estupefação..."* — respondeu-me. (*Aplausos.*) Para tanto tinha poder: de fazer, vezes, um *oah-oa-oah!* — mão na boca — cavernoso. Intimou ainda: — *"Tenha-se paciência!..."* E: — *"Hem? Quem? Hem?"* — fez, pessoalmente, o dr. Diretor, que o aparêlho, sôfrego, me arrebatara. — *"Você, eu, e os neutros..."* — retrucou o homem; naquele elevado incongruir, sua imaginação não se entorpecia. De nada, esse ineficaz paralàparacàparlar, razões de quiquiriqui, a boa nossa verbosia; a não ser a atiçar-lhe mais a mioleira, para uma verve endiabrada. Desistiu-se, vem que bem ou mal, do que era querer-se animar a murros um porco-espinho. Do qual, de tão de cima, ainda se ouviu, a final, pérfida pergunta: — *"Foram às últimas hipóteses?"*

Não. Restava o que se inesperava, dando-se como sucesso de ipso--facto. Chegava... O quê? O que crer? O próprio! O vero e são, existente, Secretário das Finanças Públicas — ipso. Posto que bem de terra surgia, e desembarafustadamente. Opresso. Opaco. Abraçava-nos, a cada um de nós se dava, e aliás o adulávamos, reconhecentemente, como ao Pródigo o pai ou o cão a Ulisses. Quis falar, voz inarmônica; apontou causas; temia um sósia? Subiam-no ao carro dos bombeiros, e, aprumado, primeiro perfez um giro sobre si, em tablado, completo, adequando-se à expositura. O público lhe devia. — *"Concidadãos!"* — ponta dos pés. — *"Eu estou aqui, vós me vedes. Eu não sou aquele! Suspeito exploração, calúnia, embuste, de inimigos e adversários…"* De rouco, à força, calou-se, não se sabe se mais com bens ou que males. O outro, já agora ex-pseudo, destituído, escutou-o com ociosidade. De seu conquistado poleiro, não parava de dizer que "sim", acenado.

Era meio-dia em mármore. Em que curiosamente não se tinha fome nem sede, de demais coisas qual que me lembrava. Súbita voz: — *"Vi a Quimera!"* — bradou o homem, importuno, impolido; irara-se. E quem e que era? Por ora, agora, ninguém, nulo, joão, nada, sacripante, quídam. Desconsiderando a moral elementar, como a conceito relativo: o que provou, por sinais muito claros. Desadorava. Todavia, ao jeito jocoso, fazia-se de castelo-no-ar. Ou era pelo épico epidérmico? Mostrou — o que havia entre a pele e a camisa.

Pois, de repente, sem espera, enquanto o outro perorava, ele se despia. Deu-se à luz, o fato sendo, pingo por pingo. Sobre nós, sucessivos, esvoaçantes — paletó, cueca, calças — tudo a bandeiras despregadas. Retombando-lhe a camisa, por fim, panda, aérea, aeriforme, alva. E feito o forró! — foi — balbúrdias. Na multidão havia mulheres, velhas, moças, gritos, mouxe-trouxe, e trouxe-mouxe, desmaios. Era, no levantar os olhos, e o desrespeitável público assistia — a ele *in puris naturalibus*. De quase alvura enxuta de aipim, na verde coma e fronde da palmeira, um lídimo desenroupado. Sabia que estava a transparecer, apalpava seus membros corporais. — *"O síndrome…"* — o Adalgiso observou; de novo nos confusionávamos. — *"Síndrome exofrênico de Bleuler…"* — pausado, exarou o Adalgiso. Simplificava-se o homem em escândalo e emblema, e franciscano magnifício, à força de sumo contraste. Mas se repousava, já de humor benigno, em condições de primitividade.

Com o que — e tanta folia — em meio ao acrisolado calor, suavam e zangavam-se as autoridades. Não se podendo com o desordeiro, tão subversor e anônimo? Que havia que iterar, decidiram, confabulados: arcar com os cornos do caso. Tudo se pôs em movimento, troada a ordem outra vez, breve e bélica, à fanfarra — para o cometimento dos bombeiros. Nosso rancho e adro, agora de uma largura, rodeado de cordas e polícias; já ali se mexendo os jornalistas, repórteres e fotógrafos, um punhado; e filmavam.

O homem, porém, atento, além de persistir em seus altos intentos, guisava-se também em trabalho muito ativo. Contara, decerto, com isso, de maquinar-se-lhe outra esparrela. Tomou cautela. Contra-atacava. Atirou-se acima, mal e mais arriba, desde que tendo início o salvatério: contra a vontade, não o salvavam! Até; se até. A erguer-se das palmas movediças, até ao sumo vértice; ia já atingir o espique, ver e ver que com grande risco de precipitar-se. O exato era ter de falhar — com uma evidência de cachoeira. — *"É hora!"* — foi nossa interjeição golpeada; que, agora, o que se sentia é que era o contrário do sono. Irrespirava-se. Naquela porção de silêncios, avançavam os bombeiros, bravos? Solerte, o homem, ao último ponto, sacudiu-se, se balançava, eis: misantropoide gracioso, em artificioso equilíbrio, mas em seu eixo extraordinário. Disparatou mais: — *"Minha natureza não pode dar saltos?..."* — e, à pompa, ele primava.

Tanto é certo que também divertia-nos. Como se ainda carecendo de patentear otimismo, mostrava-nos insuspeitado estilo. Dandinava. Recomplicou-se, piorou, a pausa. Sua queda e morte, incertas, sobre nós pairando, altanadas. Mas, nem caindo e morrendo, dele ninguém nada entenderia. Estacavam, os bombeiros. Os bombeiros recuavam. E a alta escada desandou, desarquitetou-se, encaixava-se. Derrotadas as autoridades, de novo, diligentes, a repartir-se entre cuidados. Descobri, o que nos faltava. Ali, uma forte banda-de-música, briosa, à dobrada. Do alto daquela palmeira, um ser, só, nos contemplava.

Dizendo sorrindo o Capelão: — *"Endemoninhado..."*

Endemoninhados, sim, os estudantes, legião, que do sul da praça arrancavam? — de onde se haviam concentrado. Dado que roda-viveu um rebuliço, de estrépito, de assaltada. Em torrente, agora, empurravam passagem. Ideavam ser o homem um dos seus, errado ou certo, pelo que juravam resgatá-lo. Era um custo, a duro, contê-los, à estudantada. Traziam invisa bandeira, além de fervor hereditário. Embestavam. Entrariam em ato os cavalarianos, esquadrões rompentes, para a luta com o nobre e jovem povo.

Carregavam? Pois, depois. Maior a atrapalhação. Tudo tentava evoluir, em tempo mais vertiginoso e revelado. Virou a ser que se pediam reforços, com vistas a pôr-se a praça esvaziada; o que vinha a ponto. Porém, também entoavam-se inacionais hinos, contagiando a multaturba. E paz?

De ás e roque e rei, atendeu a isso, trepado no carro dos bombeiros, o Secretário da Segurança e Justiça. Canoro, grosso, não gracejou: — *"Rapazes! Sei que gostam de me ouvir. Prometo, tudo..."* — e verdade. Do que, aplaudiram-no, em sarabando, de seus antecedentes se fiavam. Deu-se logo uma remissão, e alguma calma. Na confusão, pelo sim pelo não, escapou-se, aí, o das-Finanças-Públicas Secretário. Em fato, meio quebrado de emoções, ia-se para a vida privada.

Outra coisa nenhuma aconteceu. O homem, entre o que, entreaparecendo, se ajeitara, em bêrço, em seus palmares. Dormindo ou afrouxando de se segurar, se ele desse de torpefazer-se, e enfim, à espatifação, malhar abaixo? De como podendo manter-se rijo incontável tempo assim, aos circunstantes o professor Dartanhã explicava. Abusava de nossa paciência — um catatônico-hebefrênico — em estereotipia de atitude. — *"A frechadas logo o depunham, entre os parecis e nhambiquaras..."* — inteirou o dr. Bilôlo; contente de que a civilização prospere a solidariedade humana. Porque, sinceros, sensatos, por essa altura, também o dr. Diretor e o professor Dartanhã congraçavam-se.

Sugeriu-se nova expediência, da velha necessidade. Se, por treslouco, não condescendesse, a apelo de algum argumento próximo e discreto? Ele não ia ressabiar; conforme concordou, consultado. E a ação armou-se e alou-se: a escada exploradora — que nem que canguru, um, ou louva-a-deus enorme vermelho — se desdobrou, em engenhingonça, até a mais de meio caminho no vácuo. Subia-a o dr. Diretor, impertérrito ousadamente, ele que naturalizava-se heroico. Após, subia eu descendo, feito Dante atrás de Virgílio. Ajudavam-nos os bombeiros. Ao outro, lá, no galarim, dirigíamo-nos, sem a própria orientação no espaço. A de nós ainda muitos metros, atendia-nos, e ao nosso latim perdido. Por que, brusco, então, bradou por: — *"Socôrro!..."* —?

Tão então outro tresbulício — e o mundo inferior estalava. Em fúria, arruaça e frenesis, ali a população, que a insanar-se e insanir-se, comandando-a seus mil motivos, numa alucinação de manicomiáveis. Depreque-se! — não fossem derrubar caminhão e escada. E tudo por causa do sobredito-cujo: como se tivesse ele instilado veneno nos reservatórios da cidade. Reaparecendo o humano e estranho. O homem. Vejo que ele se vê, tive de notá-lo. E algo de terrível de repente se passava. Ele queria falar, mas a voz esmorecida; e embrulhou-se-lhe a fala. Estava em equilíbrio de razão: isto é, lúcido, nu, pendurado. Pior que lúcido, relucidado; com a cabeça comportada. Acordava! Seu acesso, pois, tivera termo, e, da ideia delirante, via-se dessonambulizado. Desintuído, desinfluído — se não se quando — soprado. Em doente consciência, apenas, detumescera-se, recuando ao real e autônomo, a seu mau pedaço de espaço e tempo, ao sem-fim do comedido. Aquele pobre homem descoroçoava. E tinha medo e tinha horror — de tão novamente humano. Teria o susto reminiscente — do que, recém, até ali, pudera fazer, com perigo e prêço, em descompasso, sua inteligência em calmaria. Sendo agora para despenhar-se, de um momento para nenhum outro. Tremi, eu, comiserável. Vertia-se, caía? Tiritávamos. E era o impasse da mágica. É que ele estava em si; e pensava. Penava — de vexame e acrofobia. Lá, ínfima, louca, em mar, a multidão: infernal, ululava.

Daí, como sair-se, do lance, desmanchado o firme burgo? Entendi-o. Não tinha rosto com que aparecer, nem roupas — bufão, truão, tranca — para enfrentar as razões finais. Ele hesitava, electrochocado. Preferiria, então, não salvar-se? Ao drama no catafalco, emborcava-se a taça da altura. Um homem é, antes de tudo, irreversível. Todo pontilhado na esfera de dúvida, propunha-se em outra e imensurável distância, de milhões e trilhões de palmeiras. Desprojetava-se, coitado, e tentava agarrar-se, inapto, à Razão Absoluta? Adivinhava isso o desvairar da multidão espaventosa — enlouquecida. Contra ele, que, de algum modo, de alguma maravilhosa continuação, de repente nos frustrava. Portanto, em baixo, alto bramiam. Feros, ferozes. Ele estava são. Vesânicos, queriam linchá-lo.

Aquele homem apiedava diferentemente — de fora da província humana. A precisão de viver vencia-o. Agora, de gambá num atordoamento, requeria nossa ajuda. Em fácil pressa atuavam os bombeiros, atirando-se a reaparecê-lo e retrazê-lo — prestidigitavam-no. Rebaixavam-no, com tábuas, cordas e peças, e, com seus outros meios apocatastáticos. Mas estava salvo. Já, pois. Isto e assim. Iria o povo destruí-lo?

Ainda não concluindo. Antes, ainda na escada, no descendimento, ele mirou, melhor, a multidão, deogenésica, diogenista. Vindo o quê, de qual cabeça, o caso que já não se esperava. Deu-nos outra cor. Pois, tornavam a endoidá-lo? Apenas proclamou: — *"Viva a luta! Viva a Liberdade!"* — nu, adão, nado, psiquiartista. Frenéticos, o ovacionaram, às dezenas de milhares se abalavam. Acenou, e chegou em baixo, incólume. Apanhou então a alma de entre os pés, botou-se outro. Aprumou o corpo, desnudo, definitivo.

Fez-se o monumental desfêcho. Pegaram-no, a ombros, em esplêndido, levaram-no carregado. Sorria, e, decerto, alguma coisa ou nenhuma proferia. Ninguém poderia deter ninguém, naquela desordem do povo pelo povo. Tudo se desmanchou em andamento, espraiando-se para trivialidades. Vivera-se o dia. Só restava imudada, irreal, a palmeira.

Concluindo. Dando-se que, em pós, desafogueados, trocavam-se pelos paletós os aventais. Modulavam drásticas futuras providências, com o professor Dartanhã, ex-professo, o dr. Diretor e o dr. Eneias — alienistas. — *"Vejo que ainda não vi bem o que vi..."* — referia Sandoval, cheio de cepticismo histórico. — *"A vida é constante, progressivo desconhecimento..."* — definiu o dr. Bilôlo, sério, entendo que, pela primeira vez. Pondo o chapéu, elegantemente, já que de nada se sentia seguro. A vida era à hora.

Apenas nada disse o Adalgiso, que, sem aparente algum motivo, agora e sempre súbito assustava-nos. Ajuizado, correto, circunspecto demais: e terrível, ele, não em si, insatisfatório. Visto que, no sonho geral, permanecera insolúvel. Dava-me um frio animal, retrospectado. Disse nada. Ou talvez disse, na pauta, e eis tudo. E foi para a cidade, comer camarões.

— TARANTÃO, MEU PATRÃO...

[*Primeiras estórias*]

Suspa! — Que me não dão nem tempo para repuxar o cinto nas calças e me pôr debaixo de chapéu, sem vez de findar de beber um café nos sossegos da cozinha. Aí — ...*"ai-te..."* — a voz da mulher do caseiro declarou, quando o caso começou. Vi o que era. E, pois. Lá se ia, se fugia, o meu esmarte Patrão, solerte se levantando da cama, fazendo das dele, velozmente, o artimanhoso. Nem parecesse senhor de tanta idade, já sem o escasso juízo na cabeça, e aprazado de moribundo para daí a dia desses, ou horas ou semanas. *Ôi,* tenho de sair também por ele, já se vê, lhe corro todo atrás. Ao que, trancei tudo, assungo as tripas do ventre, viro que me viro, que a mesmo esmo, se me esmolambo, se me despenco, se me esbandalho: obrigações de meu ofício. — *"Ligeiro, Vagalume, não larga o velho!"* — acha ainda de me informar o caseiro Sô Vincêncio, presumo que se rindo, e: — *"Valha-me eu!"* — rogo, *ih,* danando-o, *êpa!* e desço em pulos passos esta velha escada de pau, duma droga, desta antiquíssima fazenda, *ah...*

E o homem — no curral, trangalhadançando, zureta, de afobafo — se propondo de arrear cavalo! Me encostei nele, eu às ordens. Me olhou mal, conforme pior que sempre. — *"Tou meio precisado de nada..."* — me repeliu, e formou para si uma cara, das de desmamar crianças. Concordei. Desabanou com a cabeça. Concordei com o não. Aí ele sorriu, consigo meio mesmo. Mas mais me olhou, me desprezando, refrando: — *"Que, o que é, menino, é que é sério demais, para você, hoje!"* Me estorvo e estranhei, pelo peso das palavras. Vi que a gente estávamos era em tempo-de-guerra, mas com espadas entortadas; e que ele não ia apelar para manias antigas. E a gente, mesmo, vesprando de se mandar buscar, por conta dele, o doutor médico, da cidade, com sábias urgências! Jeito que, agora, o velho me mandava pôr as selas. Bom desatino! Nem queria os nossos, mansos, mas o baio-queimado, cavalão alto, e em perigos apresentado, que se notava. E o pedresão, nem mor nem menor. Os amaldiçoados, estes não eram de lá, da fazenda, senão que animais esconhecidos, pegados só para se saber depois de quem fosse que sejam. Obedeci, sem outro nenhum remédio de recurso; para maluco, maluco-e-meio, sei. O velho me pespunha o azul daqueles seus grandes olhos, ainda de muito mando delirados. Já estava com a barba no ar — aquela barba de se recruzar e baralhar, de nenhum branco fio certo. Fez fabulosos gestos. Ele estava melhor do que na amostra.

Mal pus pé em estrivos, já ele se saía pela porteira, no que esporeava. E eu — arre a Virgem — em seguimentos. Alto, o velho, inteiro na sela, inabalável, proposto de fazer e acontecer. O que era se ser um descendente de sumas grandezas e riquezas — um *Iô João-de-Barros-Diniz-Robertes!* — encostado, em maluca velhice, para ali, pelos muitos parentes, que não queriam seus incômodos e desmandos na cidade. E eu, por precisado e pobre, tendo de aguentar o restante, já se vê, nesta desentendida caceteação, que me coisa e assusta, passo vergonhas. O cavalo baio-queimado se avantajava, andadeiro de só espaços. Cavalo rinchão, capaz de algum derribamento. Será que o velho seria de se lhe impor? Suave, a gente se indo, pelo cerrado, a bom ligeiro, de lados e lados. O chapéu dele, abado pomposo, por debaixo porém surgindo os compridos alvos cabelos, que ainda tinha, não poucos. — *"Ei, vamos, direto, pegar o Magrinho, com ele hoje eu acabo!"* — bramou, que queria se vingar. O Magrinho sendo o doutor, o sobrinho-neto dele, que lhe dera injeções e a lavagem intestinal. — *"Mato! Mato, tudo!"* — esporeou, e mais bravo. Se virou para mim, aí deu o grito, revelando a causa e verdade: — *"Eu 'tou solto, então sou o demônio!"* A cara se balançava, vermelha, ele era claro demais, e os olhos, de que falei. Estava crente, pensava que tinha feito o trato com o Diabo!

P'r'onde vou? — a trote, a gente, pelas esquerdas e pelas direitas, pisando o cascalharal, os cavalos no bracear. O velho tendo boa mão na rédea. De mim, não há de ouvir, censuras minhas. Eu, meus mal-estares. O encargo que tenho, e mister, é só o de me poitar perto, e não consentir maiores desordens. Pajeando um traste ancião — o caduco que não caia! De qualquer repente, se ele, tão doente, por si se falecesse, que trabalhos medonhos que então não ia haver de me dar? Minha mexida, no comum, era pouca e vasta, o velho homem meu Patrão me danava-se. Me motejou: — *"Vagalume, você então pensa que vamos sair por aí é p'ra fazer crianças?"* A voz toda, sem sobrossos nem encalques. E ia ter a coragem de viagem, assim, a logradouros — tão sambanga se trajando? Sem paletó, só o todo abotoado colete, sujas calças de brim sem cor, calçando um pé de botina amarela, no outro pé a preta bota; e mais um colete, enfiado no braço, falando que aquele era a sua toalha de se enxugar. Um de espantos! E, ao menos, desarmado, senão que só com uma faca de mesa, gastada a fino e enferrujada — pensava que era capaz, contra o sobrinho, o doutor médico: ia pôr-lhe nos peitos o punhal! — feio, fulo. Mas, me disse, com o pausar: — *"Vagalume, menino, volta, daqui, não quero lhe fazer enfrentar, comigo, riscos terríveis."* Esta, então! Achava que tinha feito o trato com o Diabo, se dando agora de o mor valentão, com todas as sertanejices e braburas. Ah, mas, ainda era um homem — da raça que tivera — e o meu Patrão! Nisto, apontava dedo, para lá ou cá, e dava tiros mudos. Se avançou, à frente, só avançávamos, a fora, por aí, campampantes.

Por entre arvoredos grandes, ora demos, porém, com um incerto homem, desconfioso e quase fugidiço, em incerta montada. Podia-se-o ver ou não ver, com um tal sujeito não se tinha nada. Mas o velho adivinhou nele algum desar, se empertigando na sela, logo às barbas pragas: — *"Mal lhe irá!"* — gritou altamente. Aproximou seu cavalão, volumou suas presenças. Parecia que lhe ia vir às mãos. Não é que o outro, no tir-te, se encolheu, borrafôfo, todo num empate? Nem pude regularizar o de meu olhar, tudo expresso e distenso demais se passava. O velho achando que esse era um criminoso! — e, depois, no Breberê, se sabendo: que ele o era, de fato, em meios termos. Isto que é, que somente um Sem-Medo, ajudante de criminoso, mero. Nem pelejou para se fugir, dali donde moroso se achava; estava como o gato com chocalho. — *"Ai-te!"* — o velho, sacudindo sua cabeça grande, sem com que desenfezar-se: — *"Pague o barulho que você comprou!"* — o intimava. O ajudante-de-criminoso ouviu, fazendo uns respeitos, não sabendo o que não adiar. Aí, o velho deu ordem: — *"Venha comigo, vosmicê! Lhe proponho justo e bom foro, se com o sinal de meu servidor..."* E... É de se crer? Deveras. Juntou o homem seu cavalinho, bem por bem vindo em conosco. Meio coagido, já se vê; mas, mais meio esperançado.

Sem nem mais eu me sonhar, nem a quantas, frigido de calor e fartado. Aquilo tudo, já se vê, expunha a desarrazoada loucura. O velho, pronto em arrepragas e fioscas, no esbrabejo, estrepa-e-pega. No gritar: — *"Mato pobres e coitados!"* Se figurava, nos trajos, de já ser ele mesmo o demo, no triste vir, na capetagem?

Só de déu e em léu tocávamos, num avante fantasmado. O ajudante-de-criminoso não se rindo, e eu ainda mais esquivançando. Nisto, o visto: a que ia com feixinho de lenha, e com a escarrapachada criança, de lado, a mulher, pobrepérrima. O velho, para vir a ela, apressou macio o cavalo. Receei, pasmado para tudo. O velho se safou abaixo o chapéu, fazia dessas piruetas, e outras gesticulações. Me achei: — *"Meu, meu, mau! Esta é aquela flor, de com que não se bater nem em mulher!"* Se bem que as coisas todas foram outras. O velho, pasmosamente, do doidar se arrefecia. Não é que, àquela mulher, ofereceu tamanhas cortesias? Tanto mais quanto ele só insistindo, acabou ela afinal aceitando: que o meu Patrão se apeou, e a fez montar em seu cavalo. Cuja rédea ele veio, galante, a pé, puxando. Assim, o nosso ajudante-de-criminoso teve de pegar com o feixe de lenha, e eu mesmo encarregado, com a criança a tiracolo. Se bem que nós dois montados; já se vê? — nessas peripécias de pato.

Só, feliz, que curta foi a farsalhança, até ali a pouco, num povoado. Onde o destino dessa pobre e festejada mulher, que se apeou, menos agradecida que envergonhada. Mas, veja um, e reveja, em o que às vezes dá uma boa patacoada. Por fato que, lá, havia, rústico, um "Felpudo", rapaz filho dessa mulher. O qual, num reviramento, se ateou de gratidões, por ver a mãe tão rainha tratada. Mas o velho determinou, sem lhe dar atualmentes nem ensejos: — *"Arranja cavalo e vem, sob minhas ordens, para grande vingança, e com o demônio!"* Advirto, desse Felpudo: tão bom como tão não, da mioleira. No que — não foi, quê? — saiu, para se prover do dito cavalo; e vir, a muito adiante. Para vexar o pejo da gente, nessa toda trapalhada. Das pessoas moradoras, e de nós, os terceiros personagens. Mas, que ser, que haver? Os olhos do velho se sucediam. Que estragos?

Se o que seja. Se boto o reto no correto: comecei a me duvidar. Tirar tempo ao tempo. Mas, já a gente já passávamos pelo povoadinho do M'engano, onde meu primo Curucutu reside. Cujo o nome vero não é, mas sendo João Tomé Pestana; assim como o meu, no certo, não seria *Vagalume*, só, só, conforme com agrado me tratam, mas João Dosmeuspés Felizardo. Meu primo vi, e a ele fiz sinal. Lhe pude dar, dito: — *"Arreia alguma égua, e alcança a gente, sem falta, que nem sei adonde ora andamos, a não ser que é do Dom Demo esta empreitada!"* Meu primo prestes me entendeu, acenou. E já a gente — haja o galopar — no encalço do velho, estramontado. Que, nisto de ainda mais se sair de si, desadoroso, num outro assomo ao avante se lançava: — *"Eu acabo com este mundo!"*

Aí, o mais: poeiras! Ao pino. E, depois de uma virada, o arraial do Breberê, a gente ia dar de lá chegar, de entrada. O vento tangendo, para nós, pedaços de toque de sinos. Do dia me lembrei: que sendo uma Festa de Santo. E uns foguetes pipoquearam, nesse interintintim, com no ar azuis e fumaças. O Patrão parou a nós todos, a gesto, levantado envaidecido: — *"'Tão me saudando!"* — ele se comprouve, do *a-tchim-pum-pum* dos foguetes, que até tiros. Não se podia dele discordar. Nós: o ajudante-de--criminoso, o Felpudo filho da pobre mulher, meu primo Curucutu; e eu, por ofício. Que, de galope, no arraial então entrou-se, nós dele assim, atrasmente, acertados. No Breberê.

Foi danado. Lá o povo, se apinhando, no largo enorme da igreja, procissão que se aguardava. Ô velho! — ele veio, rente, perante, ponto em tudo, *pá! pr' achato*, seu cavalão a se espinotear, *z't-zás*...; e nós. Aí, o povaréu fez vêvêvê: pé, p'rá lá, se esparziam. O velho desapeou, pernas compridas, engraçadas; e nós. Meio o que pensei, pus a rédea no braço: que íamos ter de pegar nos bentos tirantes do andor. Mas, o velho, mais, me pondo em espantos. Vem chegando, discordando, bradou vindas ao pessoal: — *"Vosmicês!..."* — e sacou o que teria em algibeiras. E tinha. Vazou pelo fundo. Era dinheiro, muitíssimas moedas, o que no chão ele jogava. *Suspa e ai-te!* — à choldrabolrda, desataram que se embolaram, e a se curvar, o povo, em gatinhas, para poderem catar prodigiosamente aquela porqueira imortal. Tribuzamos. Safanamos. Empurrou-se para longe a confusão. No clareado, se tomou fôlego. Porém, durante esse que-o-quê, o padre, à porta da igreja, sobrevestido se surgia. O velho caminhou para o padre. Caminhou, chegou, dobrou joelho, para ser bem abençoado; mas, mesmo antes, enquanto que em caminhando, fez ainda várias outras ajoelhadas: — *"Ele está com um vapor na cabeça..."* — ouvi mote que glosavam. O velho, circunspecto, alto, se prazia, se abanava, em sua barba branca, sujada. — *"Só saiu de riba da cama, para vir morrer no sagrado?"* — outro senhor perguntava. O que qual era um "Cheira-Céu", vizinho e compadre do padre. Mais dizia: — *"A ele não abandono, que devo passados favores à sua estimável família."* Ouviu-o o velho: — *"Vosmicê, venha!"* E o outro, baixo me dizendo: — *"Vou, para o fim, a segurar na vela..."* — assentindo. Também quis vir um rapaz Jiló; por ganâncias de dinheiro? O velho, em fogo: — *"Cavalos e armas!"* — queria. O padre o tranquilizou, com outra bênção e mão beijável. Já menos me achei: — *"Lá se avenha Deus com o seu mundo..."* Montou-se, expediu-se, esporeou-se, deixando-se o Breberê para trás. Os sinos em toada tocavam.

Seja — galopes. Depois de nenhum almoço, meio caminho desandado; isto é, caminho-e-meio. Ao que, o velho: *pá!* impava. Aí, em beira da estrada-real, parava o acampo dos ciganos. — *"Tira lá!"* — se teve: aos com cachorros e meninos, e os tachos, que consertavam. No burloló, esses ciganos, em tretas, tramoias, zarandalhas; cigano é sempre descarado. No entendimento do vulgo: pois, esses, propunham cangancha, de barganhar todos os cavalos. — *"À p'r'-a-parte! Cruz, diabo!"* Mas o velho convocou; e um se quis, bandeou com a gente. O cigano Pé-de-Moleque; para possíveis patifarias? Me tive em admirações. Tantos vindo, se em seguida. Assim, mais um Gouveia "Barriga-Cheia", que já em outros tempos, piores, tinha sido ruim soldado. Já me vejo em adoidadas vantagens?

Assim a gente, o velho à frente — *tiplóco... t'plóco... t'plóco...* — já era cavalaria. Mais um, ainda, sem cujo nem quem: o vagabundo "Corta-Pau"; o sem-que-fazer, por influências. A gente, com Deus: onze! Ao adiante — tira-que-tira — num sossego revoltoso. Eu via o velho, meu Patrão: de louvada memória maluca, torre alta. Num córrego, ele estipulou: — *"Os cavalos bebem. A gente, não. A gente não tenha sede!"* Por áspera moderação, penitência de ferozes. O Patrão, pescoço comprido, o grande gogó, respeitável. O rei! guerreiro. Posso fartar de suar; mas aquilo tinha para grandezas.

— *"Mato sujos e safados!"* — o velho. Os cavalos, cavaleiros. Galopada. A gente: treze... e quatorze. A mais um outro moço, o "Bobo", e a menos um "João-Paulino". Aí, o chamado "Rapa-pé", e um amigo nosso por nome anônimo; e, por gostar muito de folguedos, o preto de

Gorro-Pintado. Todos vindos, entes, contentes, por algum calor de amor a esse velho. A gente retumbava, avantes, a gente queria façanhas, na espraiança, nós assoprados. A gente queria seguir o velho, por cima de quaisquer ideias. Era um desembaraçamento — o de se prezar, haja sol ou chuva. E gritos de chegar ao ponto: — *"Mato mortos e enterrados!"* — o velho se pronunciava.

Ao que o velho sendo o que era por-todos, o que era no fechar o teatro. — *"Vou ao demo!"* — bramava. — *"Mato o Magrinho, é hoje, mato e mato, mato, mato!"* — de seu sobrinho doutor, iroso não se olvidava. Súspe-te! que eu não era um porqueira; e quem não entende dessas seriedades? Aí o trupitar — cavalos bons! — que quem visse se perturbasse: não era para entender nem fazer parar. Fechamos nos ferros. — *"Vigie-se, quem vive!"* — espandongue-se. Não era. Num galopar, ventos, flores. Me passei para o lado do velho, junto — ... *tapatrão, tapatrão... tarantão... tarantão...* — e ele me disse: nada. Seus olhos, o outro grosso azul, certeiros, esses muito se mexiam. Me viu mil. — *"Vagalume!"* — só, só, cá me entendo, só de se relancear o olhar. — *"João é João, meu Patrão..."* Aí: e — *patrapão, tampantrão, tarantão...* — cá me entendo. Tarantão, então... — em nome em honra, que se assumiu, já se vê. Bravos! Que na cidade já se ia chegar, maiormente, à estrupida dos nossos cavalos, desbestada.

Agora, o que é que ia haver? — nem pensei; e o velho: — *"Eu mato! Eu mato!"* Ia já alta a altura. — *"Às portas e janelas, todos!"* — trintintim, no desbaralhado. E eu ali no meio. O um Vagalume, Dosmeuspes, o Sem-Medo, Curucutu, Felpudo, Cheira-Céu, Jiló, Pé-de-Moleque, Barriga-Cheia, Corta-Pau, Rapa-pé, o Bobo, o Gorro-Pintado; e o sem-nome nosso amigo. O Velho, servo do demo — só bandeiras despregadas. O espírito de pernas-para-o-ar, pelos cornos da diabrura. E estávamos afinal-de-contas, para cima de outros degraus, os palhaços destemidos. Estávamos, sem até que a final. Ah, já era a rua.

A cidade — catastrapes! Que acolhenças? A cidade, estupefacta, com automóveis e soldados. Aquelas ruas, aldemenos, consideraram nosso maltrupício. A gente nem um tico tendo medo, com o existido não se importava. Ah, e o Velho, estardalhão? — que jurava que matava. Pois, o demo! vamos... O Velho sabia bem, aonde era o lugar daquela casa.

Lá fomos, chegamos. A grande, bela casa. O meu em glórias Patrão, que saudoso. Ao chegar a este momento, tenho os olhos embaciados. Como foi, crente, como foi, que ele tinha adivinhado? Pois, no dia, na hora justa, ali uma festa se dava. A casa, cheia de gente, chiquetichique, para um batizado: o de filha do Magrinho, doutor! Sem temer leis, nem flauteio, por ali entramos, de rajada. Nem ninguém para impedimento — criados, pessoas, mordomado. Com honra. Se festava!

Com surpresas! A família, à reunida, se assombrava gravemente, de ver o Velho rompendo — em formas de mal-ressuscitado; e nós, atrás, nesse estado. Aquela gente, da assemblança, no estatêlo, no estremunho. Demais. O que haviam: de agora, certos sustos em remorsos. E nós, empregando os olhos, por eles. O instante, em tento. A outra instantaneação. Mas, então, foi que de repente, no fechar do aberto, descomunal. O Velho nosso, sozinho, alto, nos silêncios, bramou — *dlão!* — ergueu os grandes braços:

— *"Eu pido a palavra…"*

E vai. Que o de bem se crer? Deveras, que era um pasmar. Todos, em roda de em grande roda, aparvoados mais, consentiram, já se vê. Ah, e o Velho, meu Patrão para sempre, primeiro tossiu: *bruba!* — e se saiu, foi por aí embora a fora, sincero de nada se entender, mas a voz portentosamente, sem paradas nem definhezas, no ror e rolar das pedras. Era de se suspender a cabeça. Me dava os fortes vigores, de chorar. Tive mais lágrimas. Todos, também; eu acho. Mais sentidos, mais calados. O Velho, fogoso, falava e falava. Diz-se que, o que falou, eram baboseiras, nada, ideias já dissolvidas. O Velho só se crescia. Supremo sendo, as barbas secas, os históricos dessa voz: e a cara daquele homem, que eu conhecia, que desconhecia.

Até que parou, porque quis. Os parentes se abraçavam. Festejavam o recorte do Velho, às quantas, já se vê. E nós, que atrás, que servidos, de abre--tragos, desempoeirados. Porque o Velho fez questão: só comia com todos os dele em volta, numa mesa, que esses seus cavaleiros éramos, de doida escolta, já se vê, de garfo e faca. Mampamos. E se bebeu, já se vê. Também o Velho de tudo provou, tomou, manjou, manducou — de seus próprios queixos. Sorria definido para a gente, aprontando longes. Com alegrias. Não houve demo. Não houve mortes.

Depois, ele parou em suspensão, sozinho em si, apartado mesmo de nós, parece' que. Assaz assim encolhido, em pequenino e tão em claro: quieto como um copo vazio. O caseiro Sô Vincêncio não o ia ver, nunca mais, à doidiva, nos escuros da fazenda. Aquele meu esmarte Patrão, com seu trato excelentriste — *Iô João-de-Barros-Diniz-Robertes*. Agora, podendo daqui para sempre se ir, com direito a seu inteiro sossego. Dei um soluço, cortado. Tarantão — então... Tarantão... Aquilo é que era!

O NARRADOR

Eu sou pobre, pobre, pobre,
vou-me embora, vou-me embora
....
Eu sou rica, rica, rica,
vou-me embora, daqui!...

[*Cantiga antiga*]

Sapo não pula por boniteza,
mas porém por percisão.

[*Provérbio capiau*]

A HORA E VEZ DE AUGUSTO MATRAGA

[*Sagarana*]

Matraga não é Matraga, não é nada. Matraga é Estêves. Augusto Estêves, filho do Coronel Afonsão Estêves, das Pindaíbas e do Saco-da--Embira. Ou Nhô Augusto — o homem — nessa noitinha de novena, num leilão de atrás da igreja, no arraial da Virgem Nossa Senhora das Dores do Córrego do Muricí.

Procissão entrou, reza acabou. E o leilão andou depressa e se extinguiu, sem graça, porque a gente direita foi saindo embora, quase toda de uma vez.

Mas o leiloeiro ficara na barraca, comendo amêndoas de cartucho e pigarreando de rouco, bloqueado por uma multidão encachaçada de fim de festa.

E, na primeira fila, apertadas contra o balcãozinho, bem iluminadas pelas candeias de meia-laranja, as duas mulheres-atôa estavam achando em

tudo um espírito enorme, porque eram só duas e pois muito disputadas, todo-
-o-mundo com elas querendo ficar.

Beleza não tinham: Angélica era preta e mais ou menos capenga, e só a outra servia. Mas, perto, encostado nela outra, um capiau de cara romântica subia todo no sem-jeito; eles estavam se gostando, e, por isso, aquele povo encapetado não tinha — pelo menos para o pobre namorado — nenhuma razão de existir. E a cada momento as coisas para ele pioravam, com o pessoal aos gritos:

— Quem vai arrematar a Sariema? Anda, Tião! Bota a Sariema no leilão!...

— Bota no leilão! Bota no leilão...

A das duas raparigas que era branca — e que tinha pescoço fino e pernas finas, e passou a chamar-se, imediatamente, Sariema — pareceu se assustar. O capiau apaixonado deixou fuchicar, de cansaço, o meio-riso que trazia pendurado. E o leiloeiro pedia que houvesse juízo; mas ninguém queria atender.

— Dou cinco mil-réis!...

— Sariema! Sariema!

E, aí, de repente, houve um deslocamento de gentes, e Nhô Augusto, alteado, peito largo, vestido de luto, pisando pé dos outros e com os braços em tenso, angulando os cotovelos, varou a frente da massa, se encarou com a Sariema, e pôs-lhe o dedo no queixo. Depois, com voz de meio-dia, berrou para o leiloeiro Tião:

— Cinquenta mil-réis!...

Ficou de mãos na cintura, sem dar rosto ao povo, mas pausando para os aplausos.

— Nhô Augusto! Nhô Augusto!

E insistiu fala mais forte:

— Cinquenta mil-réis, já disse! Dou-lhe uma! dou-lhe duas! Dou-lhe duas — dou-lhe três!...

Mas, nisso, puxaram para trás a outra — a Angélica preta se rindo, senvergonha e dengosa — que se soverteu na montoeira, de braço em braço, de rolo em rolo, pegada, manuseada, beliscada e cacarejante:

— Virgem Maria Puríssima! Úi, pessoal!

E só então o Tião leiloeiro achou coragem para se impor:
— Respeito, gente, que o leilão é de santo!...
— Bau-bau!
— Me desprezo! Me desprezo desse herege!... Vão coçar suas costas em parede!... Coisa de igreja tem castigo, não é brinquedo... Deix'passar!... Dá enxame, gente! Dá enxame!...
Alguns quiseram continuar vaia, mas o próprio Nhô Augusto abafou a arrelia:
— Sino e santo não é pagode, povo! Vou no certo... Abre, abre, deixa o Tião passar!
Então, surpresos, deram caminho, e o capiau amoroso quis ir também:
— Vamos embora, Tomázia, aproveitando a confusão...
E sua voz baixava, humilde, porque para ele ela não era a Sariema. Pôs três dedos no seu braço, e bem que ela o quis acompanhar. Mas Nhô Augusto separou-os, com uma pranchada de mão:
— Não vai, não!
E, atrás, deram apoio os quatro guarda-costas:
— Tem areia! Tem areia! Não vai, não!
— É do Nhô Augusto... Nhô Augusto leva a rapariga! — gritava o povo, por ser barato. E uma voz bem entoada cantou de lá, por cantar:

Mariquinha é como a chuva:
boa é, p'ra quem quer bem!
Ela vem sempre de graça,
só não sei quando ela vem...

Aí o povaréu aclamou, com disciplina e cadência:
— Nhô Augusto leva a Sariema! Nhô Augusto leva a Sariema!
O capiauzinho ficou mais amarelo. A Sariema começou a querer chorar. Mas Nhô Augusto, rompente, alargou no tal três pescoções:
— Toma! Toma! E toma!... Está querendo?...
Ferveram faces.
— Que foi? Que foi?...
— Deix'eu ver!...
— Não me esbarra, filho-da-mãe!

E a agitação partiu povos, porque a maioria tinha perdido a cena, apreciando, como estavam, uma falta-de-lugar, que se dera entre um velho — "Cai n'água, barbado!" — e o sacristão, no quadrante noroeste da massa. E também no setor sul estalara, pouco antes, um mal-entendido, de um sujeito com a correia desafivelada — lept!... lept!... —, com um outro pedindo espaço, para poder fazer sarilho com o pau.

— Que foi, hein?... Que foi?

Foi o capiauzinho apanhando, estapeado pelos quatro cacundeiros de Nhô Augusto, e empurrado para o denso do povo, que também queria estapear.

— Viva Nhô Augusto!...

— Te apessoa para cá, do meu lado! — e Nhô Augusto deu o braço à rapariga, que parou de lacrimejar.

— Vamos andando.

Passaram entre alas e aclamações dos outros, que, aí, como não havia mais mulheres, nem brigas, pegaram a debandar ou a cantar:

"*Ei, compadre, chegadinho, chegou...*
Ei, compadre, chega mais um bocadinho!..."

Nhô Augusto apertava o braço da Sariema, como quem não tivesse tido prazo para utilizar no capiau todos os seus ímpetos:

— E é, hein?... A senhora dona queria ficar com aquele, hein?!

— Foi, mas agora eu gosto é de você... O outro eu mal-e-mal conheci...

Caminharam para casa. Mas para a casa do Beco do Sem-Ceroula, onde só há três prédios — cada um deles com gramofone tocando, de cornetão à janela — e onde gente séria entra mas não passa.

Nisso, porém, transpunham o adro, e Nhô Augusto parou, tirando o chapéu e fazendo o em-nome-do-padre, para saudar a porta da igreja. Mas o lugar estava bem alumiado, com lanterninhas e muita luz de azeite, pendentes dos arcos de bambu. E Nhô Augusto olhou a mulher.

— Que é?!... Você tem perna de manuel-fonseca, uma fina e outra seca! E está que é só osso, peixe cozido sem tempero... Capim p'ra mim, com uma sombração dessas!... Vá-se embora, frango-d'água! Some daqui!

E, empurrando a rapariga, que abriu a chorar o choro mais sentido da sua vida, Nhô Augusto desceu a ladeira sozinho — uma ladeira que a gente tinha de descer quase correndo, porque era só cristal e pedra solta.

Lá em baixo, esbarrou com o camarada, que trazia recado de Dona Dionóra: que Nhô Augusto voltasse, ou ao menos desse um pulo até lá — à casa dele, de verdade, na Rua de Cima, — porque ainda havia muito arranjo a ultimar para a viagem, e ela — a mulher, a esposa — tinha uma ou duas coisas por perguntar...

Mas Nhô Augusto nem deixou o mensageiro acabar de acabar:

— Desvira, Quim, e dá o recado pelo avesso: eu lá não vou!... Você apronta os animais, para voltar amanhã com Siá Dionóra mais a menina, para o Morro Azul. Mas, em antes, você sobe por aqui, e vai avisar aos meus homens que eu hoje não preciso deles, não.

E o Quim Recadeiro correu, com o recado, enquanto Nhô Augusto ia indo em busca de qualquer luz em porta aberta, aonde houvesse assombros de homens, para entrar no meio ou desapartar.

Era fim de outubro, em ano resseco. Um cachorro soletrava, longe, um mesmo nome, sem sentido. E ia, no alto do mato, a lentidão da lua.

Dona Dionóra, que tinha belos cabelos e olhos sérios, escutou aquela resposta, e não deu ar de seus pensamentos ao pobre camarada Quim. Mas muitos que eles eram, a rodar por lados contrários e a atormentar-lhe a cabeça, e ela estava cansada, pelo que, dali a pouco, teve vontade de chorar. E até a Mimita, que tinha só dez anos e já estava na cama, sorriu para dizer:

— Eu gosto, minha mãe, de voltar para o Morro Azul...

E então Dona Dionóra enxugou os olhos e também sorriu, sem palavra para dizer. De voltar para o retiro, sem a companhia do marido, só tinha por que se alegrar. Sentia, pelo desdeixo. Mas até era bom sair do comércio, onde todo o mundo devia estar falando da desdita sua e do pouco-caso, que não merecia.

E ela conhecia e temia os repentes de Nhô Augusto. Duro, doido e sem detença, como um bicho grande do mato. E, em casa, sempre fechado em si. Nem com a menina se importava. Dela, Dionóra, gostava, às vezes; da sua boca, das suas carnes. Só. No mais, sempre com os capangas, com mulheres perdidas, com o que houvesse de pior. Na fazenda — no Saco-da-Embira, nas Pindaíbas, ou no retiro do Morro Azul — ele tinha outros prazeres, outras mulheres, o jogo do truque e as caçadas. E sem efeito eram sempre as orações e promessas, com que ela o pretendera trazer, pelo menos, até a meio caminho direito.

Fora assim desde menino, uma meninice à louca e à larga, de filho único de pai pancrácio. E ela, Dionóra, tivera culpa, por haver contrariado e desafiado a família toda, para se casar.

Agora, com a morte do Coronel Afonsão, tudo piorara, ainda mais. Nem pensar. Mais estúrdio, estouvado e sem regra, estava ficando Nhô Augusto. E com dívidas enormes, política do lado que perde, falta de crédito, as terras no desmando, as fazendas escritas por paga, e tudo de fazer ânsia por diante, sem portas, como parede branca.

Dionóra amara-o três anos, dois anos dera-os às dúvidas, e o suportara os demais. Agora, porém, tinha aparecido outro. Não, só de pôr aquilo na ideia, já sentia medo... Por si e pela filha... Um medo imenso.

Se fosse, se aceitasse de ir com o outro, Nhô Augusto era capaz de matá-la. Para isso, sim, ele prestava muito. Matava, mesmo, como dera conta do homem da foice, pago por vingança de algum ofendido. Mas, quem sabe se não era melhor se entregar à sina, com a proteção de Deus, se não fosse pecado... Fechar os olhos.

E o outro era diferente! Gostava dela, muito... Mais do que ele mesmo dizia, mais do que ele mesmo sabia, da maneira de que a gente deve gostar. E tinha uma força grande, de amor calado, e uma paciência quente, cantada, para chamar pelo seu nome: ...Dionóra... "Dionóra, vem comigo, vem comigo e traz a menina, que ninguém não toma vocês de mim!..." Bom... Como um sonho... Como um sono...

Dormiu.

E, assim, mal madrugadinha escassa, partiram as duas — Dona Dionóra, no cavalo de silhão, e a Mimita, mofina e franzina, carregada à frente da sela do camarada Quim.

Pernoitaram no Pau Alto, no sítio de um tio nervoso, que riscava a mesa com as unhas e não se cansava de resmungar:

— Fosse eu, fosse eu... Uma filha custa sangue, filha é o que tem de mais valia...

— Sorte minha, meu tio...

— Sorte nunca é de um só, é de dois, é de todos... Sorte nasce cada manhã, e já está velha ao meio-dia...

— Culpa eu tive, meu tio...

— Quem não tem, quem não teve? Culpa muita, minha filha... Mãe do Nhô Augusto morreu, com ele ainda pequeno... Teu sogro era um leso, não era p'ra chefe de família... Pai era como que Nhô Augusto não tivesse... Um tio era criminoso, de mais de uma morte, que vivia escondido, lá no Saco-da-Embira... Quem criou Nhô Augusto foi a avó... Queria o menino p'ra padre... Rezar, rezar, o tempo todo, santimônia e ladainha...

De manhã, com o sol nascendo, retomaram a andadura. E, quando o sol esteve mais dono de tudo, e a poeira era mais seca, Mimita começou a gemer, com uma dor de pontada, e pedia água. E, depois, com um sorriso tristinho, perguntava:

— Por que é que o pai não gosta de nós, mãe?

E o Quim Recadeiro ficava a bater a cabeça, vez e vez, com muita circunspecção tola, em universal assentimento.

Mas, na passagem do brechão do Bugre, lá estava seu Ovídio Moura, que tinha sabido, decerto, dessa viagem de regresso.

— Dionóra, você vem comigo... Ou eu saio sozinho por esse mundo, e nunca mais você há-de me ver!...

Mas Dona Dionóra foi tão pronta, que ele mesmo se espantou.

— Nhô Augusto é capaz de matar a gente, seu Ovídio... Mas eu vou com o senhor, e fico, enquanto Deus nos proteger...

Seu Ovídio pegou a menina do colo do Quim, que nada escutara ou entendera e passou a cavalgar bem atrás. E, quando chegaram no pilão--d'água do Mendonça, onde tem uma encruzilhada, e o camarada viu que os outros iam tomando o caminho da direita, estugou o cavalo e ainda gritou, para corrigir:

— Volta para trás, minha patroa, que o caminho por aí é outro!

Mas seu Ovídio se virou, positivo:

— Volta você, e fala com o seu patrão que Siá Dona Dionóra não quer viver mais com ele, e que ela de agora por diante vai viver comigo, com o querer dos meus parentes todos e com a bênção de Deus!

Quim Recadeiro, no primeiro passo, ainda levou a mão ao chapéu de palha, cumprimentando:

— Pois sim, seu Ovídio... Eu dou o recado...

Ficou parado, limpando suor dos cabelos, sem se resolver. Mas, fim no fim, num achamento, se retesou nos estribos, e gritou:

— Homem sujo!... Tomara que uma coruja ache graça na tua porta!...

Jogou fora, e cuspiu em cima. E tocou para trás, em galope doido, dando poeira ao vento. Ia dizer a Nhô Augusto que a casa estava caindo.

Quando chega o dia da casa cair — que, com ou sem terremotos, é um dia de chegada infalível, — o dono pode estar: de dentro, ou de fora. É melhor de fora. E é a só coisa que um qualquer-um está no poder de fazer. Mesmo estando de dentro, mais vale todo vestido e perto da porta da rua. Mas, Nhô Augusto, não: estava deitado na cama — o pior lugar que há para se receber uma surpresa má.

E o camarada Quim sabia disso, tanto que foi se encostando de medo que ele entrou. Tinha poeira até na boca. Tossiu.

— Levanta e veste a roupa, meu patrão Nhô Augusto, que eu tenho uma novidade meia ruim, p'ra lhe contar.

E tremeu mais, porque Nhô Augusto se erguia de um pulo e num átimo se vestia. Só depois de meter na cintura o revólver, foi que interpelou, dente em dente:

— Fala tudo!

Quim Recadeiro gaguejou suas palavras poucas, e ainda pôde acrescentar:

— ...Eu podia ter arresistido, mas era negócio de honra, com sangue só p'ra o dono, e pensei que o senhor podia não gostar...

— Fez na regra, e feito! Chama os meus homens!

Dali a pouco, porém, tornava o Quim, com nova desolação: os bate--paus não vinham... Não queriam ficar mais com Nhô Augusto... O Major Consilva tinha ajustado, um e mais um, os quatro, para seus capangas, pagando bem. Não vinham, mesmo. O mais merecido, o cabeça, até mandara dizer, faltando ao respeito: — Fala com Nhô Augusto que sol de cima é dinheiro!... P'ra ele pagar o que está nos devendo... E é mandar por portador calado, que nós não podemos escutar prosa de outro, que seu Major disse que não quer.

— Cachorrada!... Só de pique... Onde é que eles estão?
— Indo de mudados, p'ra a chácara do Major...
— Major de borra! Só de pique, porque era inimigo do meu pai!... Vou lá!
— Mal em mim não veja, meu patrão Nhô Augusto, mas todos no lugar estão falando que o senhor não possui mais nada, que perdeu suas fazendas e riquezas, e que vai ficar pobre, no já-já... E estão conversando, o Major mais outros grandes, querendo pegar o senhor à traição. Estão espalhando... — o senhor dê o perdão p'r'a minha boca que eu só falo o que é perciso — estão dizendo que o senhor nunca respeitou filha dos outros nem mulher casada, e mais que é que nem cobra má, que quem vê tem de matar por obrigação... Estou lhe contando p'ra modo de o senhor não querer facilitar. Carece de achar outros companheiros bons, p'ra o senhor não ir sozinho... Eu, não, porque sou medroso. Eu cá pouco presto... Mas, se o senhor mandar, também vou junto.

Mas Nhô Augusto se mordia, já no meio da sua missa, vermelho e feroz. Montou e galopou, teso para trás, rei na sela, enquanto o Quim Recadeiro ia lá dentro, caçar um gole d'água para beber. Assim.

Assim, quase qualquer um capiau outro, sem ser Augusto Estêves, naqueles dois contratempos teria percebido a chegada do azar, da unhaca, e passaria umas rodadas sem jogar, fazendo umas férias na vida: viagem, mudança, ou qualquer coisa ensossa, para esperar o cumprimento do ditado: "Cada um tem seus seis meses..."

Mas Nhô Augusto era couro ainda por curtir, e para quem não sai, em tempo, de cima da linha, até apito de trem é mau agouro. Demais, quando um tem que pagar o gasto, desembesta até ao fim. E, desse jeito, achou que não era hora para ponderados pensamentos.

Nele, mal-e-mal, por debaixo da raiva, uma ideia resolveu por si: que antes de ir à Mombuca, para matar o Ovídio e a Dionóra, precisava de cair com o Major Consilva e os capangas. Se não, se deixasse rasto por acertar, perdia a força. E foi.

Cresceu poeira, de peneira. A estrada ficou reta, cheia de gente com cautela. Chegou à chácara do Major.

Mas nem descavalgou, sem tempo. Do tope da escada, o dono da casa foi falando alto, risonho de ruim:

— Tempo do bem-bom se acabou, cachorro de Estêves!...

O cavalo de Nhô Augusto obedeceu para diante; as ferraduras tiniram e deram fogo no lajedo; e o cavaleiro, em pé nos estribos, trouxe a taca no ar, querendo a figura do velho. Mas o Major piscou, apenas, e encolheu a cabeça, porque mais não era preciso, e os capangas pulavam de cada beirada, e eram só pernas e braços.

— Frecha, povo! Desmancha!

Já os porretes caíam em cima do cavaleiro, que nem pinotes de matrinchãs na rede. Pauladas na cabeça, nos ombros, nas coxas. Nhô Augusto desdeu o corpo e caiu. Ainda se ajoelhou em terra, querendo firmar-se nas mãos, mas isso só lhe serviu para poder ver as caras horríveis dos seus próprios bate-paus, e, no meio deles, o capiauzinho mongo que amava a mulher-atôa Sariema.

E Nhô Augusto fechou os olhos, de gastura, porque ele sabia que capiau de testa peluda, com o cabelo quase nos olhos, é uma raça de homem capaz de guardar o passado em casa, em lugar fresco perto do pote, e ir buscar da rua outras raivas pequenas, tudo para ajuntar à massa-mãe do ódio grande, até chegar o dia de tirar vingança.

Mas, aí, pachorrenta e cuspida, ressoou a voz do Major:

— Arrastem p'ra longe, para fora das minhas terras... Marquem a ferro, depois matem.

Nhô Augusto se alteou e estendeu o braço direito, agarrando o ar com os cinco dedos:

— Cá p'ra perto, carrasco!... Só mesmo assim desse jeito, p'ra sojigar Nhô Augusto Estêves!...

E, seguro por mãos e pés, torcido aos pulsos dos capangas, urrava e berrava, e estrebuchava tanto, que a roupa se estraçalhava, e o corpo parecia querer partir-se em dois, pela metade da barriga. Desprendeu-se, por uma vez. Mas outros dos homens desceram os porretes. Nhô Augusto ficou estendido, de-bruços, com a cara encostada no chão.

— Traz água fria, companheiro!

O capiauzinho da testa peluda cantou, mal-entoado:

Sou como a ema,
Que tem penas e não voa...

Os outros começaram a ficar de cócoras.

Mas, quando Nhô Augusto estremeceu e tornou a solevar a cabeça, o Major, lá da varanda, apertando muito os olhos, para espiar, e se abanando com o chapéu, tirou ladainha:

— Não tem mais nenhum Nhô Augusto Estêves, das Pindaíbas, minha gente?!...

E os cacundeiros, em coro:

— Não tem não! Tem mais não!...

Puxaram e arrastaram Nhô Augusto, pelo atalho do rancho do Barranco, que ficou sendo um caminho de pragas e judiação.

E, quando chegaram ao rancho do Barranco, ao fim de légua, o Nhô Augusto já vinha quase que só carregado, meio nu, todo picado de faca, quebrado de pancadas e enlameado grosso, poeira com sangue. Empurraram-no para o chão, e ele nem se moveu.

— É aqui mesmo, companheiros. Depois, é só jogar lá para baixo, p'ra nem a alma se salvar...

Os jagunços veteranos da chácara do Major Consilva acenderam seus cigarros, com descanso, mal interessados na execução. Mas os quatro que tinham sido bate-paus de Nhô Augusto mostravam maior entusiasmo, enquanto o capiauzinho sem testa, diligente e contente, ia ajuntar lenha para fazer fogo.

E, aí, quando tudo esteve a ponto, abrasaram o ferro com a marca do gado do Major — que soía ser um triângulo inscrito numa circunferência —, e imprimiram-na, com chiado, chamusco e fumaça, na polpa glútea direita de Nhô Augusto. Mas recuaram todos, num susto, porque Nhô Augusto viveu--se, com um berro e um salto, medonhos.

— Segura!

Mas já ele alcançara a borda do barranco, e pulara no espaço. Era uma altura. O corpo rolou, lá em baixo, nas moitas, se sumindo.

— Por onde é que a gente passa, p'ra poder ir ver se ele morreu?

Mas um dos capangas mais velhos disse melhor:

— Arma uma cruz aqui mesmo, Orósio, para de noite ele não vir puxar teus pés...

E deram as costas, regressando, sob um sol mais próximo e maior.

Mas o preto que morava na boca do brejo, quando calculou que os outros já teriam ido embora, saiu do seu esconso, entre as taboas, e subiu aos degraus de mato do pé do barranco. Chegou-se. Encontrou vida funda no corpo tão maltratado do homem branco; chamou a preta, mulher do preto que morava na boca do brejo, e juntos carregaram Nhô Augusto para o casebre dos dois, que era um cofo de barro seco, sob um tufo de capim podre, mal erguido e mal avistado, no meio das árvores, como um ninho de maranhões.

E o preto foi cortar padieiras e travessas, para um esquife, enquanto a preta procurava um coto de vela benta, para ser posta na mão do homem, na hora do "Diga Jesus comigo, irmão"...

Mas, nessa espera, por surpresa, deu-se que Nhô Augusto pôs sua pessoa nos olhos, e gemeu:

— Me matem de uma vez, por caridade, pelas chagas de Nosso Senhor...

Depois, falou coisas sem juízo, para gente ausente, pois estava lavorando de quente e tinha mesmo de delirar.

— Deus que me perdoe, — resmungou a preta, — mas este homem deve de ser ruim feito cascavel barreada em buraco, porque está variando que faz e acontece, e é só braveza de matar e sangrar... E ele chama por Deus, na hora da dor forte, e Deus não atende, nem para um fôlego, assim num desamparo como eu nunca vi!

Mas o negro só disse:

— Os outros não vão vir aqui, para campear defunto, porque a pirambeira não tem descida, só dando muita volta por longe. E, como tem um bezerro morto, na biboca, lá de cima vão pensar que os urubus vieram por causa do que eles estão pensando...

Deitado na esteira, no meio de molambos, no canto escuro da choça de chão de terra, Nhô Augusto, dias depois, quando voltou a ter noção das coisas, viu que tinha as pernas metidas em toscas talas de taboca e acomodadas em regos de telhas, porque a esquerda estava partida em dois lugares, e a direita num só, mas com ferida aberta. As moscas esvoaçavam e pousavam, e o corpo todo lhe doía, com costelas também partidas, e mais um braço, e um sofrimento de machucaduras e cortes, e a queimadura da marca de ferro, como se o seu pobre corpo tivesse ficado imenso.

Mesmo assim, com isso tudo, ele disse a si que era melhor viver. Bebeu mingau ralo de fubá, e a preta enrolou para ele um cigarro de palha. Em sua procura não aparecera ninguém. Podia sarar. Podia pensar.

Mas, de tardinha, chegou a hora da tristeza; com grunhidos de porcos, ouvidos através das fendas da parede, e os ruflos das galinhas, procurando poleiro nos galhos, e a negra, lá fora, lavando as panelas e a cantar:

As árvores do Mato Bento
deitam no chão p'ra dormir...

E havia também, quando a preta parava, as cantigas miúdas dos bichinhos mateiros e os sons dos primeiros sapos.

Esfriou o tempo, antes do anoitecer. As dores melhoraram. E, aí, Nhô Augusto se lembrou da mulher e da filha. Sem raiva, sem sofrimento, mesmo, só com uma falta de ar enorme, sufocando. Respirava aos arrancos, e teve até medo, porque não podia ter tento nessa desordem toda, e era como se o corpo não fosse mais seu. Até que pôde chorar, e chorou muito, um choro solto, sem vergonha nenhuma, de menino ao abandono. E, sem saber e sem poder, chamou alto soluçando:

— Mãe... Mãe...

O preto, que estava sentado, pondo chumbada no anzol, no pé da porta de casa, ouviu e ficou atrapalhado; chamou a preta, que veio ligeira e se enterneceu:

— Não faz assim, seu moço, não desespera. Reza, que Deus endireita tudo... P'ra tudo Deus dá o jeito!

E a preta acendeu a candeia, e trouxe uma estampa de Nossa Senhora do Rosário, e o terço.

Agora, parado o pranto, a tristeza tomou conta de Nhô Augusto. Uma tristeza mansa, com muita saudade da mulher e da filha, e com um dó imenso de si mesmo. Tudo perdido! O resto, ainda podia... Mas, ter a sua família, direito, outra vez, nunca. Nem a filha... Para sempre... E era como se tivesse caído num fundo de abismo, em outro mundo distante.

E ele teve uma vontade virgem, uma precisão de contar a sua desgraça, de repassar as misérias da sua vida. Mas mordeu a fala e não desabafou.

Também não rezou. Porém a luzinha da candeia era o pavio, a tremer, com brilhos bonitos no poço de azeite, contando histórias da infância de Nhô Augusto, histórias mal lembradas, mas todas de bom e bonito final. Fechou os olhos. Suas mãos, uma na outra, estavam frias. Deu-se ao cansaço. Dormiu.

E desse modo ele se doeu no enxergão, muitos meses, porque os ossos tomavam tempo para se ajuntar, e a fratura exposta criara bicheira. Mas os pretos cuidavam muito dele, não arrefecendo na dedicação.

— Se eu pudesse ao menos ter absolvição dos meus pecados!...

Então eles trouxeram, uma noite, muito à escondida, o padre, que o confessou e conversou com ele, muito tempo, dando-lhe conselhos que o faziam chorar.

— Mas, será que Deus vai ter pena de mim, com tanta ruindade que fiz, e tendo nas costas tanto pecado mortal?!

— Tem, meu filho. Deus mede a espora pela rédea, e não tira o estribo do pé de arrependido nenhum…

E por aí a fora foi, com um sermão comprido, que acabou depondo o doente num desvencido torpor.

— Eu acho boa essa ideia de se mudar para longe, meu filho. Você não deve pensar mais na mulher, nem em vinganças. Entregue para Deus, e faça penitência. Sua vida foi entortada no verde, mas não fique triste, de modo nenhum, porque a tristeza é aboio de chamar o demônio, e o Reino do Céu, que é o que vale, ninguém tira de sua algibeira, desde que você esteja com a graça de Deus, que ele não regateia a nenhum coração contrito!

— Fé eu tenho, fé eu peço, Padre…

— Você nunca trabalhou, não é? Pois, agora, por diante, cada dia de Deus você deve trabalhar por três, e ajudar os outros, sempre que puder. Modere esse mau gênio: faça de conta que ele é um poldro bravo, e que você é mais mandante do que ele… Peça a Deus assim, com esta jaculatória: "Jesus, manso e humilde de coração, fazei meu coração semelhante ao vosso…"

E, páginas adiante, o padre se portou ainda mais excelentemente, porque era mesmo uma brava criatura. Tanto assim, que, na despedida, insistiu:

— Reze e trabalhe, fazendo de conta que esta vida é um dia de capina com sol quente, que às vezes custa muito a passar, mas sempre passa. E você ainda pode ter muito pedaço bom de alegria... Cada um tem a sua hora e a sua vez: você há de ter a sua.

E, lá fora, ainda achou de ensinar à preta um enxofre e tal para o gôgo dos frangos, e aconselhou o preto a pincelar água de cal no limoeiro, e a plantar tomateiros e pés de mamão.

Meses não são dias, e a vida era aquela, no chão da choupana. Nhô Augusto comia, fumava, pensava e dormia. E tinha pequenas esperanças: de amanhã em diante, o lado de cá vai doer menos, se Deus quiser... — E voltou a recordar todas as rezas aprendidas na meninice, com a avó. Todas e muitas mais, mesmo as mais bobas de tanta deformação e mistura: as que o preto engrolava, ao lavar-lhe com creolina a ferida da perna, e as que a preta murmurava, benzendo a cuia d'água, ao lhe dar de beber.

E somente essas coisas o ocupavam, porque para ele, féria feita, a vida já se acabara, e só esperava era a salvação da sua alma e a misericórdia de Deus Nosso Senhor. Nunca mais seria gente! O corpo estava estragado, por dentro, e mais ainda a ideia. E tomara um tão grande horror às suas maldades e aos seus malfeitos passados, que nem podia se lembrar; e só mesmo rezando.

Espantava as ideias tristes, e, com o passar do tempo, tudo isso lhe foi dando uma espécie nova e mui serena de alegria. Esteve resignado, e fazia compridos progressos na senda da conversão.

Quando ficou bom para andar, escorando-se nas muletas que o preto fabricara, já tinha os seus planos, menos maus, cujo ponto de início consistia em ir para longe, para o sitiozinho perdido no sertão mais longínquo — uma data de dez alqueires, que ele não conhecia nem pensara jamais que teria de ver, mas que era agora a única coisa que possuía de seu. Antes de partir, teve com o padre uma derradeira conversa, muito edificante e vasta. E, junto com o casal de pretos samaritanos, que, ao hábito de se desvelarem, agora não o podiam deixar nem por nada, pegou chão, sem paixão.

Largaram à noite, porque o começo da viagem teria de ser uma verdadeira escapada. E, ao sair, Nhô Augusto se ajoelhou, no meio da estrada, abriu os braços em cruz, e jurou:

— Eu vou p'ra o céu, e vou mesmo, por bem ou por mal!... E a minha vez há de chegar... P'ra o céu eu vou, nem que seja a porrete!... E os negros aplaudiram, e a turminha pegou o passo, a caminho do sertão.

Foram norte a fora, na derrota dos criminosos fugidos, dormindo de dia e viajando de noite, como cativos amocambados, de quilombo a quilombo. Para além do Bacuparí, do Boqueirão, da Broa, da Vaca e da Vacaria, do Peixe-Bravo, dos Tachos, do Tamanduá, da Serra-Fria, e de todos os muitos arraiais jazentes na reta das léguas, ao pé dos verdes morros e dos morros de cristais brilhantes, entre as varjarias e os cordões-de-mato. E deixavam de lado moendas e fazendas, e as estradas com cancelas, e roçarias e sítios de monjolos, e os currais do Fonseca, e a pedra quadrada dos irmãos Trancoso; e mesmo as grandes casas velhas, sem gente mais morando, vazias como os seus currais. E dormiam nas brenhas, ou sob as árvores de sombra das caatingas, ou em ranchos de que todos são donos, à beira das lagoas com patos e das lagoas cobertas de mato. Atravessaram o Rio das Rãs e o Rio do Sapo. E vieram, por picadas penhascosas e sendas de pedregulho, contra as serras azuis e as serras amarelas, sempre. Depois, por baixadas, com outeiros, terras mansas. E em paragens ripuárias, mas evitando a linha dos vaus, sob o voo das garças, — os caminhos por onde as boiadas vêm, beirando os rios.

E assim se deu que, lá no povoado do Tombador, — onde, às vezes, pouco às vezes e somente quando transviados da boa rota, passavam uns bruaqueiros tangendo tropa, ou uns baianos corajosos migrando rumo sul, — apareceu, um dia, um homem esquisito, que ninguém não podia entender.

Mas todos gostaram logo dele, porque era meio doido e meio santo; e compreender deixaram para depois.

Trabalhava que nem um afadigado por dinheiro, mas, no feito, não tinha nenhuma ganância e nem se importava com acrescentes: o que vivia era querendo ajudar os outros. Capinava para si e para os vizinhos do seu fogo, no querer de repartir, dando de amor o que possuísse. E só pedia, pois, serviço para fazer, e pouca ou nenhuma conversa.

O casal de pretos, que moravam junto com ele, era quem mandava e desmandava na casa, não trabalhando um nada e vivendo no estadão. Mas, ele, tinham-no visto mourejar até dentro da noite de Deus, quando havia luar claro.

Nos domingos, tinha o seu gosto de tomar descanso: batendo mato, o dia inteiro, sem sossego, sem espingarda nenhuma e nem nenhuma arma para caçar; e, de tardinha, fazendo parte com as velhas corocas que rezavam o terço ou os meses dos santos. Mas fugia às léguas de viola ou sanfona, ou de qualquer outra qualidade de música que escuma tristezas no coração.

Quase sempre estava conversando sozinho, e isso também era de maluco, diziam; porque eles ignoravam que o que fazia era apenas repetir, sempre que achava preciso, a fala final do padre: — "Cada um tem a sua hora e a sua vez: você há-de ter a sua". — E era só.

E assim se passaram pelo menos seis ou seis anos e meio, direitinho deste jeito, sem tirar e nem pôr, sem mentira nenhuma, porque esta aqui é uma estória inventada, e não é um caso acontecido, não senhor.

Quem quisesse, porém, durante esse tempo, ter dó de Nhô Augusto, faria grossa bobagem, porquanto ele não tinha tentações, nada desejava, cansava o corpo no pesado e dava rezas para a sua alma, tudo isso sem esforço nenhum, como os cupins que levantam no pasto murundus vermelhos, ou como os tico-ticos, que penam sem cessar para levar comida ao filhote de pássaro-preto — bico aberto, no alto do mamoeiro, a pedir mais.

Esta última lembrança era do povo do Tombador, já que em toda a parte os outros implicam com os que deles se desinteressam, e que o pessoal nada sabia das alheias águas passadas, e nem que o negro e a negra eram agora pai e mãe de Nhô Augusto.

Também, não fumava mais, não bebia, não olhava para o bom-parecer das mulheres, não falava junto em discussão. Só o que ele não podia era se lembrar da sua vergonha; mas, ali, naquela biboca perdida, fim-de-mundo, cada dia que descia ajudava a esquecer.

Mas, como tudo é mesmo muito pequeno, e o sertão ainda é menor, houve que passou por lá um conhecido velho de Nhô Augusto — o Tião da Thereza — à procura de trezentas reses de uma boiada brava, que se desmanchara nos gerais do alto Urucúia, estourando pelos cem caminhos sem fim do chapadão.

Tião da Thereza ficou bobo de ver Nhô Augusto. E, como era casca-grossa, foi logo dando as notícias que ninguém não tinha pedido: a mulher, Dona Dionóra, continuava amigada com seu Ovídio, muito de-bem os dois, com tenção até em casamento de igreja, por pensarem que ela estava desimpedida de marido; com a filha, sim, é que fora uma tristeza: crescera sã e se encorpara uma mocinha muito linda, mas tinha caído na vida, seduzida por um cometa, que a levara do arraial, para onde não se sabia... O Major Consilva prosseguia mandando no Muricí, e arrematara as duas fazendas de Nhô Augusto... Mas o mais mal-arrumado tinha sido com o Quim, seu antigo camarada, o pobre do Quim Recadeiro — "Se alembra?" — Pois o Quim tinha morrido de morte-matada, com mais de vinte balas no corpo, por causa dele, Nhô Augusto: quando soube que seu patrão tinha sido assassinado, de mando do Major, não tivera dúvida: ...jurou desforra, beijando a garrucha, e não esperou café coado! Foi cuspir no cangussú detrás da moita, e ficou morto, mas já dentro da sala-de-jantar do Major, e depois de matar dois capangas e ferir mais um...

— Para, chega, Tião!... Não quero saber de mais coisa nenhuma! Só te peço é para fazer de conta que não me viu, e não contar p'ra ninguém, pelo amor de Deus, por amor de sua mulher, de seus filhos e de tudo o que para você tem valor!... Não é mentira muita, porque é a mesma coisa em como se eu tivesse morrido mesmo... Não tem mais nenhum Nhô Augusto Estêves, das Pindaíbas, Tião...

— Estou vendo, mesmo. Estou vendo...

E Tião da Thereza pôs, nos olhos, na voz e no meio-aberto da boca, tanto nojo e desprezo, que Nhô Augusto abaixou o queixo; e nem adiantou repetir para si mesmo a jaculatória do coração manso e humilde: teve foi de sair, para trás das bananeiras, onde se ajoelhou e rejurou: — P'ra o céu eu vou, nem que seja a porrete!...

E foi bom passo que nesse dia um homem chamado Romualdo, morador à beira da cava, precisou de ajuda para tirar uma égua do atoleiro, e Nhô Augusto teve trabalho até tarde da noite, com fogueira acesa e tocha na mão.

Mas, daí em seguida, ele não guardou mais poder para espantar a tristeza. E, com a tristeza, uma vontade doente de fazer coisas mal-feitas, uma vontade sem calor no corpo, só pensada: como que, se bebesse e cigarrasse, e ficasse sem trabalhar nem rezar, haveria de recuperar sua força de homem e seu acerto de outro tempo, junto com a pressa das coisas, como os outros sabiam viver.

Mas, a vergonheira atrasada? E o castigo? O padre bem que tinha falado:

— "Você, em toda sua vida, não tem feito senão pecados muito graves, e Deus mandou estes sofrimentos só para um pecador poder ter a ideia do que o fogo do inferno é!..."

Sim, era melhor rezar mais, trabalhar mais e escorar firme, para poder alcançar o reino-do-céu. Mas o mais terrível era que o desmazelo de alma em que se achava não lhe deixava esperança nenhuma do jeito de que o Céu podia ser.

— Desonrado, desmerecido, marcado a ferro feito rês, mãe Quitéria, e assim tão mole, tão sem homência, será que eu posso mesmo entrar no céu?!...

— Não fala fácil, meu filho!... Dei'stá: debaixo do angu tem molho, e atrás de morro tem morro.

— Isso sim... Cada um tem a sua vez, e a minha hora há-de chegar!...

E, enquanto isso tudo, Nhô Augusto estava no escuro e sozinho, cercado de capiaus descalços, vestidos de riscado e seriguilha tinta, sem padre nenhum com quem falar. E essa era a consequência de um estouro de boiada na vastidão do planalto, por motivo de uma picada de vespa na orelha de um marruaz bravio, combinada com a existência, neste mundo, do Tião da Thereza. E tudo foi bem assim, porque tinha de ser, já que assim foi.

Apenas, Nhô Augusto se confessou aos seus pretos tutelares, longamente, humanamente, e foi essa a primeira vez. E, no fim, desabafou: que era demais o que estava purgando pelos seus pecados, e que Nosso Senhor se tinha esquecido dele! A mulher, feliz, morando com outro... A filha, tão nova, e já na mão de todos, rolando por este mundo, ao deus-dará... E o Quim, o Quim Recadeiro — um rapazinho miúdo, tão no desamparo — e morrendo como homem, por causa do patrão... um patrão de borra, que estava p'r'ali no escondido, encostado, que nem como se tivesse virado mulher!...

— O resto é peso p'ra dia, mãe Quitéria... Mas, como é? Como é que eu vou me encontrar com o Quim lá com Deus, com que cara?!... E eu já fui zápede, já pus fama em feira, mãe Quitéria! Na festa do Rosário, na Tapera... E um dia em que enfrentei uns dez, fazendo todo-o-mundo correr... Desarmei e dei pancada, no Sergipão Congo, mãe Quitéria, que era mão que desce, mesmo monstro matador!... E a briga, com a família inteira, pai, irmão, tio, da moça que eu tirei de casa, semana em antes de se casar?!...

— Vira o demônio de costas, meu filho... Faz o que o seu padre mandou!

— E é o diabo mesmo, mãe Quitéria... Eu sei... Ou então é castigo, porque eu vou me lembrar dessas coisas logo agora, que o meu corpo não está valendo, nem que eu queira, nem p'ra brigar com homem e nem p'ra gostar de mulher...

— Rezo o credo!

Mas Nhô Augusto, que estava de cócoras, sentou-se no chão e continuou:

— Tem horas em que fico pensando que, ao menos por honrar o Quim, que morreu por minha causa, eu tinha ordem de fazer alguma vantagem... Mas eu tenho medo... Já sei como é que o inferno é, mãe Quitéria... Podia ir procurar a coitadinha da minha filha, que talvez esteja sofrendo, precisando de mim... Mas eu sei que isso não é eito meu, não é não. Tenho é de ficar pagando minhas culpas, penando aqui mesmo, no sozinho. Já fiz penitência estes anos todos, e não posso ter prejuízo deles! Se eu quisesse esperdiçar essa penitência feita, ficava sem uma coisa e sem outra... Sou um desgraçado, mãe Quitéria, mas o meu dia há-de chegar!... A minha vez...

E assim nesse parado Nhô Augusto foi indo muito tempo, se acostumando com os novos sofrimentos, mais meses. Mas sempre saía para servir aos outros, quando precisavam, ajudava a carregar defuntos, visitava e assistia gente doente, e fazia tudo com uma tristeza bondosa, a mais não ser.

Até que, pouco a pouco, devagarinho, imperceptível, alguma cousa pegou a querer voltar para ele, a crescer-lhe do fundo para fora, sorrateira como a chegada do tempo das águas, que vinha vindo paralela: com o calor dos dias aumentando, e os dias cada vez maiores, e o joão-de-barro construindo casa nova, e as sementinhas, que hibernavam na poeira, esperando na poeira, em misteriosas incubações. Nhô Augusto agora tinha muita fome e muito sono. O trabalho entusiasmava e era leve. Não tinha precisão de enxotar as tristezas. Não pensava nada... E as mariposas e os cupins-de-asas vinham voar ao redor da lamparina... Círculo rodeando a lua cheia, sem se encostar... E começaram os cantos. Primeiro, os sapos: — "Sapo na seca coaxando, chuva beirando", mãe Quitéria!... — Apareceu uma jia na horta, e pererecas dentro de casa, pelas paredes... E os escorpiões e as minhocas pulavam no terreiro, perseguidos pela correição das lava-pés, em préstitos atarefados e compridos... No céu sul, houve nuvens maiores, mais escuras. Aí, o peixe-frito pegou a cantar de noite. A casca de lua, de bico para baixo, "despejando"... Um vento frio, no fim do calor do dia... Na orilha do atoleiro, a saracura fêmea gritou, pedindo três potes, três potes, três potes para apanhar água... Choveu.

Então, tudo estava mesmo muito mudado, e Nhô Augusto, de repente, pensou com a ideia muito fácil, e o corpo muito bom. Quis se assustar, mas se riu:

— Deus está tirando o saco das minhas costas, mãe Quitéria! Agora eu sei que ele está se lembrando de mim...

— Louvor ao Divino, meu filho!

E, uma vez, manhã, Nhô Augusto acordou sem saber por que era que ele estava com muita vontade de ficar o dia inteiro deitado, e achando, ao mesmo tempo, muito bom se levantar. Então, depois do café, saiu para a horta cheirosa, cheia de passarinhos e de verdes, e fez uma descoberta: por que não pitava?!... Não era pecado... Devia ficar alegre, sempre alegre, e esse era um gosto inocente, que ajudava a gente a se alegrar...

E isso foi pensado muito ligeiro, porque já ele enrolava a palha, com uma pressa medonha, como se não tivesse curtido tantos anos de abstenção. Tirou tragadas, soltou muitas fumaças, e sentiu o corpo se desmanchar, dando na fraqueza, mas com uma tremura gostosa, que vinha até ao mais dentro, parecendo que a gente ia virar uma chuvinha fina.

Não, não era pecado!... E agora rezava até muito melhor e podia esperar melhor, mais sem pressa, a hora da libertação.

E, pois, foi aí por aí, dias depois, que aconteceu uma coisa até então jamais vista, e té hoje mui lembrada pelo povinho do Tombador.

Vindos do norte, da fronteira velha-de-guerra, bem montados, bem enroupados, bem apessoados, chegaram uns oito homens, que de longe se via que eram valentões: primeiro surgiu um, dianteiro, escoteiro, que percorreu, de ponta a ponta, o povoado, pedindo água à porta de uma casa, pedindo pousada em outra, espiando muito para tudo e fazendo pergunta e pergunta; depois, então, apareceram os outros, equipados com um despropósito de armas — carabinas, novinhas quase; garruchas, de um e de dois canos; revólveres de boas marcas; facas, punhais, quicés de cabos esculpidos; porretes e facões, — e transportando um excesso de breves nos pescoços.

O bando desfilou em formação espaçada, o chefe no meio. E o chefe — o mais forte e o mais alto de todos, com um lenço azul enrolado no chapéu de couro, com dentes brancos limados em acume, de olhar dominador e tosse rosnada, mas sorriso bonito e mansinho de moça — era o homem mais afamado dos dois sertões do rio: célebre do Jequitinhonha à Serra das Araras, da beira do Jequitaí à barra do Verde Grande, do Rio Gavião até nos Montes Claros, de Carinhanha até Paracatú; maior do que Antônio Dó ou Indalécio; o arranca-toco, o treme-terra, o come-brasa, o pega-à-unha, o fecha-treta, o tira-prosa, o parte-ferro, o rompe-racha, o rompe-e-arrasa: Seu Joãozinho Bem-Bem.

O povo não se mexia, apavorado, com medo de fechar as portas, com medo de ficar na rua, com medo de falar e de ficar calado, com medo de existir. Mas Nhô Augusto, que vinha de vir do mato, carregando um feixe de lenha para um homem chamado Tobias da Venda, quando soube do que havia, jogou a carga no chão e correu ao encontro dos recém-chegados.

Então o bandido Flosino Capeta, um sujeito cabeça-de-canoa, que nunca se apartava do chefe, caçoou:

— Que suplicante mais estúrdio será esse, que vem vindo ali, feito sombração?!

Mas seu Joãozinho Bem-Bem fez o cavalo avançar duas passadas, e disse:

— Não debocha, companheiro, que eu estou gostando do jeito deste homem caminhar!

E Flosino Capeta pasmou deveras, porque era a coisa mais custosa deste mundo seu Joãozinho Bem-Bem se agradar de alguém ao primeiro olhar.

Mas Nhô Augusto, parecendo não ver os demais, veio direito ao chefe, encarando-o firme e perguntando:

— O senhor, de sua graça, é que é mesmo o seu Joãozinho Bem-Bem, pois não é?

— P'ra lhe servir, meu senhor.

— A pois, se o senhor não se acanha de entrar em casa de pobre, eu lhe convido para passar mal e se arranchar comigo, enquanto for o tempo de querer ficar por aqui... E de armar sua rede debaixo do meu telhado, que vai me dar muita satisfação!

— Eu aceito sua bondade, mano velho. Agora, preciso é de ver quem é mais, desse povinho assustado, que quer agasalhar o resto da minha gente...

— Pois eu gostava era que viessem todos juntos para o meu rancho...

— Não será abuso, mano velho?

— É não... É de coração.

— Pois então, vamos, que Deus lhe pagará!

E seu Joãozinho Bem-Bem, que, com o rabo-do-olho, não deixava de vigiar tudo em volta, virou-se, rápido, para o Epifânio, que mexia com a winchester:

— Guarda a arma, companheiro, que eu já disse que não quero essa moda de brincar de dar tiro atôa, atôa, só por amor de espantar os moradores do lugar!... Vamos chegando! Guia a gente, mano velho.

E aí o casal de pretos, em grande susto, teve de se afanar, num corre-corre de depenar galinhas, matar leitoa, procurar ovos e fazer doces. E Nhô Augusto, depois de buscar ajuda para tratar dos cavalos, andou de casa em casa, arrecadando aluá, frutas, quitandas, fumo cheiroso, muita cachaça, e tudo o mais que de fino houvesse, para os convidados. E os seus convidados achavam imensa graça naquele homem, que se atarefava em servi-los, cheio de atenções, quase de carinhos, com cujo motivo eles não topavam atinar. Tinham armado as redes de fibra nas árvores do quintal, e repousavam, cada qual com o complicado arsenal bem ao alcance da mão. Então seu Joãozinho Bem-Bem contou a Nhô Augusto: estava de passagem, com uma pequena parte do seu bando, para o sul, para o arraial das Taquaras, na nascença do Manduri, a chamado de seu amigo Nicolau Cardoso, atacado por um mandão fazendeiro, de injustiça. E Flosino Capeta acrescentou:

— Diz'que o tal tomou reforço, com três tropas de serranos, mas é só a gente chegar lá, para não se ver ninguém mais... Eles têm que "dar o beiço e cair o cacho", seu moço!... Mas a gente nem pode mais ter o gosto de brigar, porque o pessoal não aparece, no falar de entrar no meio o seu Joãozinho Bem-Bem...

Mas seu Joãozinho Bem-Bem interrompeu o outro:

— Prosa minha não carece de contar, companheiro, que todo o mundo já sabe.

Nhô Augusto passeava com os olhos, que nunca ninguém tinha visto tão grandes nem tão redondos, mostrando todo o branco ao redor. Seu Joãozinho Bem-Bem ria um riso descansado, e os outros riam também, circundando-o, obedientes.

— A gente não ia passar, porque eu nem sabia que aqui tinha este comercinho... Nosso caminho era outro. Mas de uma banda do rio tinha a maleita, e da outra está reinando bexiga da brava... E falaram também numa soldadesca, que vem lá da Diamantina... Por isso a gente deu tanta volta.

Os pretos trouxeram a janta, para o meio do pátio. Era um banquete. E quando a turma se pôs em roda, para começar a comer, o anfitrião fez o sinal da cruz e rezou alto; e os outros o acompanharam, com o que Nhô Augusto deu mostras de exultar.

— O senhor, que é o dono da casa, venha comer aqui perto de mim, mano velho... — pediu seu Joãozinho Bem-Bem. — Mas, que é que o senhor está gostando tanto assim de apreciar? Ah, é o Tim?... Isso é morrinha de quartel... Ele é reiúno...

Nhô Augusto namorava o Tim Tatu-tá-te-vendo, desertor do Exército e de três milícias estaduais, e que, por isso mesmo e sem querer, caminhava marchando, e, para falar com alguém, se botava de sentido, em estricta posição.

— Esta guarda guerreira acompanha o senhor há muito tempo, seu Joãozinho Bem-Bem?

O chefe acertou a sujigola e tossiu, para responder:

— Alguns. É tudo gente limpa... Mocorongo eu não aceito comigo! Homem que atira de trás do toco não me serve... Gente minha só mata as mortes que eu mando, e morte que eu mando é só morte legal!

— Êpa, ferro!... — exclamou Nhô Augusto, balançando o corpo. Seu Joãozinho Bem-Bem continuou:

— Povo sarado e escovado... Mas eles todos me dão trabalho... Este aqui é baiano, fala mestre... Cabeça-chata é outro, porque eles avançam antes da hora... Não é gente fácil... Nem goiano, porque não é andejo...

E nem mineiro, porque eles andam sempre com a raiva fora-de-hora, e não gostam de parar mais, quando começam a brigar... Mas, pessoal igual ao meu, não tem!

— E o senhor também não é mineiro, seu Joãozinho Bem-Bem?

— Isso sim, que sou... Sou da beira do rio... Sei lá de onde é que eu sou?!... Mas, por me lembrar, mano velho, não leve a mal o que eu vou lhe pedir: sua janta está de primeira, está boa até de regalo... mas eu ando muito escandecido e meu estômago não presta p'ra mais... Se for coisa de pouco incômodo, o que eu queria era que o senhor mandasse aprontar para mim uma jacuba quente, com a rapadura bem preta e a farinha bem fina, e com umas folhinhas de laranja-da-terra no meio... Será que pode?

— Já, já... Vou ver.

— Deus lhe ajude, mano velho.

Enquanto isso, os outros devoravam, com muita esganação e lambança. E, quando Nhô Augusto chegou com a jacuba, interpelou-o o Zeferino, que multiplicava as sílabas, com esforço, e, como tartamudo teimoso, jogava, a cada sílaba, a cabeça para trás:

— Pois eu... eu est-t-tou m'me-espan-t-tando é de uma c'coisa, meu senhor: é de, neste jantar, com t-t-tantas c'comerias finas, não haver d-d--duas delas, das mais principais!

— Que é que está fazendo falta, amigo?

— É o m'molho da sa-mam-baia e a so-p-p'pa da c'c'anjiquinha!

Nhô Augusto sorriu:

— Eu agaranto que, na hora da zoeira, tu no pinguelo não gagueja!

— Que nada! — apoiou seu Joãozinho Bem-Bem. — Isto é cabra macho e remacheado, que dá pulo em-cruz...

Já Nhô Augusto, incansável, sem querer esperdiçar detalhe, apalpava os braços do Epifânio, mulato enorme, de musculatura embatumada, de bicipitalidade maciça. E se voltava para o Juruminho, caboclo franzino, vivo no menor movimento, ágil até no manejo do garfo, que em sua mão ia e vinha como agulha de coser:

— Você, compadre, está-se vendo que deve de ser um corisco de chegador!...

E o Juruminho, gostando.

— Chego até em porco-espinho e em tatarana-rata, e em homem de vinte braços, com vinte foices para sarilhar!... Deito em ponta de chifre, durmo em ponta de faca, e amanheço em riba do meu colchão!... Está aí nosso chefe, que diga... E mais isto aqui...

E mostrou a palma da mão direita, lanhada de cicatrizes, de pegar punhais pelo pico, para desarmar gente em agressão.

Nhô Augusto se levantara, excitado:

— Ôpa! Ôi-ai!... A gente botar você, mais você, de longe, com as clavinas... E você outro, aí, mais este compadre de cara séria, p'ra voltearem... E este companheirinho chegador, para chegar na frente, e não dizer até-logo!... E depois chover sem chuva, com o pau escrevendo e lendo, e arma-de-fogo debulhando, e homem mudo gritando, e os do-lado-de-lá correndo e pedindo perdão!...

Mas, aí, Nhô Augusto calou, com o peito cheio; tomou um ar de acanhamento; suspirou e perguntou:

— Mais galinha, um pedaço, amigo?

— 'Tou feito.

— E você, seu barra?

— Agradecido... 'Tou encalcado... 'Tou cheio até à tampa!

Enquanto isso, seu Joãozinho Bem-Bem, de cabeça entornada, não tirava os olhos de cima de Nhô Augusto. E Nhô Augusto, depois de servir a cachaça, bebeu também, dois goles, e pediu uma das *papo-amarelo*, para ver:

— Não faz conta de balas, amigo? Isto é arma que cursa longe...

— Pode gastar as óito. Experimenta naquele pássaro ali, na pitangueira...

— Deixa a criaçãozinha de Deus. Vou ver só se corto o galho... Se errar, vocês não reparem, porque faz tempo que eu não puxo dedo em gatilho...

Fez fogo.

— Mão mandona, mano velho. Errou o primeiro, mas acertou um em dois... Ferrugem em bom ferro!

Mas, nesse tento, Nhô Augusto tornou a fazer o pelo-sinal e entrou num desânimo, que o não largou mais. Continuou, porém, a cuidar bem dos seus hóspedes, e, como o pessoal se acomodara ali mesmo, nas redes, ao relento, com uma fogueira acesa no meio do terreiro, ele só foi dormir tarde da noite, quando não houve mais nem um para contar histórias de conflitos, assaltos e duelos de exterminação.

Cedinho na manhã seguinte, o grupo se despediu. Joãozinho Bem-Bem agradeceu muito o agasalho, e terminou:

— O senhor, mano velho, a modo e coisa que é assim meio diferente, mas eu estou lhe prestando atenção, este tempo todo, e agora eu acho, pesado e pago, que o senhor é mas é pessoa boa mesmo, por ser. Nossos anjos-da--guarda combinaram, e isso para mim é o sinal que serve. A pois, se precisar de alguma coisa, se tem um recado ruim para mandar para alguém... Tiver algum inimigo alegre, por aí, é só dizer o nome e onde mora. Tem não? Pois, 'tá bom. Deus lhe pague suas bondades.

— Vão com Deus! Até à volta, vocês todos. 'Té a volta, seu Joãozinho Bem-Bem!

Mas, depois de montado, o chefe ainda chamou Nhô Augusto, para dizer:

— Mano velho, o senhor gosta de brigar, e entende. Está-se vendo que não viveu sempre aqui nesta grota, capinando roça e cortando lenha... Não quero especular coisa de sua vida p'ra trás, nem se está se escondendo de algum crime. Mas, comigo é que o senhor havia de dar sorte! Quer se amadrinhar com meu povo? Quer vir junto?

— Ah, não posso! Não me tenta, que eu não posso, seu Joãozinho Bem-Bem...

— Pois então, mano velho, paciência.

— Mas nunca que eu hei de me esquecer dessa sua bizarria, meu amigo, meu parente, seu Joãozinho Bem-Bem!

Aí, o Juruminho, que tinha ficado mais para trás, de propósito, se curvou para Nhô Augusto e pediu, num cochicho ligeiro, para que os outros não escutassem:

— Amigo, reza por uma irmãzinha que eu tenho, que sofre de doença com muitas dores e vive na cama entrevada, lá no arraial do Urubú...

E o bando entrou na estrada, com o Tim Tatu-tá-te-vendo puxando uma cantiga brava, de tempo de revolução:

*"O terreiro lá de casa
não se varre com vassoura:
Varre com ponta de sabre,
bala de metralhadora..."*

Nhô Augusto não tirou os olhos, até que desaparecessem. E depois se esparramou em si, pensando forte. Aqueles, sim, que estavam no bom, porque não tinham de pensar em coisa nenhuma de salvação de alma, e podiam andar no mundo, de cabeça em-pé... Só ele, Nhô Augusto, era quem estava de todo desonrado, porque, mesmo lá, na sua terra, se alguém se lembrava ainda do seu nome, havia de ser para arrastá-lo pela rua-da-amargura...

O convite de seu Joãozinho Bem-Bem, isso, tinha de dizer, é que era cachaça em copo grande! Ah, que vontade de aceitar e ir também...

E o oferecimento? Era só falar! Era só bulir com a boca, que seu Joãozinho Bem-Bem, e o Tim, e o Jurumínho, e o Epifânio — e todos — rebentavam com o Major Consilva, com o Ovídio, com a mulher, com todo-o-mundo que tivesse tido mão ou fala na sua desgarração. Eh, mundo velho de bambaruê e bambaruá!... Eh, ferragem!...

E Nhô Augusto cuspiu e riu, cerrando os dentes.

Mas, qual, aí era que se perdia, mesmo, que Deus o castigava com mão mais dura...

E só então foi que ele soube de que jeito estava pegado à sua penitência, e entendeu que essa história de se navegar com religião, e de querer tirar sua alma da boca do demônio, era a mesma coisa que entrar num brejão, que, para a frente, para trás e para os lados, é sempre dificultoso e atola sempre mais.

Recorreu ao rompante:

— Agora que eu principiei e já andei um caminho tão grande, ninguém não me faz virar e nem andar de-fasto!

E, à noite, tomou um trago sem ser por regra, o que foi bem bom, porque ele já viajou, do acordado para o sono, montado num sonho bonito, no qual havia um Deus valentão, o mais solerte de todos os valentões, assim parecido com seu Joãozinho Bem-Bem, e que o mandava ir brigar, só para lhe experimentar a força, pois que ficava lá em-cima, sem descuido, garantindo tudo.

E, assim, dormiram as coisas.

Deu uma invernada brava, mas para Nhô Augusto não foi nada: passava os dias debaixo da chuva, limpando o terreiro, sem precisão nenhuma. Depois, entestou de pôr abaixo o mato, que conduzia até à beira do córrego os angicos de casca encoscorada e os jacarandás anosos, da primeira geração. E era cada machadada bruta, com ele golpeando os troncos, e gritando. E os pretos, que se estavam dando muito bem com o sistema, traziam-lhe de vez em quando um golinho, para que ele não apanhasse resfriado; e, como para chegarem até lá também se molhavam, tomavam cuidado de se defender, igualmente, contra os seus resfriados possíveis.

E ainda outras coisas tinham acontecido, e a primeira delas era que, agora, Nhô Augusto sentia saudades de mulheres. E a força da vida nele latejava, em ondas largas, numa tensão confortante, que era um regresso e um ressurgimento. Assim, sim, que era bom fazer penitência, com a tentação estimulando, com o rasto no terreno conquistado, com o perigo e tudo. Nem pensou mais em morte, nem em ir para o céu; e mesmo a lembrança de sua desdita e reveses parou de atormentá-lo, como a fome depois de um almoço cheio. Bastava-lhe rezar e aguentar firme, com o diabo ali perto, subjugado e apanhando de rijo, que era um prazer. E somente por hábito, quase, era que ia repetindo:

— Cada um tem a sua hora, e há-de chegar a minha vez!

Tanto assim, que nem escolhia, para dizer isso, as horas certas, as três horas fortes do dia, em que os anjos escutam e dizem amém...

Mas, afinal, as chuvas cessaram, e deu uma manhã em que Nhô Augusto saiu para o terreiro e desconheceu o mundo: um sol, talqualzinho a bola de enxofre do fundo do pote, marinhava céu acima, num azul de água sem praias, com luz jogada de um para o outro lado, e um desperdício de verdes cá em baixo — a manhã mais bonita que ele já pudera ver.

Estava capinando, na beira do rego.

De repente, na altura, a manhã gargalhou: um bando de maitacas passava, tinindo guizos, partindo vidros, estralejando de rir. E outro. Mais outro. E ainda outro, mais baixo, com as maitacas verdinhas, grulhantes, gralhantes, incapazes de acertarem as vozes na disciplina de um coro.

Depois, um grupo verde-azulado, mais sóbrio de gritos e em fileiras mais juntas.

— Uai! Até as maracanãs!

E mais maitacas. E outra vez as maracanãs fanhosas. E não se acabavam mais. Quase sem folga: era uma revoada estrilando bem por cima da gente, e outra brotando ao norte, como pontozinho preto, e outra — grão de verdura — se sumindo no sul.

— Levou o diabo, que eu nunca pensei que tinha tantos!

E agora os periquitos, os periquitinhos de guinchos timpânicos, uma esquadrilha sobrevoando outra... E mesmo, de vez em quando, discutindo, brigando, um casal de papagaios ciumentos. Todos tinham muita pressa: os únicos que interromperam, por momentos, a viagem, foram os alegres tuins, os minúsculos tuins de cabecinhas amarelas, que não levam nada a sério, e que choveram nos pés de mamão e fizeram recreio, aos pares, sem sustar o alarido — *rrrl-rrril!rrrl-rrril!*...

Mas o que não se interrompia era o trânsito das gárrulas maitacas. Um bando grazinava alto, risonho, para o que ia na frente: — Me espera!... Me espera!... — E o grito tremia e ficava nos ares, para o outro escalão, que avançava lá atrás.

— Virgem! Estão todas assanhadas, pensando que já tem milho nas roças... Mas, também, como é que podia haver um de-manhã mesmo bonito, sem as maitacas?!...

O sol ia subindo, por cima do voo verde das aves itinerantes. Do outro lado da cerca, passou uma rapariga. Bonita! Todas as mulheres eram bonitas. Todo anjo do céu devia de ser mulher.

E Nhô Augusto pegou a cantar a cantiga, muito velha, do capiau exilado:

*"Eu quero ver a moreninha tabaroa,
arregaçada, enchendo o pote na lagoa..."*

Cantou, longo tempo. Até que todas as asas saíssem do céu.

— Não passam mais... Ô papagaiada vagabunda! Já devem de estar longe daqui...

Longe, onde?

> *"Como corisca, como ronca a trovoada,*
> *no meu sertão, na minha terra abençoada..."*

Longe, onde?

> *"Quero ir namorar com as pequenas,*
> *com as morenas do Norte de Minas..."*

Mas, ali mesmo, no sertão do Norte, Nhô Augusto estava. Longe onde, então?

Quando ele encostou a enxada e veio andando para a porta da cozinha, ainda não possuía ideia alguma do que ia fazer. Mas, dali a pouco, nada adiantavam, para retê-lo, os rogos reunidos de mãe preta Quitéria e de pai preto Serapião.

— Adeus, minha gente, que aqui é que mais não fico, porque a minha vez vai chegar, e eu tenho que estar por ela em outras partes!

— Espera o fim das chuvas, meu filho! Espera a vazante...

— Não posso, mãe Quitéria. Quando coração está mandando, todo tempo é tempo!... E, se eu não voltar mais, tudo o que era de meu fica sendo para vocês.

Rodolpho Merêncio quis emprestar-lhe um jegue.

— Que nada! Lhe agradeço o bom desejo, mas não preciso de montada, porque eu vou é mesmo a pé...

Mas, depois, aceitou, porque mãe Quitéria lhe recordou ser o jumento um animalzinho assim meio sagrado, muito misturado às passagens da vida de Jesus.

E todos sentiram muito a sua partida. Mas ele estava madurinho de não ficar mais, e, quando chegou no sozinho, espiou só para a frente, e logo entoou uma das letras que ouvira aos guerreiros de seu Joãozinho Bem-Bem:

> *"A roupa lá de casa*
> *não se lava com sabão:*
> *lava com ponta de sabre*
> *e com bala de canhão..."*

Cantar, só, não fazia mal, não era pecado. As estradas cantavam. E ele achava muitas coisas bonitas, e tudo era mesmo bonito, como são todas as coisas, nos caminhos do sertão.

Parou, para espiar um buraco de tatu, escavado no barranco; para descascar um ananás selvagem, de ouro mouro, com cheiro de presépio; para tirar mel da caixa comprida da abelha borá; para rezar perto de um pau-d'arco florido e de um solene pau-d'óleo, que ambos conservavam, muito de--fresco, os sinais da mão de Deus. E, uma vez, teve de se escapar, depressa, para a meia-encosta, e ficou a contemplar, do alto, o caminho, belo como um rio, reboante ao tropel de uma boiada de duas mil cabeças, que rolava para o Itacambira, com a vaqueirama encourada — piquete de cinco na testa, em cada talão sete ou oito, e, atrás, todo um esquadrão de ulanos morenos, cantando cantigas do alto sertão.

E também fez, um dia, o jerico avançar atrás de um urubu reumático, que claudicava estrada a fora, um pedaço, antes de querer voar. E bebia, aparada nas mãos, a água das frias cascatas véus-de-noivas dos morros, que caem com tom de abundância e abandono. Pela primeira vez na sua vida, se extasiou com as pinturas do poente, com os três coqueiros subindo da linha da montanha para se recortarem num fundo alaranjado, onde, na descida do sol, muitas nuvens pegam fogo. E viu voar, do mulungu, vermelho, um tié--piranga, ainda mais vermelho — e o tié-piranga pousou num ramo do barbatimão sem flores, e Nhô Augusto sentiu que o barbatimão todo se alegrava, porque tinha agora um ramo que era de mulungu.

Viajou nas paragens dos mangabeiros, que lhe davam dormida nas malocas, de tecto e paredes de palmas de buriti. Retornou à beira do rio, onde os barranqueiros lhe davam comida, de pirão com pimenta e peixe. Depois, seguiu.

Uma tarde, cruzou, em pleno chapadão, com um bode amarelo e preto, preso por uma corda e puxando, na ponta da corda, um cego, esguio e meio maluco. Parou, e o cego foi declamando lenta e mole melopeia:

"Eu já vi um gato ler
e um grilo sentar escola,
nas asas de uma ema

jogar-se o jogo da bola,
dar louvores ao macaco.
Só me falta ver agora
acender vela sem pavio,
correr p'ra cima a água do rio,
o sol a tremer com frio
e a lûa *tomar tabaco!..."*

— Eh, zoeira! 'Tou também!... — aplaudiu Nhô Augusto.

Já o cego estendia a mão, com a sacola:

— "Estou misturando aqui o dinheirinho de todos"...

Mas mudou de projeto, enquanto Nhô Augusto caçava qualquer cobre na algibeira:

— Tem algum de-comer, aí, irmão? Dinheiro quero menos, que por aqui por estes trechos a gente custa muito a encontrar qualquer povoado, e até as cafuas mesmo são vasqueiras...

E explicou: tinha um menino-guia, mas esse-um havia mais de um mês que escapulira; e teria roubado também o bode, se o bode não tivesse berrado e ele não investisse de porrete. Agora, era aquele bicho de duas cores quem escolhia o caminho... Sabia, sim, sabia tudo! Ótimo para guiar... Companheiro de lei, que nem gente, que nem pessoa de sua família...

Se despediu. Achava a vida muito boa, e ia para a Bahia, de volta para o Caitité, porque quando era menino tinha nascido lá.

— Pois eu estou indo para a banda de onde você veio... Em todo o caso, meu compadre cego por destino de Deus, em todo o caso, dá lembrança minha a todos do povo da sua terra, toda essa gente certa, que eu não tenho ocasião de conhecer!

E aí o jumento andou, e Nhô Augusto ainda deu um eco, para o cerrado ouvir:

— "Qualquer paixão me adiverte..." Oh coisa boa a gente andar solto, sem obrigação nenhuma e bem com Deus!...

E quando o jegue empacava — porque, como todo jumento, ele era terrível de queixo-duro, e tanto tinha de orelhas quanto de preconceitos, — Nhô Augusto ficava em cima, mui concorde, rezando o terço, até que o jerico se decidisse a caminhar outra vez. E também, nas encruzilhadas, deixava que o bendito asno escolhesse o caminho, bulindo com as conchas dos ouvidos e ornejando. E bastava batesse no campo o pio de uma perdiz magoada, ou viesse do mato a lália lamúria dos tucanos, para o jumento mudar de rota, pendendo à esquerda ou se empescoçando para a direita; e, por via de um gavião casaco-de-couro cruzar-lhe à frente, já ele estacava, em concentrado prazo de irresolução.

Mas, somadas as léguas e deduzidos os desvios, vinham eles sempre para o sul, na direção das maitacas viajoras. Agora, amiudava-se o aparecimento de pessoas — mais ranchos, mais casas, povoados, fazendas; depois, arraiais, brotando do chão. E então, de repente, estiveram a muito pouca distância do arraial do Muricí.

— Não me importo! Aonde o jegue quiser me levar, nós vamos, porque estamos indo é com Deus!...

E assim entraram os dois no arraial do Rala-Coco, onde havia, no momento, uma agitação assustada no povo.

Mas, quando responderam a Nhô Augusto: "— É a jagunçada de seu Joãozinho Bem-Bem, que está descendo para a Bahia..." — ele, de alegre, não se pôde conter:

— Agora sim! Cantou p'ra mim, passarim!... Mas, onde é que eles estão?

Estavam aboletados, bem no centro do arraial, numa casa de fazendeiro, onde seu Joãozinho Bem-Bem recebeu Nhô Augusto, com muita satisfação.

Nhô Augusto caçoou:

— "Boi andando no pasto, p'ra lá e p'ra cá, capim que acabou ou está para acabar..."

— É isso, mano velho... Livrei meu compadre Nicolau Cardoso, bom homem... E agora vou ajuntar o resto do meu pessoal, porque tive recado de que a política se apostemou, do lado de lá das divisas, e estou indo de rota batida para o Pilão Arcado, que o meu amigo Franquilim de Albuquerque é capaz de precisar de mim...

Fitava Nhô Augusto com olhos alegres, e tinha no rosto um ar paternal. Mas, na testa, havia o resto de uma ruga.

— Está vendo, mano velho? Quem é que não se encontra, neste mundo?... Fico prazido, por lhe ver. E agora o senhor é quem está em minha casa... Vai se arranchar comigo. Se abanque, mano velho, se abanque!... Arranja um café aqui p'ra o parente, Flosino!

— Não queria empalhar... O senhor está com pouco prazo...

— Que nada, mano velho! Nós estamos de saída, mas ainda falta ajustar um devido, para não se deixar rabo para trás... Depois lhe conto. O senhor mesmo vai ver, daqui a pouco... Come com gosto, mano velho.

Nhô Augusto mordia o pão de broa, e espiava, inocente, para ver se já vinha o café.

— Tem chá de congonha, requentado, mano velho...

— Aceito também, amigo. Estou com fome de tropeiro... Mas, qu'é de o Juruminho?

— Ah, o senhor guardou o nome, e, a pois, gostou dele, do menino... Pois foi logo com o pobre do Juruminho, que era um dos mais melhores que eu tinha...

— Não diga...

O rosto de seu Joãozinho Bem-Bem foi ficando sombrio.

— O matador — foi à traição, — caiu no mundo, campou no pé... Mas a família vai pagar tudo, direito!

Seu Joãozinho Bem-Bem, sentado em cima da beirada da mesa, brincava com os três bentinhos do pescoço, e batia, muito ligeiro, os calcanhares, um no outro. Nhô Augusto, parando de limpar os dentes com o dedo, lastimou:

— Coitado do Juruminho, tão destorcido e de tão bom parecer... Deixa eu rezar por alma dele...

Seu Joãozinho Bem-Bem desceu da mesa e caminhou pela sala, calado. Nhô Augusto, cabeça baixa, sempre sentado num selim velho, dava o ar de quem estivesse com a mente muito longe.

— Escuta, mano velho...

Seu Joãozinho Bem-Bem parou em frente de Nhô Augusto, e continuou:

— ...eu gostei da sua pessoa, em-desde a primeira hora, quando o senhor caminhou para mim, na rua daquele lugarejo... Já lhe disse, da outra vez, na sua casa: o senhor não me contou coisa nenhuma de sua vida, mas eu sei que já deve de ter sido brigador de ofício. Olha: eu, até de longe, com os olhos fechados, o senhor não me engana: juro como não há outro homem p'ra ser mais sem medo e disposto para tudo. É só o senhor mesmo querer...

— Sou um pobre pecador, seu Joãozinho Bem-Bem...

— Que-o-quê! Essa mania de rezar é que está lhe perdendo... O senhor não é padre nem frade, p'ra isso; é algum?... Cantoria de igreja, dando em cabeça fraca, desgoverna qualquer valente... Bobajada!...

— Bate na boca, seu Joãozinho Bem-Bem meu amigo, que Deus pode castigar!

— Não se ofenda, mano velho, deixe eu dizer: eu havia de gostar, se o senhor quisesse vir comigo, para o norte... Já lhe falei e torno a falar: é convite como nunca fiz a outro, e o senhor não vai se arrepender! Olha: as armas do Juruminho estão aí, querendo dono novo...

— Deixa eu ver...

Nhô Augusto bateu a mão na winchester, do jeito com que um gato poria a pata num passarinho. Alisou coronha e cano. E os seus dedos tremiam, porque essa estava sendo a maior das suas tentações.

Fazer parte do bando de seu Joãozinho Bem-Bem! Mas os lábios se moviam — talvez ele estivesse proferindo entre dentes o creio-em-deus--padre — e, por fim, negou com a cabeça, muitas vezes:

— Não posso, meu amigo seu Joãozinho Bem-Bem!... Depois de tantos anos... Fico muito agradecido, mas não posso, não me fale nisso mais...

E ria para o chefe dos guerreiros, e também por dentro se ria, e era o riso do capiau ao passar a perna em alguém, no fazer qualquer negócio.

— Está direito, lhe obrigar não posso... Mas, pena é...

Nisso, fizeram um estardalhaço, à entrada.

— Quem é?

— É o tal velho caduco, chefe.

— Deixa ele entrar. Vem cá, velho.

O velhote chorava e tremia, e se desacertou, frente às pessoas. Afinal, conseguiu ajoelhar-se aos pés de seu Joãozinho Bem-Bem.

— Ai, meu senhor que manda em todos... Ai, seu Joãozinho Bem--Bem, tem pena!... Tem pena do meu povinho miúdo... Não corta o coração de um pobre pai...

— Levanta, velho...

— O senhor é poderoso, é dono do choro dos outros... Mas a Virgem Santíssima lhe dará o pago por não pisar em formiguinha do chão... Tem piedade de nós todos, seu Joãozinho Bem-Bem!...

— Levanta, velho! Quem é que teve piedade do Juruminho, baleado por detrás?

— Ai, seu Joãozinho Bem-Bem, então lhe peço, pelo amor da senhora sua mãe, que o teve e lhe deu de mamar, eu lhe peço que dê ordem de matarem só este velho, que não presta para mais nada... Mas que não mande judiar com os pobrezinhos dos meus filhos e minhas filhas, que estão lá em casa sofrendo, adoecendo de medo, e que não têm culpa nenhuma do que fez o irmão... Pelo sangue de Jesus Cristo e pelas lágrimas da Virgem Maria!...

E o velho tapou a cara com as mãos, sempre ajoelhado, curvado, soluçando e arquejando.

Seu Joãozinho Bem-Bem pigarreou, e falou:

— Lhe atender não posso, e com o senhor não quero nada, velho. É a regra... Senão, até quem é mais que havia de querer obedecer a um homem que não vinga gente sua, morta de traição?... É a regra. Posso até livrar de *sebaça*, às vezes, mas não posso perdoar isto não... Um dos dois rapazinhos seus filhos tem de morrer, de tiro ou à faca, e o senhor pode é escolher qual deles é que deve de pagar pelo crime do irmão. E as moças... Para mim não quero nenhuma, que mulher não me enfraquece: as mocinhas são para os meus homens...

— Perdão, para nós todos, seu Joãozinho Bem-Bem... Pelo corpo de Cristo na Sexta-Feira da Paixão!

— Cala a boca, velho. Vamos logo cumprir a nossa obrigação...

Mas, aí, o velho, sem se levantar, inteiriçou-se, distendeu o busto para cima, como uma caninana enfuriada, e pareceu que ia chegar com a cara até em frente à de seu Joãozinho Bem-Bem. Hirto, cordoveias retesas, mastigando os dentes e cuspindo baba, urrou:

— Pois então, satanás, eu chamo a força de Deus p'ra ajudar a minha fraqueza no ferro da tua força maldita!...

Houve um silêncio. E, aí:

— Não faz isso, meu amigo seu Joãozinho Bem-Bem, que o desgraçado do velho está pedindo em nome de Nosso Senhor e da Virgem Maria! E o que vocês estão querendo fazer em casa dele é coisa que nem Deus não manda e nem o diabo não faz!

Nhô Augusto tinha falado; e a sua mão esquerda acariciava a lâmina da lapiana, enquanto a direita pousava, despreocupada, no pescoço da carabina. Dera tom calmo às palavras, mas puxava forte respiração soprosa, que quase o levantava do selim e o punha no assento outra vez. Os olhos cresciam, todo ele crescia, como um touro que acha os vaqueiros excessivamente abundantes e cisma de ficar sozinho no meio do curral.

— Você está caçoando com a gente, mano velho?

— Estou não. Estou pedindo como amigo, mas a conversa é no sério, meu amigo, meu parente, seu Joãozinho Bem-Bem.

— Pois pedido nenhum desse atrevimento eu até hoje nunca que ouvi nem atendi!...

O velho engatinhou, ligeiro, para se encostar na parede. No calor da sala, uma mosca esvoaçou.

— Pois então... — e Nhô Augusto riu, como quem vai contar uma grande anedota — ...Pois então, meu amigo seu Joãozinho Bem-Bem, é fácil... Mas tem que passar primeiro por riba de eu defunto...

Joãozinho Bem-Bem se sentia preso a Nhô Augusto por uma simpatia poderosa, e ele nesse ponto era bem-assistido, sabendo prever a viragem dos climas e conhecendo por instinto as grandes coisas. Mas Teófilo Sussuarana era bronco excessivamente bronco, e caminhou para cima de Nhô Augusto. Na sua voz:

— Epa! Nomopadrofilhospritossantamêin! Avança, cambada de filhos-
-da-mãe, que chegou minha vez!...

E a casa matraqueou que nem panela de assar pipocas, escurecida à fuma-
ça dos tiros, com os cabras saltando e miando de maracajás, e Nhô Augusto gritando qual um demônio preso e pulando como dez demônios soltos.

— Ô gostosura de fim-de-mundo!...

E garrou a gritar as palavras feias todas e os nomes imorais que apren-
dera em sua farta existência, e que havia muitos anos não proferia. E atroava, também, a voz de seu Joãozinho Bem-Bem:

— Sai, Cangussú! Foge, daí, Epifânio! Deixa nós dois brigar sozinhos!

A coronha do rifle, no pé-do-ouvido... Outro pulo... Outro tiro...

Três dos cabras correram, porque outros três estavam mortos, ou quase, ou fingindo.

E aí o povo encheu a rua, à distância, para ver. Porque não havia mais balas, e seu Joãozinho Bem-Bem mais o Homem do Jumento tinham rodado cá para fora da casa, só em sangue e em molambos de roupas pendentes. E eles negaceavam e pulavam, numa dansa ligeira, de sorriso na boca e de faca na mão.

— Se entregue, mano velho, que eu não quero lhe matar...

— Joga a faca fora, dá viva a Deus, e corre, seu Joãozinho Bem-Bem...

— Mano velho! Agora é que tu vai dizer: quantos palmos é que tem, do calcanhar ao cotovelo!...

— Se arrepende dos pecados, que senão vai sem contrição, e vai direitinho p'ra o inferno, meu parente seu Joãozinho Bem-Bem!...

— Úi, estou morto...

A lâmina de Nhô Augusto talhara de baixo para cima, do púbis à boca-do-estômago, e um mundo de cobras sangrentas saltou para o ar livre, enquanto seu Joãozinho Bem-Bem caía ajoelhado, recolhendo os seus recheios nas mãos.

Aí, o povo quis amparar Nhô Augusto, que punha sangue por todas as partes, até do nariz e da boca, e que devia de estar pesando demais, de tanto chumbo e bala. Mas tinha fogo nos olhos de gato-do-mato, e o busto, especado, não vergava para o chão.

— Espera aí, minha gente, ajudem o meu parente ali, que vai morrer mais primeiro... Depois, então, eu posso me deitar.

— Estou no quase, mano velho... Morro, mas morro na faca do homem mais maneiro de junta e de mais coragem que eu já conheci!... Eu sempre lhe disse quem era bom mesmo, mano velho... É só assim que gente como eu tem licença de morrer... Quero acabar sendo amigos...

— Feito, meu parente, seu Joãozinho Bem-Bem. Mas, agora, se arrepende dos pecados, e morre logo como um cristão, que é para a gente poder ir juntos...

Mas, seu Joãozinho Bem-Bem, quando respirava, as rodilhas dos intestinos subiam e desciam. Pegou a gemer. Estava no estorcer do fim. E, como teimava em conversar, apressou ainda mais a despedida. E foi mesmo.

Alguém gritou: — "Eh, seu Joãozinho Bem-Bem já bateu com o rabo na cerca! Não tem mais!"... — E então Nhô Augusto se bambeou nas pernas, e deixou que o carregassem.

— P'ra dentro de casa, não, minha gente. Quero me acabar no solto, olhando o céu, e no claro... Quero é que um de vocês chame um padre... Pede para ele vir me abençoando pelo caminho, que senão é capaz de não me achar mais...

E riu.

E o povo, enquanto isso, dizia: — "Foi Deus quem mandou esse homem no jumento, por mór de salvar as famílias da gente!..." E a turba começou a querer desfeitear o cadáver de seu Joãozinho Bem-Bem, todos cantando uma cantiga que qualquer-um estava inventando na horinha:

Não me mata, não me mata
seu Joãozinho Bem-Bem!
Você não presta mais pra nada,
seu Joãozinho Bem-Bem!...

Nhô Augusto falou, enérgico:
— Para com essa matinada, cambada de gente herege!... E depois enterrem bem direitinho o corpo, com muito respeito e em chão sagrado, que esse aí é o meu parente seu Joãozinho Bem-Bem!

E o velho choroso exclamava:
— Traz meus filhos, para agradecerem a ele, para beijarem os pés dele!... Não deixem este santo morrer assim... P'ra que foi que foram inventar arma de fogo, meu Deus?!

Mas Nhô Augusto tinha o rosto radiante, e falou:
— Perguntem quem é aí que algum dia já ouviu falar no nome de Nhô Augusto Estêves, das Pindaíbas!

— Virgem Santa! Eu logo vi que só podia ser você, meu primo Nhô Augusto...

Era o João Lomba, conhecido velho e meio parente. Nhô Augusto riu:
— E hein, hein João?!

— P'ra ver...

Então, Augusto Matraga fechou um pouco os olhos, com sorriso intenso nos lábios lambuzados de sangue, e de seu rosto subia um sério contentamento.

Daí, mais, olhou, procurando João Lomba, e disse, agora sussurrado, sumido:

— Põe a benção na minha filha... seja lá onde for que ela esteja... E, Dionóra... Fala com a Dionóra que está tudo em ordem!

Depois, morreu.

SORÔCO, SUA MÃE, SUA FILHA

[*Primeiras estórias*]

Aquele carro parara na linha de resguardo, desde a véspera, tinha vindo com o expresso do Rio, e estava lá, no desvio de dentro, na esplanada da estação. Não era um vagão comum de passageiros, de primeira, só que mais vistoso, todo novo. A gente reparando, notava as diferenças. Assim repartido em dois, num dos cômodos as janelas sendo de grades, feito as de cadeia, para os presos. A gente sabia que, com pouco, ele ia rodar de volta, atrelado ao expresso daí de baixo, fazendo parte da composição. Ia servir para levar duas mulheres, para longe, para sempre. O trem do sertão passava às 12h45m.

As muitas pessoas já estavam de ajuntamento, em beira do carro, para esperar. As pessoas não queriam poder ficar se entristecendo, conversavam, cada um porfiando no falar com sensatez, como sabendo mais do que os outros a prática do acontecer das coisas. Sempre chegava mais povo — o movimento. Aquilo quase no fim da esplanada, do lado do curral de embarque de bois, antes da guarita do guarda-chaves, perto dos empilhados de lenha. Sorôco ia trazer as duas, conforme. A mãe de Sorôco era de idade, com para mais de uns setenta. A filha, ele só tinha aquela. Sorôco era viúvo. Afora essas, não se conhecia dele o parente nenhum.

A hora era de muito sol — o povo caçava jeito de ficarem debaixo da sombra das árvores de cedro. O carro lembrava um canoão no seco, navio. A gente olhava: nas reluzências do ar, parecia que ele estava tôrto, que nas pontas se empinava. O borco bojudo do telhadilho dele alumiava em preto. Parecia coisa de invento de muita distância, sem piedade nenhuma, e que a gente não pudesse imaginar direito nem se acostumar de ver, e não sendo de ninguém. Para onde ia, no levar as mulheres, era para um lugar chamado Barbacena, longe. Para o pobre, os lugares são mais longe.

O Agente da estação apareceu, fardado de amarelo, com o livro de capa preta e as bandeirinhas verde e vermelha debaixo do braço. — *"Vai ver se botaram água fresca no carro..."* — ele mandou. Depois, o guarda-freios andou mexendo nas mangueiras de engate. Alguém deu aviso: — *"Eles vêm!..."* Apontavam, da Rua de Baixo, onde morava Sorôco. Ele era um homenzão, brutalhudo de corpo, com a cara grande, uma barba, fiosa, encardida em amarelo, e uns pés, com alpercatas: as crianças tomavam medo dele; mais, da voz, que era quase pouca, grossa, que em seguida se afinava. Vinham vindo, com o trazer de comitiva.

Aí, paravam. A filha — a moça — tinha pegado a cantar, levantando os braços, a cantiga não vigorava certa, nem no tom nem no se-dizer das palavras — o nenhum. A moça punha os olhos no alto, que nem os santos e os espantados, vinha enfeitada de disparates, num aspecto de admiração. Assim com panos e papéis, de diversas cores, uma carapuça em cima dos espalhados cabelos, e enfunada em tantas roupas ainda de mais misturas, tiras e faixas, dependuradas — virundangas: matéria de maluco. A velha só estava de preto, com um fichu preto, ela batia com a cabeça, nos docementes. Sem tanto que diferentes, elas se assemelhavam.

Sorôco estava dando o braço a elas, uma de cada lado. Em mentira, parecia entrada em igreja, num casório. Era uma tristeza. Parecia enterro. Todos ficavam de parte, a chusma de gente não querendo afirmar as vistas, por causa daqueles trasmodos e despropósitos, de fazer risos, e por conta de Sorôco — para não parecer pouco caso. Ele hoje estava calçado de botinas, e de paletó, com chapéu grande, botara sua roupa melhor, os maltrapos. E estava reportado e atalhado, humildoso. Todos diziam a ele seus respeitos, de dó. Ele respondia: — *"Deus vos pague essa despesa..."*

O que os outros se diziam: que Sorôco tinha tido muita paciência. Sendo que não ia sentir falta dessas transtornadas pobrezinhas, era até um alívio. Isso não tinha cura, elas não iam voltar, nunca mais. De antes, Sorôco aguentara de repassar tantas desgraças, de morar com as duas, pelejava. Daí, com os anos, elas pioraram, ele não dava mais conta, teve de chamar ajuda, que foi preciso. Tiveram que olhar em socorro dele, determinar de dar as providências, de mercê. Quem pagava tudo era o Governo, que tinha mandado o carro. Por forma que, por força disso, agora iam remir com as duas, em hospícios. O se seguir.

De repente, a velha se desapareceu do braço de Sorôco, foi se sentar no degrau da escadinha do carro. — *"Ela não faz nada, seo Agente..."* — a voz de Sorôco estava muito branda: — *"Ela não acode, quando a gente chama..."* A moça, aí, tornou a cantar, virada para o povo, o ao ar, a cara dela era um repouso estatelado, não queria dar-se em espetáculo, mas representava de outroras grandezas, impossíveis. Mas a gente viu a velha olhar para ela, com um encanto de pressentimento muito antigo — um amor extremoso. E, principiando baixinho, mas depois puxando pela voz, ela pegou a cantar, também, tomando o exemplo, a cantiga mesma da outra, que ninguém não entendia. Agora elas cantavam junto, não paravam de cantar.

Aí que já estava chegando a horinha do trem, tinham de dar fim aos aprestes, fazer as duas entrar para o carro de janelas enxequetadas de grades. Assim, num consumiço, sem despedida nenhuma, que elas nem haviam de poder entender. Nessa diligência, os que iam com elas, por bem-fazer, na viagem comprida, eram o Nenêgo, despachado e animoso, e o José Abençoado, pessoa de muita cautela, estes serviam para ter mão nelas, em toda juntura. E subiam também no carro uns rapazinhos, carregando as trouxas e malas, e as coisas de comer, muitas, que não iam fazer míngua, os embrulhos de pão. Por derradeiro, o Nenêgo ainda se apareceu na plataforma, para os gestos de que tudo ia em ordem. Elas não haviam de dar trabalhos.

Agora, mesmo, a gente só escutava era o acorçoo do canto, das duas, aquela chirimia, que avocava: que era um constado de enormes diversidades desta vida, que podiam doer na gente, sem jurisprudência de motivo nem lugar, nenhum, mas pelo antes, pelo depois.

Sorôco.

Tomara aquilo se acabasse. O trem chegando, a máquina manobrando sozinha para vir pegar o carro. O trem apitou, e passou, se foi, o de sempre.

Sorôco não esperou tudo se sumir. Nem olhou. Só ficou de chapéu na mão, mais de barba quadrada, surdo — o que nele mais espantava. O triste do homem, lá, decretado, embargando-se de poder falar algumas suas palavras. Ao sofrer o assim das coisas, ele, no ôco sem beiras, debaixo do peso, sem queixa, exemploso. E lhe falaram: — *"O mundo está dessa forma..."* Todos, no arregalado respeito, tinham as vistas neblinadas. De repente, todos gostavam demais de Sorôco.

Ele se sacudiu, de um jeito arrebentado, desacontecido, e virou, pra ir-s'embora. Estava voltando para casa, como se estivesse indo para longe, fora de conta.

Mas, parou. Em tanto que se esquisitou, parecia que ia perder o de si, parar de ser. Assim num excesso de espírito, fora de sentido. E foi o que não se podia prevenir: quem ia fazer siso naquilo? Num rompido — ele começou a cantar, alteado, forte, mas sozinho para si — e era a cantiga, mesma, de desatino, que as duas tanto tinham cantado. Cantava continuando.

A gente se esfriou, se afundou — um instantâneo. A gente... E foi sem combinação, nem ninguém entendia o que se fizesse: todos, de uma vez, de dó do Sorôco, principiaram também a acompanhar aquele canto sem razão. E com as vozes tão altas! Todos caminhando, com ele, Sorôco, e canta que cantando, atrás dele, os mais de detrás quase que corriam, ninguém deixasse de cantar. Foi o de não sair mais da memória. Foi um caso sem comparação.

A gente estava levando agora o Sorôco para a casa dele, de verdade. A gente, com ele, ia até aonde que ia aquela cantiga.

A TERCEIRA MARGEM DO RIO

[*Primeiras estórias*]

Nosso pai era homem cumpridor, ordeiro, positivo; e sido assim desde mocinho e menino, pelo que testemunharam as diversas sensatas pessoas, quando indaguei a informação. Do que eu mesmo me alembro, ele não figurava mais estúrdio nem mais triste do que os outros, conhecidos nossos. Só quieto. Nossa mãe era quem regia, e que ralhava no diário com a gente — minha irmã, meu irmão e eu. Mas se deu que, certo dia, nosso pai mandou fazer para si uma canoa.

Era a sério. Encomendou a canoa especial, de pau de vinhático, pequena, mal com a tabuinha da popa, como para caber justo o remador. Mas teve de ser toda fabricada, escolhida forte e arqueada em rijo, própria para dever durar na água por uns vinte ou trinta anos. Nossa mãe jurou muito contra a ideia. Seria que, ele, que nessas artes não vadiava, se ia propor agora para pescarias e caçadas? Nosso pai nada não dizia. Nossa casa, no tempo, ainda era mais próxima do rio, obra de nem quarto de légua: o rio por aí se estendendo grande, fundo, calado que sempre. Largo, de não se poder ver a forma da outra beira. E esquecer não posso, do dia em que a canoa ficou pronta.

Sem alegria nem cuidado, nosso pai encalcou o chapéu e decidiu um adeus para a gente. Nem falou outras palavras, não pegou matula e trouxa, não fez a alguma recomendação. Nossa mãe, a gente achou que ela ia esbravejar, mas persistiu somente alva de pálida, mascou o beiço e bramou: — *"Cê vai, ocê fique, você nunca volte!"* Nosso pai suspendeu a resposta. Espiou manso para mim, me acenando de vir também, por uns passos. Temi a ira de nossa mãe, mas obedeci, de vez de jeito. O rumo daquilo me animava, chega que um propósito perguntei: — *"Pai, o senhor me leva junto, nessa sua canoa?"* Ele só retornou o olhar em mim, e me botou a bênção, com gesto me mandando para trás. Fiz que vim, mas ainda virei, na grota do mato, para saber.

Nosso pai entrou na canoa e desamarrou, pelo remar. E a canoa saiu se indo — a sombra dela por igual, feito um jacaré, comprida longa.

Nosso pai não voltou. Ele não tinha ido a nenhuma parte. Só executava a invenção de se permanecer naqueles espaços do rio, de meio a meio, sempre dentro da canoa, para dela não saltar, nunca mais. A estranheza dessa verdade deu para estarrecer de todo a gente. Aquilo que não havia, acontecia. Os parentes, vizinhos e conhecidos nossos, se reuniram, tomaram juntamente conselho.

Nossa mãe, vergonhosa, se portou com muita cordura; por isso, todos pensaram de nosso pai a razão em que não queriam falar: doideira. Só uns achavam o entanto de poder também ser pagamento de promessa; ou que, nosso pai, quem sabe, por escrúpulo de estar com alguma feia doença, que seja, a lepra, se desertava para outra sina de existir, perto e longe de sua família dele. As vozes das notícias se dando pelas certas pessoas — passadores, moradores das beiras, até do afastado da outra banda — descrevendo que nosso pai nunca se surgia a tomar terra, em ponto nem canto, de dia nem de noite, da forma como cursava no rio, solto solitariamente. Então, pois, nossa mãe e os aparentados nossos, assentaram: que o mantimento que tivesse, ocultado na canoa, se gastava; e, ele, ou desembarcava e viajava s'embora, para jamais, o que ao menos se condizia mais correto, ou se arrependia, por uma vez, para casa.

No que num engano. Eu mesmo cumpria de trazer para ele, cada dia, um tanto de comida furtada: a ideia que senti, logo na primeira noite, quando o pessoal nosso experimentou de acender fogueiras em beirada do rio, enquanto que, no alumiado delas, se rezava e se chamava. Depois, no seguinte, apareci, com rapadura, broa de pão, cacho de bananas. Enxerguei nosso pai, no enfim de uma hora, tão custosa para sobrevir: só assim, ele no ao-longe, sentado no fundo da canoa, suspendida no liso do rio. Me viu, não remou para cá, não fez sinal. Mostrei o de comer, depositei num oco de pedra do barranco, a salvo de bicho mexer e a seco de chuva e orvalho. Isso, que fiz, e refiz, sempre, tempos a fora. Surpresa que mais tarde tive: que nossa mãe sabia desse meu encargo, só se encobrindo de não saber; ela mesma deixava, facilitado, sobra de coisas, para o meu conseguir. Nossa mãe muito não se demonstrava.

Mandou vir o tio nosso, irmão dela, para auxiliar na fazenda e nos negócios. Mandou vir o mestre, para nós, os meninos. Incumbiu ao padre que um dia se revestisse, em praia de margem, para esconjurar e clamar a nosso pai o dever de desistir da tristonha teima. De outra, por arranjo dela, para medo, vieram os dois soldados. Tudo o que não valeu de nada. Nosso pai passava ao largo, avistado ou diluso, cruzando na canoa, sem deixar ninguém se chegar à pega ou à fala. Mesmo quando foi, não faz muito, dos homens do jornal, que trouxeram a lancha e tencionavam tirar retrato dele, não venceram: nosso pai se desaparecia para a outra banda, aproava a canoa no brejão, de léguas, que há, por entre juncos e mato, e só ele conhecesse, a palmos, a escuridão daquele.

A gente teve de se acostumar com aquilo. Às penas, que, com aquilo, a gente mesmo nunca se acostumou, em si, na verdade. Tiro por mim, que, no que queria, e no que não queria, só com nosso pai me achava: assunto que jogava para trás meus pensamentos. O severo que era, de não se entender, de maneira nenhuma, como ele aguentava. De dia e de noite, com sol ou aguaceiros, calor, sereno, e nas friagens terríveis de meio-do-ano, sem arrumo, só com o chapéu velho na cabeça, por todas as semanas, e meses, e os anos — sem fazer conta do se-ir do viver. Não pojava em nenhuma das duas beiras, nem nas ilhas e croas do rio, não pisou mais em chão nem capim. Por certo, ao menos, que, para dormir seu tanto, ele fizesse amarração da canoa, em alguma ponta-de-ilha, no esconso. Mas não armava um foguinho em praia, nem dispunha de sua luz feita, nunca mais riscou um fósforo. O que consumia de comer, era só um quase; mesmo do que a gente depositava, no entre as raízes da gameleira, ou na lapinha de pedra do barranco, ele recolhia pouco, nem o bastável. Não adoecia? E a constante força dos braços, para ter tento na canoa, resistido, mesmo na demasia das enchentes, no subimento, aí quando no lanço da correnteza enorme do rio tudo rola o perigoso, aqueles corpos de bichos mortos e paus-de-árvore descendo — de espanto de esbarro. E nunca falou mais palavra, com pessoa alguma. Nós, também, não falávamos mais nele. Só se pensava. Não, de nosso pai não se podia ter esquecimento; e, se, por um pouco, a gente fazia que esquecia, era só para se despertar de novo, de repente, com a memória, no passo de outros sobressaltos.

Minha irmã se casou; nossa mãe não quis festa. A gente imaginava nele, quando se comia uma comida mais gostosa; assim como, no gasalhado da noite, no desamparo dessas noites de muita chuva, fria, forte, nosso pai só com a mão e uma cabaça para ir esvaziando a canoa da água do temporal. Às vezes, algum conhecido nosso achava que eu ia ficando mais parecido com nosso pai. Mas eu sabia que ele agora virara cabeludo, barbudo, de unhas grandes, mal e magro, ficado preto de sol e dos pelos, com o aspecto de bicho, conforme quase nu, mesmo dispondo das peças de roupas que a gente de tempos em tempos fornecia.

Nem queria saber de nós; não tinha afeto? Mas, por afeto mesmo, de respeito, sempre que às vezes me louvavam, por causa de algum meu bom procedimento, eu falava: — *"Foi pai que um dia me ensinou a fazer assim..."*; o que não era o certo, exato; mas, que era mentira por verdade. Sendo que, se ele não se lembrava mais, nem queria saber da gente, por que, então, não subia ou descia o rio, para outras paragens, longe, no não-encontrável? Só ele soubesse. Mas minha irmã teve menino, ela mesma entestou que queria mostrar para ele o neto. Viemos, todos, no barranco, foi num dia bonito, minha irmã de vestido branco, que tinha sido o do casamento, ela erguia nos braços a criancinha, o marido dela segurou, para defender os dois, o guarda-sol. A gente chamou, esperou. Nosso pai não apareceu. Minha irmã chorou, nós todos aí choramos, abraçados.

Minha irmã se mudou, com o marido, para longe daqui. Meu irmão resolveu e se foi, para uma cidade. Os tempos mudavam, no devagar depressa dos tempos. Nossa mãe terminou indo também, de uma vez, residir com minha irmã, ela estava envelhecida. Eu fiquei aqui, de resto. Eu nunca podia querer me casar. Eu permaneci, com as bagagens da vida. Nosso pai carecia de mim, eu sei — na vagação, no rio no ermo — sem dar razão de seu feito. Seja que, quando eu quis mesmo saber, e firme indaguei, me diz-que-disseram: que constava que nosso pai, alguma vez, tivesse revelado a explicação, ao homem que para ele aprontara a canoa. Mas, agora, esse homem já tinha morrido, ninguém soubesse, fizesse recordação, de nada, mais. Só as falsas conversas, sem senso, como por ocasião, no começo, na vinda das primeiras cheias do rio, com chuvas que não estiavam, todos temeram o fim-do-mundo, diziam: que nosso pai fosse o avisado que nem Noé, que, por tanto, a canoa ele tinha antecipado; pois agora me entrelembro. Meu pai, eu não podia malsinar. E apontavam já em mim uns primeiros cabelos brancos.

Sou homem de tristes palavras. De que era que eu tinha tanta, tanta culpa? Se o meu pai, sempre fazendo ausência: e o rio-rio-rio, o rio — pondo perpétuo. Eu sofria já o começo de velhice — esta vida era só o demoramento. Eu mesmo tinha achaques, ânsias, cá de baixo, cansaços, perrenguice de reumatismo. E ele? Por quê? Devia de padecer demais. De tão idoso, não ia, mais dia menos dia, fraquejar do vigor, deixar que a canoa emborcasse, ou que bubuiasse sem pulso, na levada do rio, para se despenhar horas abaixo, em tororoma e no tombo da cachoeira, brava, com o fervimento e morte. Apertava o coração. Ele estava lá, sem a minha tranquilidade. Sou o culpado do que nem sei, de dor em aberto, no meu foro. Soubesse — se as coisas fossem outras. E fui tomando ideia.

Sem fazer véspera. Sou doido? Não. Na nossa casa, a palavra *doido* não se falava, nunca mais se falou, os anos todos, não se condenava ninguém de doido. Ninguém é doido. Ou, então, todos. Só fiz, que fui lá. Com um lenço, para o aceno ser mais. Eu estava muito no meu sentido. Esperei. Ao por fim, ele apareceu, aí e lá, o vulto. Estava ali, sentado à popa. Estava ali, de grito. Chamei, umas quantas vezes. E falei, o que me urgia, jurado e declarado, tive que reforçar a voz: — *"Pai, o senhor está velho, já fez o seu tanto... Agora, o senhor vem, não carece mais... O senhor vem, e eu, agora mesmo, quando que seja, a ambas vontades, eu tomo o seu lugar, do senhor, na canoa!..."* E, assim dizendo, meu coração bateu no compasso do mais certo.

Ele me escutou. Ficou em pé. Manejou remo n'água, proava para cá, concordado. E eu tremi, profundo, de repente: porque, antes, ele tinha levantado o braço e feito um saudar de gesto — o primeiro, depois de tamanhos anos decorridos! E eu não podia... Por pavor, arrepiados os cabelos, corri, fugi, me tirei de lá, num procedimento desatinado. Porquanto que ele me pareceu vir: da parte de além. E estou pedindo, pedindo, pedindo um perdão.

Sofri o grave frio dos medos, adoeci. Sei que ninguém soube mais dele. Sou homem, depois desse falimento? Sou o que não foi, o que vai ficar calado. Sei que agora é tarde, e temo abreviar com a vida, nos rasos do mundo. Mas, então, ao menos, que, no artigo da morte, peguem em mim, e me depositem também numa canoinha de nada, nessa água, que não para, de longas beiras: e, eu, rio abaixo, rio a fora, rio a dentro — o rio.

BIOGRAFIA

João Guimarães Rosa nasceu em Cordisburgo, Minas Gerais, em 17 de junho de 1908, e faleceu no Rio de Janeiro, em 19 de novembro de 1967. Fez os estudos primários e secundários em São João del-Rei e em Belo Horizonte, onde posteriormente obteria o diploma pela Faculdade de Medicina, em 1930. Como médico, trabalharia no sertão de Minas Gerais, passando dois anos na pequena cidade de Itaguara. Em 1934 seria aprovado no concurso para o Itamaraty, ocupando seu primeiro posto na nova profissão como cônsul-adjunto em Hamburgo, na Alemanha, onde ficaria de 1938 a 1942. Com a eclosão da Segunda Guerra Mundial (1939-1945), e na condição de cidadão de país inimigo da Alemanha, seria internado por alguns meses em Baden-Baden com outros brasileiros, inclusive o pintor modernista pernambucano Cícero Dias (1907-2003), de quem se tornaria grande amigo.

Depois desse episódio, ocuparia postos diplomáticos em Bogotá, em Paris e no Rio de Janeiro, onde residiria até seu falecimento.

A estreia literária de Guimarães Rosa deu-se com contos publicados em revistas, que submetia a concurso, chegando a ganhar o modesto prêmio de cem cruzeiros, a moeda de então. A leitura desses contos mostra que a imaginação do autor, ousada e inesgotável, levava-o para pontos distantes do planeta ou do passado mais remoto. Em recordações de infância, confessa que viajava em espírito por meio de mapas, compêndios escolares de geografia e relatos de aventuras. Depois, se não renegou esses contos, ao menos guardou silêncio e os relegou à gaveta. Sem sua autorização, foram publicados décadas após sua morte com o título de *Antes das primeiras estórias* (2011). São eles: "O mistério de Highmore Hall", "Makiné", "Chronos kai anagke" e "Caçadores de camurça". Essa edição tardia foi precedida por outra, a de seu único livro de poesia, *Magma* (1997), também inédito desde que ganhara um concurso de poesia, em 1936. A nenhum deles, conto ou poema, o autor, bom juiz da própria obra, achara digno de ser retirado do ineditismo e publicado em livro.

A estreia em livro — *Sagarana* (1946) — foi importante porque inauguraria o espaço definitivo de Guimarães Rosa — o sertão — e inverteria o movimento de sua pena até então. Ao passar a viver no exterior, encetando carreira profissional de diplomata, Guimarães Rosa, ao contrário do que fizera anteriormente, abandonaria as locações exóticas e passaria a escrever sobre o Brasil, a distância precisando-lhe a perspectiva e ajustando seus binóculos imaginários.

A trajetória do escritor nada teve de simples nem de retilínea. Vejam-se apenas os solavancos que sofreu o destino desse primeiro livro publicado.

Freguês que era de concursos, candidatou-se a mais um no Rio de Janeiro, apresentando-se com um livro intitulado provisoriamente *Contos*. Ficou em segundo lugar, tendo o primeiro lugar cabido a outro. Não se sabe se isso o desanimou ou se foi a coincidência com sua nomeação para o primeiro posto fora do país. Mas foi uma reviravolta profissional para quem até então era médico e uma mudança material para a Alemanha, onde logo sobreveio a Segunda Guerra Mundial. O fato é que Guimarães Rosa levou quase dez anos polindo o livro, corrigindo e emendando, sobretudo diminuindo-o de 500 páginas para cerca de 300, e cortando fora três dos contos.

O neologismo que criou para título desse primeiro livro, "sagarana", reúne em sua bela sonoridade de quatro *aaaa* a palavra "saga", significando conjunto ou série de histórias, ao sufixo tupi "-rana", que significa "à maneira de".

A essa altura, confiante de que sua vocação era a prosa, e não a poesia, iria desenrolando sua obra. Depois de *Sagarana* viriam quase simultaneamente, no mesmo ano de 1956, espantando o mundo literário brasileiro, três alentados volumes: os dois de *Corpo de baile* e um de *Grande Sertão: veredas*.

Conjunto de sete "novelas" (ou contos longos), como os chamou o autor, *Corpo de baile* desenvolve entrechos sertanejos notáveis pela variedade e pelas peripécias. Após a primeira edição em dois volumes, ficaria definitivamente dividido em três tomos, intitulados *Manuelzão e Miguilim*, *No Urubuquaquá, no Pinhém* e *Noites do sertão*.

Grande Sertão: veredas é o único romance e receberia aclamação geral como sua obra-prima. Doravante seu lugar na literatura de língua portuguesa seria incontestável, e de primeira plana.

Seguem-se livros de contos: *Primeiras estórias* (1962), *Tutameia: Terceiras estórias* (1967) — sem que jamais houvesse "segundas estórias" — e os póstumos *Estas estórias* (1969) e *Ave, palavra* (1970). Reafirmam esses livros o espaço que passaria a constituir seu feudo, o sertão; a invenção linguística; e a fertilidade na multiplicação dos enredos jamais repetidos. E se tomarmos como parâmetro *Sagarana*, veremos que a extensão dos contos foi diminuindo de livro em livro.

Depois de completada a obra tal como hoje a conhecemos, exceto os póstumos, nosso autor seria eleito para a Academia Brasileira de Letras em 1963, só tomando posse da Cadeira 2, cujo patrono é o poeta paulista Álvares de Azevedo, quatro anos depois. Dizem que temia a emoção do evento. E, de fato, morreria de infarto três dias depois.

Conhecido por seus dotes de poliglota e de inventor de palavras, de tantas que criou, a que mais caiu no gosto do povo foi "sagarana". Com o passar do tempo, passou a nomear uma infinidade de cidades, municípios, vilas, ruas, praças, escolas, projetos artísticos, revistas, livrarias e até uma cachaça, produzida na Fazenda Cantagalo, em Pedras de Maria da Cruz, no norte de Minas Gerais.

E há pouco extravasou nossas fronteiras. Um casal brasileiro comprou na França o vinhedo *Les Chemins de Bassac*, na região do Languedoc, e passou a fabricar um vinho orgânico, ao qual deu o nome Sagarana. Essa é a mais recente homenagem a João Guimarães Rosa.

BIBLIOGRAFIA

Obras do autor

Novelas e contos

Sagarana. Rio de Janeiro: Universal, 1946.
Corpo de baile. Rio de Janeiro: José Olympio, 1956.
Primeiras estórias. Rio de Janeiro: José Olympio, 1962.
Tutameia: Terceiras estórias. Rio de Janeiro: José Olympio, 1967.
Estas estórias. Rio de Janeiro: José Olympio, 1969.
Ave, palavra. Rio de Janeiro: José Olympio, 1970.
Antes das primeiras estórias. Rio de Janeiro: Nova Fronteira, 2011.

Romance

Grande Sertão: veredas. Rio de Janeiro: José Olympio, 1956.

Poesia

Magma. Rio de Janeiro: Nova Fronteira, 1997.

Fortuna crítica

ARAÚJO, Heloísa Vilhena de. *Guimarães Rosa*: diplomata. Brasília: Ministério das Relações Exteriores, 1987.
BIZZARRI, Edoardo (org.). *J. Guimarães Rosa*: correspondência com seu tradutor italiano Edoardo Bizzarri. São Paulo: Instituto Cultural Ítalo-Brasileiro, 1972.
BOLLE, Willi. *Grandesertão.br*: o romance de formação do Brasil. São Paulo: Livraria Duas Cidades; Editora 34, 2004.
BUSSOLOTTI, Maria Aparecida Faria Marcondes (org.). *João Guimarães Rosa*: correspondência com seu tradutor alemão Curt Meyer-Clason (1958-1967). Rio de Janeiro: Nova Fronteira, 2003.
CANDIDO, Antonio. Jagunços mineiros de Cláudio a Guimarães Rosa. In: _____. *Vários escritos*. São Paulo: Livraria Duas cidades, 1970.

_____. O homem dos avessos. In: _____. *Tese e antítese*: ensaios. São Paulo: Companhia Editora Nacional, 1971.

CHIAPPINI, Lígia (org.). *Espaços e caminhos de Guimarães Rosa*: dimensões regionais e universalidade. Rio de Janeiro: Nova Fronteira, 2009.

COSTA, Ana Luiza Martins. *João Guimarães Rosa, Viator*. 284 f. Tese (Doutorado em Letras). Instituto de Letras, Universidade Estadual do Rio de Janeiro, Rio de Janeiro (RJ), 2002.

COUTINHO, Eduardo de Faria (org.). *Guimarães Rosa*. Rio de Janeiro: Civilização Brasileira, 1983.

DANIEL, Mary Lou. *João Guimarães Rosa*: travessia literária. Rio de Janeiro: Livraria José Olympio, 1968.

DIÁLOGO. *Revista de Cultura*, n. 8 (número especial sobre Guimarães Rosa). São Paulo: Sociedade Cultural Nova Crítica, nov. 1957.

GALVÃO, Walnice Nogueira (coord.). *Grande Sertão*: veredas. Edição Crítica. Paris: Collection Archives, no prelo.

_____. *As formas do falso*. São Paulo: Perspectiva, 1972.

_____. *Mínima mímica*: ensaios sobre Guimarães Rosa. São Paulo: Companhia das Letras, 2009.

_____. *Mitológica rosiana*. São Paulo: Ática, 1978.

GUIMARÃES, Vicente. *Joãozito*: infância de João Guimarães Rosa. Rio de Janeiro: José Olympio; INL, 1972.

HANSEN, João Adolfo. *O o*: a ficção da literatura em *Grande Sertão*: veredas. São Paulo: Hedra, 2000.

LEONEL, Maria Célia. *Guimarães Rosa*: *Magma* e gênese da obra. São Paulo: Editora Unesp, 2000.

MARQUES, Oswaldino. *A seta e o alvo*: análise estrutural de textos e crítica literária. Rio de Janeiro: MEC; INL, 1957.

NASCIMENTO, Edna Maria Fernandes dos Santos. *Estudo da metalinguagem natural na obra de Guimarães Rosa*. 602 f. Tese (Doutorado em Linguística). Faculdade de Filosofia, Letras e Ciências Humanas da Universidade de São Paulo, São Paulo (SP), 1987.

NUNES, Benedito. *O dorso do tigre*: ensaios. São Paulo: Perspectiva, 1969.

PROENÇA, Manuel Cavalcanti. *Trilhas no Grande Sertão*. Rio de Janeiro: MEC, 1958.

RÓNAI, Paulo. Os prefácios de Tutameia. In: ROSA, João Guimarães. *Tutameia*: Terceiras estórias. Rio de Janeiro: José Olympio, 1967.

RONCARI, Luiz Dagobert Aguirra. *O Brasil de Rosa*: o amor e o poder. São Paulo: Unesp, 2004.

ROSA, Vilma Guimarães. *Relembramentos*: João Guimarães Rosa, meu pai. Rio de Janeiro: Nova Fronteira, 1983.

ROSENFIELD, Kathrin Holzermayr. *Os descaminhos do demo*: tradição e ruptura em *Grande Sertão*: veredas. São Paulo: Edusp, 1992.

SANTIAGO, Silviano. *Genealogia da ferocidade*: ensaio sobre *Grande Sertão*: veredas, de Guimarães Rosa. Recife: CEPE, 2018.

STARLING, Heloísa. *Lembranças do Brasil*: teoria política, história e ficção em *Grande Sertão*: veredas. Rio de Janeiro: Iuperj; Revan; UCAM, 1999.

UNIVERSIDADE DE SÃO PAULO. *Revista do Instituto de Estudos Brasileiros*, n. 41, 1996.

_____. *Revista USP*, n. 36, dez./jan./fev. 1997-98.

UTÉZA, Francis. *JGR*: metafísica do *Grande Sertão*. São Paulo: Edusp, 1994.

VÁRIOS AUTORES. *Em memória de João Guimarães Rosa*. Rio de Janeiro: José Olympio, 1968.

VASCONCELOS, Sandra Guardini Teixeira. *Puras misturas*. São Paulo: Hucitec, 1997.

VERLANGIERI, Iná Valéria Rodrigues. *J. Guimarães Rosa*: correspondência inédita com a tradutora norte-americana Harriet de Onís. 357 f. Dissertação (Mestrado em Estudos Literários). Faculdade de Ciências e Letras da Universidade Estadual Paulista, Araraquara (SP), 1993.

WARD, Teresinha Souto. *O discurso oral em* Grande Sertão*: veredas*. São Paulo: Livraria Duas Cidades; INL, 1984.

CONHEÇA OUTROS TÍTULOS DE JOÃO GUIMARÃES ROSA PUBLICADOS PELA GLOBAL EDITORA

A hora e vez de Augusto Matraga
*As margens da alegria**
*Ave, palavra**
Campo Geral
*Corpo de baile**
*Estas estórias**
*Fita verde no cabelo**
Manuelzão e Miguilim
*Noites do sertão**
*No Urubuquaquá, no Pinhém**
*O burrinho pedrês**
*O recado do morro**
Primeiras estórias
Sagarana
*Tutameia – Terceiras estórias**
*Zoo**

* Prelo